KB111070

우아하고 호쾌한 여자 축구

한 팀이 된 여자들, 피치에 서다

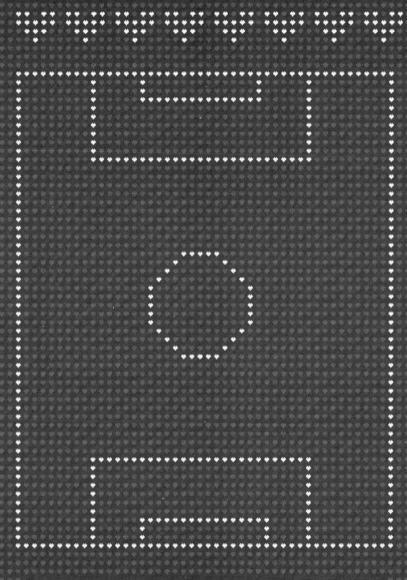

우아하고 호쾌한 여자 축구

한 팀이 된 여자들, 피치에 서다   김혼비 에세이   민음사

프롤로그

우리에게는 왜

축구할 기회가 없었을까?

"나이 먹으면 취향이 변하는 게 맞나 봐. 난 원래 운동하는
거 질색했는데."

　우리 팀 부동의 주전 풀백이 무심코 던진 이 말에 모두들
앞다투어 공감을 표했다. 이건 취향의 변화 정도가 아니라 유전
자 변이 아니냐는 근본 없는 병리적 의심까지 제기됐다. 체육
시간이면 양호실 갈 궁리나 했다는 사람들이 가만있어도 땀
이 줄줄 흐르는 8월의 뙤약볕 아래로 스스로 기어 나와 이리저
리 뛰어다니며 공을 차고 있으니 그럴 만도 했다. '폭염으로 4주
간 공식 연습은 없습니다.'라는 공지가 나갔는데도 안도하기는
커녕 누군가가 '그래도 아쉬운 사람들은 나와서 같이 차요.'라는
댓글을 달았고, 그렇게 모인 사람들이 우리 팀 아홉 명, 다른 팀
열세 명이었다. 4주 동안 저 숫자는 하나 둘 모자라거나 하나

둘 넘치거나 하며 평균적으로 유지됐다.

이들뿐만 아니다. 축구를 하면서 만난 여자선수들 중에는 운동을 전혀 좋아하지 않았다고 어린 시절을 회고하는 사람들이 많았다. 발야구는 지겨웠고 피구는 무섭고 아팠는데 어쩌다 운동을 할 수 있는 기회가 오면 둘 중 하나라서 '아, 나는 운동을 싫어하는구나.' 결론 내리고 초등학생 때부터 일찌감치 운동장과 멀어진 경우가 대부분이었다. 축구공은 차 보지도 못했다. 당시 운동장을 누비던 많은 남자들이 자라서 조기 축구를 하게 되었다면 당시 운동장을 등졌던 많은 여자들은 축구와 조기 이별을 했던 것이다.

그러다가 성인이 되어 우연찮게, 썩 탐탁지 않은 마음으로, 룰도 제대로 모른 채 축구를 시작한 여자들이 있다. 그들은 숨이 턱에 찰 때까지 넓은 피치 위를 뛰어다니고, 공 다루는 섬세한 기술들을 하나둘씩 익혀가고, 팀원들끼리 호흡을 맞춰 골대를 향해 공을 착착 몰고 가는 재미에 푹 빠지며 '아, 사실 나는 운동을 좋아하는 구나'를 깨닫게 되었다고 한다. 운동에 대한 깊고 오랜 오해 하나가 풀렸을 뿐인데 그녀들에게 축구를 시작한 이후의 시간들은 전과 다른 시간이 되었다.

나에게도 같은 일이 생겼다. 한 사람에게 어떤 운동 하나가 삶의 중심 어딘가에 들어온다는 것은 생각보다 커다란 일이었다. 일상의 시간표가 달라졌고 사는 옷과 신발이 달라졌고 몸의 자세가 달라졌고 마음의 자세가 달라졌고 몸을 대하는 마음의 자세가 달라졌다. 축구의 경험이 쌓이는 만큼 내 몸과 마음의 어떤 감각들이 깨어나는 걸 느끼면서, 축구가 너무 재미있어서 어쩔 줄 모르겠는 기분을 느끼면서, 선수들과 이런 말을 주고받곤 했다. "왜 진작 축구를 하지 않았을까?" 사실 이 질문을 좀 더 엄밀하게 고치면 이렇다. "어렸을 때 우리는 왜 축구할 기회가 없었을까?" "우리는 정말 운동을 싫어했을까?"

이어지는 이야기들은 그런 의아함에 고개를 갸웃하고 아쉬워하면서도 이제라도 만난 넓은 피치 위의 세계를 아낌없이 사랑하면서 공 하나에 웃고 울고 싸우고 서로가 서로의 힘이 되는 여자들의 이야기다. 한 사람의 좌충우돌 생애 첫 축구 도전기에 가깝지만 축구화를 신고 첫발을 내딛는 순간 바로 깨달았다. 이 여정에는 함께하는 여자들의 축구화 스터드 자국들도 무수히 찍힐 거라는 것을. 그럴 수 있어서 든든하고 영광이다. 많은 사람들의 마음속에 그녀들이 차 넣는 축구공이 골인하기를. 피치 위에, 아니 넓은 운동장 곳곳에 더 많은 여자들의 이야기가 새겨지기를 바라며.

··· **일러두기**
  1 이 책에 등장하는 성명, 지명, 팀명은 실제 이름이 아닙니다.
  2 편의를 위해 두 팀에서의 일을 한 팀으로 묶었습니다.

차례

인사이드킥

: 축구는 대체 왜 팀 스포츠란 말인가

일단 한번 와 보시라니까요

드디어 찾았다. 여자 축구팀 회원 모집 공고. 2년 전부터 틈틈이 인터넷을 뒤져 봤지만 찾기 쉽지 않았고, 어쩌다 찾은 팀은 축구를 정식으로 배워 본 적 없는 나 같은 사람을 원하지 않았다. 이번엔 달랐다. 공고의 끄트머리에서 "초보자도 환영합니다."라는 문장이 나를 보고 방긋방긋 웃고 있었던 것이다. '초보자도 딱히 상관은 없습니다.' '초보자…… 뭐, 괜찮습니다…….' '초보자도 배짱 있으면 한번 와 보시든가.' 같은 문장이었어도 충분히 고마웠을 텐데 심지어 환영이라니. 황송했다. 마침 딱 하루 남은 모집 마감 날짜도 들뜬 나를 한껏 부추겼다. 마트에서도 유독 마감 임박 세일 마케팅에 너무나도 쉽게 걸려드는 나답게 덜컥 전화부터 했다.

"아유, 괜찮아요. 일단 한번 와 보시라니까요. 와 보세요, 일단."

수화기 너머의 남자, 그러니까 내가 나중에 감독님이라고 부르게 될 이 사람은 자꾸 '일단' 와 보면 된다고 했다. 공고에는 분명히 지원하고 나서 2주 후에 합격 여부를 알려 주겠다고 되어 있었다. 그래서 '일단' 지원부터 하고 나서 마음의 준비를 할 2주를 벌어 놓을 속셈이었는데, 그냥 여기서 합격이고 당장 며칠 후 훈련부터 합류하라고 해서 당황했다.

"네? 아니, 그건 너무 급한데……."라고 말끝을 흐리는 내게 "스포츠에 급하고 안 급하고는 없습니다. 빠르고 안 빠르고만이 있을 뿐."을 "침대는 가구가 아닙니다. 과학입니다." 같은 톤으로 일축하는 것을 시작으로, 뭔가 질문을 던지면 이분 참 별걸 다 물으시네 하고 말하는 듯한 너털웃음을 터뜨리며 자꾸 일단 와 보라고만 했다. 그의 '일단'은 나의 '일단'을 완전히 압도했고, 마트에서도 판매 사원이 한번 밀어붙이기 시작하면 너무나도 쉽게 무너지는 나답게(그렇다. 내가 바로 이 동네 마트의 호구다.) 어어 하다가 결국 토요일 훈련에 나가기로 약속을 하고 말았다. 오늘이 월요일이니까…… 뭐야, 5일 후네? 근데 나 드디어 축구하는 거야? 이렇게 대뜸? 뭐가 뭔지 모르겠지만…… 그래! 어쨌든 나 축구한다! 라고 양팔을 치켜들며 환호하려는 찰나, 경험해 보지 못한 세계로 들어간다는 두려움이 팔을 꽉 붙잡았다.

한 주 내내 그랬다. 축구화와 축구 양말을 사며 '아, 이걸 신고 이제 진짜 뛰겠구나!' 싶어 벅찬 기분으로 집에 돌아왔지만, 막상 물건에 붙어 있는 태그를 떼려고 하면 '아직 어떻게 될지 모르는 거니까.'라는 생각이 기습해 와 만일의 환불을 위해 그냥 놓아 두는 식이었다. 이렇게 갈팡질팡하는 기분은 날짜가 다가올수록 심해졌고, 급기야 첫 훈련 전날이자 예보에 없던 비가 추적추적 내리던 저녁, 중국집에서 배갈과 탕수육을 앞에 놓고 '축구는 대체 왜 팀 스포츠인 것인가.'라는 축구에 대한 존재론적 질문을 던지며 철학적 상념에 빠졌다기보다는 저런 하나마나한 소리를 연거푸 뱉으며 비탄에 잠기기에 이르렀다.

그렇게 축구가 하고 싶었으면서 축구화에 붙은 태그도 선뜻 떼지 못하며 망설이는 가장 큰, 아니 거의 유일한 이유는 바로 '팀'에 들어가야 한다는 사실이었다. 나는 낯을 굉장히 가리는 편이라 낯선 사람 만나는 것을 평균 이상으로 힘들어하고, 여러 사람과 호흡을 맞춰야 하는 종류의 일도 그다지 좋아하지 않는다. '단체'라는 건 생각만 해도 머릿속이 와글와글거리는 느낌이다.

학부 때 영화를 전공했다. 2학년까지 연출, 촬영, 편집, 시나리오, 조명, 사운드를 두루 배우고 단편 영화 두 편을 찍은

뒤 3학년부터는 분야를 선택해 심화 교육을 받는 시스템이었다. 감독이 되고 싶어 이 학교에 온 사람들이 대부분이라 열에 일곱은 연출을 전공으로 선택하지만 나는 편집을 택했다. 기본적으로 편집은 매력적인 작업이다. 컷 길이를 어떻게 조절하는지, 어떤 순서로 어떻게 이어 붙이는지에 따라 영화의 느낌이, 심지어 내용까지 전혀 달라진다. 나는 내 손끝에서 이런 일들이 벌어지는 것을 정말 사랑했다. 그러나 사람들이 북적이는 영화 현장에 갈 필요 없이 편집실에 틀어박혀 혼자 할 수 있는 작업이라는 점에 비할 바는 아니었다. 감독과 만나 논의하는 시간이 있긴 하지만 편집은 고독과의 싸움이라 불릴 정도로 혼자 작업하는 시간이 절대적이었다. 하지만 난 고독과 싸운 적이 없다. 아니, 그렇게 편하고 조용한 애하고 대체 왜 싸우지?

그렇다고 내가 사회생활 파탄자인 것은 아니다. 필요하면 협업도 잘하고 낯선 사람에게 말도 잘 붙인다. 많은 사람들이 외향적인 사람이라고 오해할 정도로. 하지만 그런 순간 내 속을 들여다보자면 프로젝트 마감 두 시간 전만큼이나 정신이 없다. 빨리 혼자가 되고 싶다는 욕구를 꾹꾹 누르느라, 저 일말의 욕구가 입꼬리 끝에라도 묻어날까 숨기느라, 있는 사회성 없는 사회성 싹싹 끌어 모으느라 신경이 계속 돌아가고 에너지가 여기저기로 옮겨 다니며 풀가동 중이다. 그런 시간을 겪고 나면 그두 배의 시간만큼은 혼자 쉬어 줘야 한다. 원 소셜 타임당 투 혼자 타임!

게다가 운동은 사람들과 몸과 몸을 맞대어 가며 호흡을 맞춰야 하는 굉장히 밀착적인 단체 행동 아닌가. 그렇게 밀착하게 될 사람들이 어떤 성향인지, 어떤 분위기인지, 그래서 어떤 마음의 준비를 해 가야 하는 것인지 가늠할 만한 정보가 거의 없었다. 하나 짐작한다면 다른 단체 스포츠팀들 돌아가는 걸로 미루어 보건대, 소위 말하는 '정치적 올바름'에 다소 둔감할 분위기일 확률이 높다는 정도? 사실 이건 한국 사회 일반의 분위기기도 한데, 특히 어떤 집단에서 필요로 하는 효율성과 정치적 올바름이 부딪칠 때 후자가 전자에 당연히 자리를 내줘야 하며, 그게 그 집단이 매끄럽게 제대로 돌아가는 길이라고 여기는 사람들이 많아서인 것 같다. 그런 사람들이 무조건적 협력을 강조하면서 자주 쓰는 표현이 "우리는 한 배에 탔다.", "우리는 한 팀의 선수들이다."인데, 지금 내가 하려는 게 바로 그 '한 팀'으로 들어가는 것이다. 질색하던 현실의 은유적 인식 모델을 기어이 현실 그 자체로 만들려고 하다니 이게 과연 잘하는 일인지 판단이 서지 않았다.

나는 정말 축구를 하고 싶었다. 하지만 사람들이랑 같이 하는 것은 두렵고 싫었다. 축구는 대체 왜 팀 스포츠인가. 한 팀에 열한 명이라니 그렇게 많은 사람들이 모여 할 필요가 있을까. 난 이런 성격인 주제에 왜 하필 축구를 좋아하는 걸까. 수영이나 탁구, 하다못해 펜싱 같은 걸 좋아했다면 나왔을 텐데. 첫 훈련을 몇 시간 앞둔 저녁, 배갈에 탕수육을 먹으며 이런 생각들에 빠져 있었던 것이다.

젓가락질 잘한다고 다가 아니다

당일 아침에는 더 가관이었다. 감기 기운이 있는 것 같은데? 오늘 공기가 별로 안 좋은 것 같은데? 어떻게든 몸속에서 감기 바이러스를, 공기 속에서 미세 먼지를 찾아내려고 눈에 불을 켰지만 실패했고(없어도 있다고 우기고 안 가면 그만인데 그렇게는 또 못 하고.) 마침내 처음으로 유치원에 가는 아이 같은 불안을 안고 떨어지지 않는 발걸음을 옮겨 축구장을 향해 터벅터벅 걸어갔다.

그래도 저 멀리 인조 잔디가 푸르게 깔린 구장이 눈에 들어왔을 때는 마음 한구석 조명탑에 '팟' 하고 불이 들어온 것 같았다. 눈앞이 탁 트이고 마음이 환해지는 기분. 여전히 어딘가 떠돌고 있는 불안을 잠시 덮은 설렘. 집을 나선 이후 처음으로 피식 웃었다. 잔디와 그 위에 하얗게 그려진 라인만 보면 반사적으로 가슴이 뛴다. 게다가 저 라인은 축구 경기를 보러 가서 관중석에서 지켜봐 왔던, 지켜볼 수밖에 없었던 라인이 아닌,

내 이 두 발로 직접 밟아 볼 수 있는 라인이다. 밟고 싶다고 생각하는 순간 비로소 어깨가 쫙 펴졌다.

"김혼비 씨죠?"

제각기 몸을 풀거나 담소를 나누고 있는 사람들을 보고서 누구한테 어떻게 말을 붙여야 하나 고민하던 찰나, 한 남자가 다가와 알은체를 했다. "일단 한번 와 보시라니까요."와 같은 목소리, 감독님이었다. "네, 안녕하세요."라고 대답하면서도 이제부터 진짜 시작이구나 싶어 못내 목소리가 떨린 것은 그러려니 하자. 이후로는 떨릴 틈도 없었다. 감독님에게 이끌려 둥그렇게 둘러선 팀원들 앞에서 자기소개를 했고, 팀원들도 돌아가며 짧게 소개와 환영의 말을 해 주었으며, 다 같이 짧게 구호를 세 번 외치고는 두 줄로 서서 경기장 주변 트랙을 따라 뛰었다.

나와 또래로 보이는 주장이 내 옆에 바짝 붙어 뛰면서, 보통 토요일은 다른 팀과 연습 경기를 하고 수요일은 팀 훈련을 한다느니, 오늘은 저쪽에서 스트레칭하고 있는 다른 여자 축구팀과 아직 축구장에 도착하지 않은 60~70대 할아버지들로 구성된 시니어 팀과 돌아가며 연습 경기를 할 거라느니, 우리 팀은 총 스물두 명인데 그날그날 나오는 사람은 열넷에서 열일곱 명 정도라느니, 그 스물두 명 중에는 국가 대표 출신도 두 명 있다느니 하는 유용한 정보들을 부다다다 알려 주었다. 아니, 가만, 국가 대표? 그러니까 가슴에 태극기를 달고 올림픽과 월드컵을 목표로 뛰는 그 사람들? 여섯 바퀴째를 뛰느라 숨이 차서 말은 못하고 '에? 진짜?'라는 표정을 지어 보였더니 주장이 그 두 명이 누군지는 게임 뛰는 거 보면 바로 알게 될 거라며 의미 심장한 웃음을 지었다. '그중 하나가 나야 나'라는 메시지가 매우 명확한 웃음이라는 점이 인상적이었다.

스트레칭이 끝나자 감독님이 시합에 뛸 선수 열한 명을 지명했다. 나를 포함하여 남은 네 명은 구장 한쪽에서 인사이드킥(inside kick) 연습을 하라는 지시를 받았다. 주장이 인사이드킥 하는 법을 속성으로 알려 주고는 부리나케 운동장으로 달려 들어갔다. 이 모든 일이 15분 만에 일어났다. 떨리고 말고 할 게 어딨겠는가. 신입에게 쏟아지는 과도한 관심이나 기대 없이, 만나자마자 자연스럽게 '팀원15'로 슬쩍 끼어서 대뜸 운동부터 하니 마음이 편했다. 아니, 솔직히 조금 신났다고 하는 게 맞겠다. 이렇게 두 줄 맞춰 운동장 몇 바퀴 도는 걸 고등학교 졸업 이후 해 본 적이 있던가? 15년 만에 돌아온 체육 시간!

곧 경기가 시작됐고 나의 인생 첫 축구 훈련도 시작됐다. 인사이드킥은 가장 기본적인 킥으로 발의 안쪽 면으로 공을 차는 것이다. 다른 킥보다 공이 발에 닿는 면적이 넓어 배우기 쉽고 가장 정확도가 높은 킥이다. 혼자 연습하기에도 좋다. 축구장 철망을 향해 인사이드킥을 날리고 철망 맞고 튀어 굴러온 볼을 다시 인사이드킥으로 차고, 계속 이렇게 철망과 공을 주고받았다.

처음 공을 찼을 때 복사뼈께에 닿던 공의 느낌과 툭 하는 소리와 함께 공이 앞으로 밀리는 그 느낌을 절대 잊지 못할 것이다. 축구공을 차고 있다. 내가 지금 축구공을 차고 있다고! 살면서 축구공을 차 본 적이 전혀 없는 것도 아니었지만 마치 태어나서 처음으로 축구공을 차는 기분이었다. 발에서 축구공이 툭툭 나가는 근사한 느낌에 약간 감상적이 되어 한 주 내내 느꼈던 두려움과 불안이 공과 함께 저 앞으로 멀리 날아가는 것 같았다.(섣부른 방심이었다는 걸 이때는 몰랐다.)

그렇게 40분 넘게 무아지경에 빠져 있다가 첫 게임 종료를 알리는 휘슬과 함께 현실로 나왔다. 언제 골을 먹었는지도 몰랐는데 1대 0으로 졌다고 했다. 땀에 흠뻑 젖어 더 시무룩해 보이는 팀원들을 독려하며 감독님이 방금 경기에서 뭐가 문제였는지를 하나씩 지적하기 시작했다. 이런 걸 듣는 것도 신기하고 재밌어서 감독님 말 한마디 한마디를 주의 깊게 들었는데, 계속 듣다 보니 묘하게 사람 신경 쓰이게 만드는 구석이 있었다. 분명 거침없는 달변인데 뭐랄까. 뭔가 미묘하게 앞뒤가 안 맞는 느낌? 예를 들면 이런 식이었다.

"…… 무슨 말인지 알겠죠? 공 잘 다루고 드리블만 잘한다고 다가 아니에요. 가장 중요한 건 위치 선정이에요. 볼을 안 가지고 있을 때 어떻게 움직일지! 패스를 해 주고 난 직후 어디로 움직일지! 이런 걸 정하는 게 바로 위치 선정이고 이걸 못하면 드리블 잘해 봤자 아무 소용없어요. 말하자면 다리는 젓가락이고, 드리블은 젓가락질, 축구장은 밥상인 거야, 밥상. 젓가락질만 잘한다고 해서 밥 먹을 수 있는 거 아니죠? 그거랑 똑같은 거예요."

가만, 이거 나만 이상한가? 드리블이 젓가락질이고 축구장이 밥상이고. 그럼 저 비유에서 젓가락질(드리블)만 잘한다고 먹을 수 없는 밥(골), 그 밥을 먹을 수 있게 만드는(골을 넣는) '위치 선정'에 해당하는 것은 대체 뭐지? 어느 반찬을 어디에 놓는지가 위치 선정인가? 아니면 어디의 무슨 반찬을 집는지? 반찬의 어느 부분을 집는지? 근데 저것들이 밥 먹는 데 젓가락질보다 중요한 건 아니잖아. 그럼 더 중요하다는 위치선정은 뭐지? 아, 저 이상한 비유 왠지 자꾸 신경 쓰인다. 다리랑 젓가락, 축구장이랑 밥상은 그냥 모양이 비슷할 뿐이잖아. 젓가락질 서툴러도 밥 잘 먹는단 말은 들어 봤어도 젓가락질 잘해 봐야 소용없다는 말은 다소 전복적이기는 하다만…… 이렇게 혼란스러워하고 있는데 감독님이 갑자기 내 이름을 불렀다.

"김훈비 씨!"

근본도 없는 젓가락론(論)에 대해 미심쩍어 하는 기색이 읽혔나 싶어 뜨끔했던 내 입에서 필요 이상으로 씩씩한 대답이 튀어 나갔다.

"네!"

"이번 게임은 혼비 씨도 뛰어요."

"네?"

느닷없이 첫 출전

"은경 씨한테 시합용 조끼 받아서 은경 씨 위치로 가시면
돼요!"

네? 시합이요? 이제 입단한 지 1시간 10분 지났는데? 인사
이드킥 빼고는 배운 것도 없는데? 축구 경기를 자주 보니까 룰
이나 포지션에 대해 알고 있긴 하지만 감독님은 내가 그걸 아는
지 모르는지 파악한 적도 없잖아요? 내가 축구를 손으로 공을
던져 골대 맞추는 운동이라고 생각하는 사람이면 어쩌려고 그
래요? 하지만 아무도 이의를 제기하지 않았고 이미 시합용 형
광색 조끼는 건네졌다. 내가 조끼를 받아들고 잠시 황망하게 서
있는 사이, 열 명의 선수들, 아니 열 쌍의 젓가락들은 부지런히
밥상을 향해 걸어갔다.

이렇게 해서 축구 경력 40분, 주특기는 철망과의 정확한
패스 플레이인 김혼비의 빛나는 데뷔전이 치러지게 되었다. 여
전히 살짝 넋이 나간 채로 걸어가는데 감독님이 "혼비 씨는 별
거 없고 6번 할아버지만 철저하게 커버하면 돼요. 그쪽으로 공

못 가게."라고 비로소 할 일을 알려 주었다. 그래, 그런 거라면 어떻게든 해 볼 수 있지 않을까? 조금 편해진 마음으로 타깃을 찾아 두리번거리며 걷자니 오늘의 타깃, 6번 할아버지가 먼저 다가와 말을 걸었다.

"너 처음 본다? 신입인가 봐?"

어느 정도 예상은 했지만 40분의 축구 경력으로 비춰 보건 대 이곳은 초면이라도 나이 파악이 끝나면 바로 반말이 내리꽂 히는 세계였다. 그리고 바로 이어서 "근데 너 그렇게 허여멀건 하니 말라비틀어져가지고 운동하겠냐?"라는 외모 품평까지도 호쾌하게 날아오는 곳이었다. '상대방에게 말 놓고 싶다고 말할 때 최악의 표현 1위'로 "말 놔도 괜찮지?"를 꼽는(저 문장은 허락 의 형태를 띠고 있지만 사실 통보에 가까우며, 대답도 듣기 전에 이미 멋 대로 그렇게 하고 있다는 점에서 복합적으로 괘씸하다.) 나의 평화로운 세계를 떠나 단 1퍼센트의 망설임도 없는 터프한 세계에 와 있 구나 생각하니 어쩐지 숙연해지며 "막상 하는 거 보면 깜짝 놀 라실 걸요?"라고 맞받아치는 여유마저 생겼다. 하지만 여기서 끝일 리가 없다.

경기가 시작되자 6번 할아버지는 나를 진심으로 증오하며 한 시간 동안 네 번이나 화를 냈다. 처음에는 내가 할아버지 앞 을 단단히 막아서자 "내 가까이에 서 있으면 크게 다칠 텐데. 나 중에 울지 말고 살살해."라고 싱글싱글 웃으며 협박했다. 그래도 계속 졸졸 따라다녀 패스를 한 번도 받지 못하게 되자 결국 이날의 첫 역정을 냈다.

"야! 내가 안남시에서 한 시간 50분 걸려 꼴랑 두 시간 축구하러 오는데 말이야! 너 때문에 공 한 번 못 잡아 보고 다시 한 시간 50분 걸려 집에 가야겠냐? 어?"

일리가 있다. 왕복 네 시간을 투자하는데 공 한번 못 차고 가는 것은 개인에게도 가혹하고 사회 경제학적으로도 문제가 있다. 하지만 신입 축구인의 입장이라는 것도 있는 것이다.

"야! 저기 8번 안 보여? 가서 쟤를 막아야지. 나를 막고 있으니까 쟤를 놓쳐서 쟤가 지금 찬스 다 만들고 있잖아! 당장 가서 쟬 막아!"

역시 일리가 있다. 아까부터 8번 할아버지가 펄펄 날아다니고 있었고, 굳이 따지자면 내가 막을 수 있는 거리 안에 있기도 했다. 하지만 감독님의 지시 없이 단독으로 움직일 수는 없었다.

"야! 8번 안 막고 왜 자꾸 나를 막아? 내가 쟤보다 만만해 보이냐? 내가 우습게 보여?"

6번 할아버지의 역정은 지리적 읍소 → 다른 동료 물귀신 작전 → 무시의 가해자로 지목하는 순으로 변주되다가, 이도저도 먹히지 않으니까 "넌 이따구로 축구하다가는 조만간 다리 한 짝이 분질러질 것이다."라는 저주로 바뀌었다. 와, 이건 좀

심하잖아! 살면서 이렇게 짧은 시간 동안 생전 처음 보는 사람한테 반말에, 외모 품평을 거쳐 줄기차게 욕까지 들어먹는 건 처음이라 나는 너무 피곤해졌다. 이게 다 이 세계의 터프한 룰이라고 해도(내가 여기서 몇 년 더 버티기만 해 봐라, 아주 룰부터 싹 바꿀 거야!) 이제 막 축구를 시작한 파릇파릇한 신입한테 다른 것도 아니고 부상당하라는 저주라니 이건 좀 너무하잖아요!

아……. 나도 뭔가 굉장히 센 말을 던져서 할아버지 말문을 막고 싶다. 근데 뭐라고 하지? '계속 그렇게 입으로 축구하시니까 신입인 저한테도 막히는 거잖아요.' 흭, 이건 좀 센 것 같다. 살면서 70대 노인에게 저런 말을 해 본 적은 없다. 하지만 다리 한 짝이 분질러질 거라는 저주를 받아 본 적도 없잖은가. 센 말을 확 지를 이유는 충분해 보였지만 내 안에 뿌리 박혀 있는 정치적 올바름에 대한 강박과 내 안에서 아직까지 살아 숨쉬며 쓸데없는 생을 이어 가고 있는 한국 전통 유교 소녀가 나를 막아섰다. 그사이 나는 다시 한번 6번 할아버지를 가로막아 공을 차단했고, 또 한차례 잔소리 폭풍이 지나갈 예정이었다. 아이고, 나도 모르겠다.

바로 그때, 만고 쓸데없는 유교 소녀를 확 밀치며 주장이 나타났다. 주장의 고함이 피치 위를 쩌렁쩌렁 울렸다.

내 안의 유교 소녀와 팬티 한 장

"아부지!" (이곳에서는 시니어 축구팀 할아버지를 '아버지'라고들 부른다. 할아버지들은 여자팀 선수들을 '딸'이라고 부르고. 아…… 아주 룰부터 싹 바꿀거야…….)

"아까부터 치사하게 왜 신입한테 계속 시비 걸어요? 아부지가 못하는 거면서. 진짜 말년에 이렇게 치사하게 살다 갈 거야?"

내 안의 유교 소녀가 깜짝 놀라 눈을 번쩍 떴다. 이렇게 치사하게 살다 '갈 거냐'니. 주장의 서슬에 6번 할아버지는 "아니 나는 그냥……." 하고 알아들을 수 없는 말들을 웅얼거리더니 시합 끝날 때까지 정말 단 한마디도 하지 않았다. 와…… 저렇게 말해도 되는 거구나. 아니, 하니까 이렇게 효과가 좋구나. 역시 축구, 터프한 세계. 나는 정말 갈 길이 멀고도 멀었다.

시니어 팀 과의 경기는 1대 0으로 이겼고, 나는 6번 할아버지를 잘 막은 것으로 데뷔전을 무사히 치러 냈다. 알게 모르게 바짝 긴장했었는지 벤치로 걸어가는데 다리가 풀려 잠시 휘청댔다.

인사이드킥부터 치사하게 살다 가는 것까지 수많은 상념에 젖어 축구화를 벗고 있는데 멀리서 정장 입은 남자가 이쪽으로 걸어오는 것이 보였다. 그러고 보니 아까 은경 언니라는 사람의 남편이 언니에게 열쇠인지 뭔지를 받으러 잠깐 들를 거라고 들었던 것 같다. 그 남자는 축구팀 사람들을 만나는 게 처음인 듯 감독님과 선수들에게 "말씀 많이 들었습니다.", "우리 은경이 잘 부탁드립니다." 같은, 하나마나하지만 안 했다가는 곤란할 그런 말을 몇 개 던지고 이내 자리를 떴다. 그가 사라지고 몇 초간 묘한 침묵이 흘렀다. 그리고 어쩐지 그 침묵의 의미가 뭔지 알 것 같아 마음이 다시 조금씩 힘들어지기 시작했다.

"이 이상한 분위기는 뭐지? 왜, 우리 신랑한테 내가 너무 아까워서 놀랐어? 크크. 괜찮아. 다들 그래. 이런 반응 너무 익숙해."

오히려 당사자가 물꼬를 터 줬고 그제야 다들 마음 놓고 폭소를 터뜨렸다. 그래, 외모만으로 놓고 봤을 때는 예쁘장한 언니와는 좀 대조적이기는 했다. 하지만, 하지만 외모를 두고 이렇게까지 대놓고 이야기해도 되는 걸까? 게다가 이게 끝이 아닐 것 같은 불길한 예감은 뭐지? 내 머릿속에서 조그맣게 경고음이 울리기 시작했다. 아아, 아슬아슬하다. 좋지 않다. 가장 크게 웃던, 우리 팀 최고령이라는 주복 언니가 은경 언니 등을 툭 치며 말했다.

"그러니까! 은경이 너 늘씬하고 예뻐서 어렸을 때 남자들한테 인기 엄청 많았을 것 같은데. 그치? 많았지? 아유, 근데 왜 하필 저 남자한테 팬티를 벗었어!"

축구는 대체 왜 팀 스포츠일까요. 여긴 어디고 나는 누구며 내가 지금 들은 건 대체 뭐죠. 살짝 혼미해진 정신을 비집고 은경 언니의 대답이 들려왔다.

"아냐, 언니. 내가 안 벗었어. 쟤가 벗겼지!"

으악! 모두들 비명을 지르며 몸을 가누지 못할 정도로 배를 잡고 웃는 가운데 내 안의 유교 소녀도 비명을 지르다 기절했고 용량을 초과해 버린 내 신경줄도 빵 터져 나갔다. 참지 못하고 결국 웃음을 터뜨리고 만 내 마음속에 한 줄기 눈물이 흘렀다. 내가 만약 '정말 굉장해! 이 정도쯤 되면 그냥 모든 걸 다 내려놓고 갈 데까지 가 보고 싶어!' 하는 마음으로 축구를 계속하게 된다면 팬티 때문일 것이고, 머리를 절레절레 흔들며 여기서 당장 축구를 접는다고 해도 팬티 때문일 것 같은 이 알 수 없는 기분. 대체 왜 오늘 처음 본 여자의 팬티 따위에 내 축구 인생이 좌우될 것 같은 기분을 느껴야 한단 말인가. 아, 나 앞으로 여기서 잘해 나갈 수 있을까. 집에 하나 남아 있는 축구 양말의 태그는 떼어야 하나 말아야 하나. 근데 위치 선정은 진짜 뭐였을까.

스텝오버

: 어떤 여자가 축구를 하는가

축구와 여자 사이, 멀고도 먼

"같이 축구하는 사람들 어때? 뭐 하는 사람들이야?"

축구를 시작하고 주변에서 가장 많이 받았던 질문이다. 여러 번 받다 보니 나중에는 이 질문에 숨은 속내가 '같이 축구하는 여자들 유별나지? 무섭지? 성격 세지?', '대체 뭐 하는 여자들이길래 축구 같은 걸 해?'라는 것도 알게 되었다. 글자로 보면 다소 부정적인 뉘앙스이지만(실제로 그런 면이 아예 없다고 말할 수는 없지만) 그보다는 신기해하는 느낌에 좀 더 가깝다. 여러 면에서 '여자가 취미로 축구하는 이야기'는 그 유명한 '남자가 군대에서 축구하는 이야기'의 정반대편에 서 있는 것 같은데, 특히 희소하다는 점에서 그렇다. 한국에서 축구라는 운동이 여자들과 얼마나 멀리 떨어져 있는지를 생각하면 당연하다.

유독 축구는 어려서부터 남자들만의 운동이었다. 함께 땅따먹기를 하고 얼음땡을 하던 친구 놈들 중 사내 녀석들은 언젠가부터 자기들끼리 몰려다니며 축구를 하기 시작했다. 초등학교 체육 시간에도 그랬다. 공을 가지고 노는 시간이면 선생님은 어김없이 남자들에게는 축구, 여자들에게는 발야구나 피구를 시켰다.

발야구나 피구라니. 생각할수록 참으로 애매한 운동 아닌가. 단지 올림픽 공식 종목에 포함되지 않는 스포츠라서가 아니라 게임 방식이나 룰을 따져 봐도 그렇다. 축구가 바둑이라면 발야구는 오목 정도의 느낌이고 피구는 알까기 정도? 공으로 만들어 낼 수 있는 여러 사건들 중 던져서 사람 맞춰 내보내기라니. 바둑알 튕겨 맞춰 내보내는 알까기의 정신과 다를 게 뭔가.

게임의 짜임새가 피구보다 촘촘하기 때문에 오목에 비견했지만 발야구는 좀 더 미묘하다. 태생 자체가 야구와 축구를 8 대 2 정도로 이종 교배한 느낌인데, 몇십 년 후 한국의 인터넷 신조어에 '발'이라는 부정적 접두어가 생기면서(대표적인 예로 '발연기'가 있다.) 새로운 의미가 더해졌다. 야구 팬들이 경기력이 엉망인 팀이나 선수를 조롱하면서 쓰는 말로 '야구를 발로 한다.'고 해서 '발야구'가 되어 버렸다. 축구 팬들도 '발야구'라는 말을 쓴다. 선수가 골대 앞 슈팅 찬스에서 공을 터무니없이 높이 날려 버렸을 때 '골대 앞에서 홈런이나 날린다.'라며 조롱조로 쓰곤 한다. 내가 체육 시간에 신나서 발야구를 할 때만 해도(투덜대기는 했지만 발야구도 피구도 꽤나 좋아했다.) 이 단어가 이런 용법으로 쓰일 줄은 몰랐는데 요즘 들어 이래저래 욕으로 쓰이는 걸 보니 조금 불쌍해지려고 한다. 마치 이명박이라는 이름을 갖고 태어난 사람이 평화롭게 잘 살아오다가 시대가 바뀌면서 갑자기 욕 들어먹고 사는 것과 비슷한 운명이랄까.

중고등학교 올라가서도 마찬가지였다. 여자들에게 배구, 핸드볼, 농구 등은 서브라든가 3점슛 등으로 실기 시험 종목에 포함되었지만, 축구는 선택지에 없었다.(요즘 친구들은 어떤지 모르겠다.) 어쩌다 할 기회가 생긴다 해도 남자들 사이에 섞여 깍두기처럼 하거나 약식으로 하지, 11명이 포메이션 갖춰 오프사이드 룰까지 엄격히 적용해서 제대로 해 본 여자는 거의 없다.

성인이 되어서도 마찬가지다. 축구보다 훨씬 쉽게 시작하고 배울 수 있는 운동이 주위에 많다. 몇 년 전부터 유행인 필라테스, 요가, 발레, 크로스핏 등은 어딘가 '힙'한 구석도 있으면서 몸매를 다듬고 필요한 근육을 붙이는 데 최적화된 운동이다. 좀 더 클래식하게는 테니스와 골프처럼 고급스러운 이미지의 운동들이 있다. 운동복도 예쁘고 라켓이나 골프채를 잡고 스윙하는 동작들도 우아한, 부르디외가 "사회적 지위를 높이는 데에 유용한 수단"이라고까지 말한 바 있는 운동들이다. 터프한 계열로는 격투기나 킥복싱 같은 것도 있다. 높은 강도의 운동으로 강하게 단련하고 싶은 여자들에게 인기가 높아 수요층이 꽤 있다.

이 사이에서 축구는…… 애매하다. 일단 축구가 운동으로서 신체에 미치는 장점부터가 뚜렷하지 않다. 그냥 열심히 뛰어다니면 운동도 되고 다이어트도 되겠지라는 막연한 생각 정도로는 앞의 운동들에 밀린다. 오히려 축구는 현대 사회가 여성의 신체에 강요하는 미적 기준과는 상당히 거리가 있는 결과를 가져온다. 꾸준히 하면 근육이 종아리에 붙어 매끈한 다리에 알통이 생기고, 땡볕에 두세 시간씩 노출되기 때문에 피부에도 좋지 않다.

그렇다고 터프한 이미지 쪽에 점수를 줄 것인가 하면 그건 또 격투기나 킥복싱 같은 운동에 밀린다. 이종격투기 하면 카리스마 넘치는 강인함이 떠오르는데 축구 하면 우악스러움에 가까운 억셈이 떠오르고, 특히 한국에서 축구라는 운동에는 어쩐지 '아저씨 냄새' 같은 게 배어 있다. 주말 아침 동네 식당에서 가끔 마주치는 조기 축구회 아저씨들의 땀에 젖은 모습과(식당에서 나설 때면 술에 젖은 모습도 추가된다.) 국내 축구 관중의 대다수를 차지해 온 아저씨들의 관람 문화가 쌓여 생긴 이미지에 어딘가 어설프고 투박한 프로 축구의 마케팅 방식이 더해져서일 것이다. 최근 몇 년 사이 젊은 층과 여성 팬들이 대거 유입되고 마케팅도 한결 세련되어졌지만 이미 굳어진 이미지가 쉽게 깨어지지 않고 있다.(90년대까지 비슷한 이미지였던 야구가 조금씩 이미지를 쇄신해 나가다가 2008년 베이징 올림픽을 기점으로 완전히 벗어난 것과 대조된다.) 게다가 격투기 같은 운동들은 호신용 기술이라도 익힐 수 있지만 축구는 일상에서 써먹을 데가 거의 없다. 있다면 길에 굴러다니는 우유 팩이나 쓰레기를 살살 쓰레기통 앞까지 몰고 가기? 이게 딱히 동네 환경 미화에 기여할는지 잘 모르겠다.

이렇게 운동 효과 면에서나 대외 이미지나 일상 활용성에서 모두 애매하디애매한 운동이면서, 결정적으로 접근성까지 낮다. 다른 운동처럼 여기저기 배울 곳이 있고 정보가 널려 있는 것이 아니라 이런저런 경로로 열심히 검색해 봐야 하나씩 겨우 나온다. 이 모든 것이 여자들이 그라운드로 진입하는 것을 겹겹이 막으며 철통 수비하고 있다. 축구로 입문하는 과정 자체가 이미 하나의 축구인 것이다.

그런데도 세상에는 축구를 하는 여자들이 있다. 나는 저런 철통 수비를 뚫고 축구를 선택한, 특히 성인이 된 이후 처음으로 축구를 시작한 여자들의 특별한 계기들이 항상 궁금했다. 대체 무엇이 그녀들로 하여금 이 우악스럽고 별 도움도 안 되면서 접근성까지 낮은 운동을 하게 만들었는가.

체육 소녀, 호나우두와 직관을 만나다

"그러는 너는? 너는 대체 왜 했는데?"라고 묻는다면 중고 등학교 시절로 다시 한번 거슬러 올라가야겠다. 친구들 대부분이 문학소녀로 한 시절을 보내는 동안 나는 체육 소녀로 운동장을 지켰다. 틈만 나면 나가 농구를 하고 배구도 했다. 점심시간의 끝을 알리는 예비종이 울리면 벌겋게 달아오른 얼굴로 땀이 뒤범벅된 채 수돗가로 달려가 쏟아지는 수돗물에 머리통만 쏙 들이밀고 몇 초 동안 샤워에 가까운 세수를 한 뒤에 머리끝에서 물을 뚝뚝 흘리며 교실로 돌아와 교복으로 갈아입고 5교시를 맞는 것이 일상이었다. 그래서 오후 수업에 많이 졸았다. 오전과 오후의 편차가 어찌나 컸는지 국사 선생님이 나를 AM 김혼비, PM 김혼비로 나눠서 부를 정도였다.

그만큼 좋아했고 소질도 있어 운동은 항상 내 편이었다. 가사 실기에서 가차 없이 깎여 나가곤 했던 내신 점수를(가사 선생님은 내 바느질 천을 빌려 가서는 다른 반을 돌아다니며 '절대 이렇게 해서는 안 되는 용례'로 보여 주곤 했다.) 메워 준 것은 항상 체육 실기였다. 대학교 오리엔테이션에서 여자들끼리 한 과 대항 피구 시합(그렇다. 역시 이때도 남자는 축구를, 여자는 피구를 했다!)에서는 MVP로 뽑힌 후 학교 매점에서 종종 다른 과 학생들과 마주치면 "그때 김혼비 님 공에 어깨 맞고 나갔던 사람입니다. 정말 아팠지만 멋있었어요.", "김혼비 님이 휘감아 던지는 공에 맞으면 죽을 것 같아 그냥 금 밟고 죽어서 나간 사람입니다. 피구의 신 같으셨어요." 같은 말과 함께 캔 음료를 선물 받기도 했다. 그런 내가 가장 즐겨 보는 운동이 축구였다.

어렸을 때는 또래 아이들처럼 야구를 더 좋아했다. 하지만 대우 로얄즈 팬이었던 아버지 어깨너머로 축구를 보면서 슬금슬금 그 매력에 빠지기 시작했는데, '인생의 많은 시간을 축구 보는 데 써도 아깝지 않겠어!'라고 느낄 만큼 본격적으로 빠져들었던 것은 그로부터 몇 년이 흐른 후였다. 그리고 그 매료의 순간에는 지금은 은퇴한 브라질의 축구 황제 호나우두의 '스텝 오버(Step Over)'가 있었다.

스텝오버는 흔히 '헛다리 짚기'라고 불린다. 수비수를 속이는 페인트 기술 중 하나다. 어느 한 방향으로 공을 몰고 갈 것처럼 다리를 공 위로 감싸듯 휘젓는데, 실제로는 공을 전혀 건드리지 않고 헛으로 다리를 짚는다고 해서 '헛다리'라고 한다. 스텝오버는 양다리를 휘둘러 번갈아 짚으면서 드리블해 수비수를 교란시키는 것이다. 그렇다. 이영표가 잘하는 그게 스텝오버다.

나는 어느 날 우연히 호나우두가 스텝오버하는 장면을 보고 충격을 받았다. 보통 헛다리를 짚을 때는 달리는 속도가 확 줄기 마련인데 그런 기색 하나 없이 수비수들을 획획 제치고 죽죽 나아가고 있었다. 아니, 저게 가능한가? 물리학적으로 말이 되나? 마지막에는 골키퍼까지 스텝오버로 제치고 골을 꽂아 넣는데, 축구가 저렇게까지 아름다울 노릇인가 어이없을 정도였다. 우아한 헛다리와 그물 안으로 감겨들어 가는 공의 궤적과 관중들의 얼굴에 역력한 감동의 흔적. 어마어마한 규모의 관중이 일제히 함성을 질렀지만 세상이 잠시 숨을 죽인 것 같은 시간이었다. 그때부터 축구에 본격적으로 빠져들어 오랫동안 호나우두를 따라다니며 해외 축구를 찾아봤다.(새벽 중계가 대부분이어서 오랜만에 AM 김혼비가 맹활약했다.)

호나우두가 은퇴한 후에는 한동안 축구를 보지 않았다. 운동을 보지도 하지도 않았던, 내 인생의 가장 긴 스포츠 공백기였는데 거기에 다시 축구공을 뻥 차서 넣은 것은 오랜 K리그 팬인 애인(지금의 남편)이었다. 그를 따라 처음으로 축구장에 갔다가 '직관'의 매력에 사로잡혀 그날로 K리그 팬이 되어 틈만 나면 축구장에 갔다. 영국 소설가 J. B. 프리스틀리의 묘사처럼 경기장 입구가 "훨씬 황홀한 다른 인생을 약속하는 것"으로까지 보인 건 아니었지만, 직관은 확실히 또 다른 세계였다. TV나 모니터를 통해서, 중계 카메라가 조망하는 시선을 빌려서가 아닌, 내 오감으로 직접 겪는 축구는 마음뿐만 아니라 몸속 깊숙이 새겨지는 것 같았다. 그리고 어느 날 불현듯 몸속 깊이 들어와 어딘가에 흐르고 있을 이 축구의 리듬을 내 몸으로 직접 타고 싶다는 충동이 강하게 일었다. 나의 선수들이 필드 위에서 하고 있는 것들을 나도 해 보고 싶다! 그때부터였다. 인터넷을 돌아다니며 여자 축구팀 정보를 찾기 시작한 건. 체육 소녀가 열혈 축구 팬이 되었을 때 넘어갈 다음 코스로 여자 축구 팀 선수만 한 것도 없지 않은가.

사소하다면 사소하지만 축구팀에 흥미를 갖기 시작한 이유는 또 있었다. 축구팀에는 축구 팬, 특히 K리그 팬들이 많지 않을까 내심 기대했던 것이다. 주변에 해외 축구나 국가 대표 경기를 보는 사람은 제법 있어도 K리그 팬은 전무하다시피 하기 때문에(아니, 스타디움을 채우는 몇천의 K리그 팬들은 축구장을 빠져나가자마자 하늘로 증발해 버리는 것인가! 대체 다들 어디 있어요?) K리그에 애정이 깊은 여자 팬들을 만나 보고 싶었다. 축구를 할 정도로 축구에 애정이 깊은 사람들이 모여 있는 곳. K리그를 화제 삼아 말이 통하고, 호나우두의 스텝오버가 얼마나 아름답고 감동적인지 알고 있으며, 각자의 마음속에 호나우두의 스텝오버 같은 순간을 하나쯤 소중히 품고 있을 사람들이 모여 있는 곳. 이게 내가 막연히 가지고 있었던 축구 팀의 이미지였다.

여자 축구팀의 영업 비밀

축구를 시작하고 나서 가장 놀라웠던 것은 생각보다 훨씬 많은 여자들이 전국 곳곳에서 축구를 엄청나게 하고 있다는 사실이다. 이렇게 많은 여자들이 이렇게 열심히 축구를 하는데 왜 그동안 남자 조기 축구 선수들만 눈에 띄었던 건지 의아할 정도였다.

다음으로 놀랐던 것은 경기하면서 오며 가며 마주쳤던 많은 선수들 중에 정작 축구 팬은 별로 없다는 사실이다. 월드컵이나 올림픽 같은 국가 대표 축구에도, 해외 축구에도 그다지 관심이 없었다. 그러니 당연하게도 K리그 팬은 더더구나 없었다. "사촌 오빠가 강원FC 팬이었던 것 같다."라는 다른 팀 부주장 언니의 애매한 답이 그나마 가장 근사치였다.(진짜 대체 다들 어디 있어요?) 가끔 WK리그(국내 여자 축구 리그)를 보러 가는 사람들은 있었지만, 그건 학생 때나 프로에서 선수 생활을 함께한 이들이 아직 현역에 남아 있는 친구나 후배를 응원하러 가는 거지 축구 그 자체를 즐기려고 가는 것은 아니었다. 호나우두의 스텝오버 같은 것은 안중에도 없었다. "스텝오버? 뭐 그걸 그렇게 양키처럼 불러. 그냥 헛다리 짚기지. 알 필요 없어, 그런 거. 어차피 우린 안 써."가 그나마 최고치의 관심이었다. 모두들 남이 축구하는 것에는 관심을 보여 주는 말이 전혀 없었다. 가끔 공부 삼아 프로 선수들은 이런 상황에서 어떻게 수비 라인을 만드는지, 볼 트래핑 자세가 어떤지 등을 참고로 찾아보는 정도였다.

아니, 축구도 잘 안 보고 별로 관심도 없으면서 대체 왜 축

스텝오버: 어떤 여자가 축구를 하는가

구를 시작하게 된 거예요? 나는 어쩐지 밀려드는 배신감과 금이 간 로망에 치를 떨며 저런 질문을 던질 수밖에 없었고, 돌아오는 답들은 더 맥 빠졌다.

A 언니는 피트니스 센터에서 운동을 하고 있는데 오며 가며 얼굴만 익은 할아버지가 대뜸 말을 걸었다고 한다. 가끔 연습 시합을 하는 친한 여자 축구팀에 사람이 모자란다. 그동안 당신 운동하는 걸 쭉 지켜보니 보통 체력과 운동신경이 아니더라. 한번 나와서 같이 뛰어 보지 않겠냐는 것이었다. 그러면서 할아버지는 감독님 전화번호를 건넸고, 원래도 운동을 좋아하고 잘하는 언니라 흥미가 동해 연락을 했고, 첫날 얼결에 시합까지 뛰고 나서 바로 입단을 결정, 8년째 뛰고 있다.

B 언니는 A 언니가 연예인 길거리 캐스팅처럼 할아버지에게 스카우트되던 순간에 바로 옆에 있었던 사람인데 "넌 귀가 얇아서 이상한 단체에 잘못 엮여 들어갈 위험이 크니 내가 같이 가 주겠다."라며 A 언니와 동행, 얼결에 같이 시합을 뛰고, 같이 입단했고, 같이 8년 동안 뛰었다.

C 언니는 아들을 어린이 축구 교실에 데려다주고 데리러 가고 하다가 아들의 감독이었던 지금의 감독님을 만났다. 당시 감독님은 학부모들에게 "제가 성인 여자 축구팀 감독도 맡고 있는데 와서 한번 꼭 뛰어 보세요."라는 제안을 하고 다녔는데, 다들 에둘러 거절하는 와중에 혼자 거절을 못하고 진짜로 갔다.

그날 바로 입단 제안을 받았고 그것도 거절할 수 없었다.(언니는 거절할 수 없어서 결혼도 한 사람이다.) 그렇게 5년을 뛰었다.

D 언니는 C 언니와 같은 어린이 축구 교실 학부모였는데 처음에는 C 언니가 진짜로 가서 입단까지 했다는 사실을 비웃었다가 나중에는 C 언니가 감독님이랑 부쩍 친해진 걸 보고 샘나서 입단, 4년을 뛰었다. E 언니는 22년 지기인 C 언니의 꾐에 넘어가 팀에 들어왔고, 역시 4년을 뛰었다.

F는 한창 다이어트 중 하체 살만 유독 안 빠져 고민하고 있었는데 누가 축구를 하면 하체 살이 빠진다는 잘못된 정보를 제공, 그날로 애인을 졸라 축구를 배우기 시작했는데 그러다 재미가 붙어 축구팀을 찾다가 입단, 하체 살은 빠지지 않았지만(애인은 그녀의 삶에서 빠져나갔다.) 7년을 뛰었다.

G는 F의 고등학교 동창인데 몇 명 이상 꼭 참석해야 하는 전국 대회 개회식에서 팀원들이 한꺼번에 빠지는 사태가 발생했던 날, 친구 한 명씩 데리고 와서 머릿수 채워 달라는 감독님의 애절한 부탁을 받은 F에게 불려 나와 개회식에 멀뚱하게 서 있다 간 후 얼결에 입단, 4년째 뛰고 있다. H는 지금은 개인 사정으로 나오지 않고 있는 어떤 언니에게 똑같은 날 똑같은 이유로 불려 나왔다가 역시 4년째 뛰고 있고, 지금 3년째 뛰고 있는 I는 H의 친구고 2년째 뛰고 있는 J언니는 I의 친구다. 헉헉.

그녀들이 축구를 만나는 법

프로 선수 출신이나 아마추어 리그에서 10년 이상 뛰다 온 선수들 빼면 다 이런 식이었다. 게다가 A 언니처럼 원래 탁월한 운동 신경을 갖고 있다든가 이런저런 운동을 오래 해 왔든가 하는 사람은 반도 안 되었고, 심지어 축구팀에 들어오기 전에는 축구 규칙도 전혀 몰랐다는 사람이 태반이었다.

아니, 다들 몇십 년 동안 축구광으로 살다가 어느 날 갑자기 가슴 깊숙한 곳에서 뜨거운 것이 치밀어 오르며 축구를 해야겠다는 열망에 휩싸였다든가, 삶이 공허하고 힘겨웠던 어느 날 길을 걷다 어딘가에서 굴러온 축구공을 무심결에 툭 찼는데 발 끝에서 전해지는 짜릿한 전율에 힘이 샘솟으며 '그래, 다시 한 번 제대로 살아 보자!'라는 희망이 솟구쳤다든가, 그런 비장한 이유로 축구를 시작한 게 아니란 말이에요? 하다못해 축구 팬을 오래 하다 보니 직접 뛰고 싶었다든지, 모 선수가 "답답하면 니들이 뛰든지."라고 미니홈피에 쓴 걸 보고 열 받아서 시작했다든가, 호나우두의 스텝오버에 반했다 같은 흔해 보이는 이유도 없다니요? '그냥 얼결에(모두에게서 가장 많이 들은 말, 얼결에!) 아무 운동이나 하게 됐는데 그게 축구였네?'라니. 아, 평범해. 아, 시시해!

그녀들의 프로 축구에 대한 무관심과 축구를 시작한 이유의 다단계스러움과 그렇게 얼결에 시작한 것을 몇 년씩 이어온 요상한 꾸준함에 혼란스러워하던 나는 훈련을 마치고 집으로 오는 버스 안에서 그날 저녁에 있을 K리그 일정을 확인하고 전날 경기 기사들을 찾아보다가 문득 이런 생각을 했다.

나를 포함, 대부분의 여자 축구 팬들 머릿속 검색창에 '축구'를 쳤을 때 뜨는 이미지들은 아마 몇 년도 무슨 경기에서 어떤 선수가 터트린 역전골이라거나, 응원하는 팀이 우승했던 순간, 좋아하는 선수의 안타까운 부상, 이런 것들일 것이다. 반면 남의 축구는 거의 보지 않는 이 '축구하는 여자들' 머릿속에 뜨는 것들은 본인이 넣었던 첫 골, 본인이 경기 중 저지른 뼈아픈 실책, 우리 팀이 역전승하던 날, 우리 팀 유니폼 같은 것들일 것 같다. 그 속에는 오직 나 자신, 내가 속한 팀만이 있다. 어느 프로 축구팀의 어느 유명 선수가 끼어들 틈 없이. '축구'와 관련해서 자신에게서 비롯되는 자신의 몸에 새겨진 경험들로만 꽉 채워져 있는 여자들. 오, 생각해 보니 이건 이거대로 멋있잖아?

'팬'으로 축구를 시작한 나로서는 잘 상상이 안 가는 경험이다. 내가 응원하는 팀의 빅 매치와 내 축구 훈련 시간이 겹친다면 고민 끝에 전자를 선택할 것 같은 나로서는 온전히 느껴보지 못할 종류의 밀착감일 것이다. 나는 가능한 한 축구의 많은 면을 만나려고 하는데, 그녀들은 오직 자신과 직접 맞닿는 면을 통해서만 축구를 만난다. 그 우직한 집중. 나와 같이 축구하는 사람들은 바로 이런 사람들이다.

이렇게 전혀 유별나지도, 신기하지도, 별다른 이유가 있지도 않은 평범한, 하지만 특별한 여자들 사이에 끼어 축구를 한 지 이제 곧 석 달째가 된다. 그동안 인사이드킥을 배웠고, 드리블을 배웠다. 처음으로 헤딩을 했고 강하게 날아오는 코너킥에 겁 없이 머리를 갖다 대면 하루 종일 두통에 시달릴 수 있다는 것을 알았다. 그리고 '축구'라는 단어 뒤에 오직 나만이 주인공인 이미지들이 생겨나기 시작했다. 축구 바깥에 있던 내가 축구 속으로 조금씩 선을 넘어 스텝오버해 들어가고 있다. 헛다리만은 아니어야 할 텐데.

로빙숏

: 맨스플레인 VS 우먼스플레이

여자 축구 팬, 귀찮아지거나 불쾌해지거나

세상에는 두 종류의 여자 축구 팬이 있다. 축구 팬임을 밝히는 여자와 숨기는 여자. 축구 팬인 게 뭐라고 굳이 숨기려 드나 싶겠지만 거기에는 다 그만한 이유가 있다. 축구 팬이라는 정체성이 노출되는 순간부터 좋지 못한 상황에 휘말려 드는 경우가 제법 있기 때문이다. 대개 둘 중 하나다. 귀찮아지거나 불쾌해지거나.

2015년 리베카 솔닛의 『남자들은 자꾸 나를 가르치려 든다』라는 책이 번역 출간되었다. (원서는 2014년 출간.) 이 책의 핵심 키워드 '맨스플레인(mansplain)'은 2010년 《뉴욕 타임스》 '올해의 단어'로 선정되고, 2014년 온라인 옥스퍼드 사전에 등재 될 정도로 뜨거운 단어다. 남자(man)와 설명(explain)의 합성어로 직역하면 '남자의 설명'인데, 남자들의 설명 모두를 싸잡아 일컫는 말은 아니다. 솔닛도 책에서 "그 단어는 모든 남자에게 그런 타고난 결함이 있다고 주장하는 것 같은 느낌인데, 실제로는 남자들 중에서 일부가 가르치지 말아야 할 것을 가르치려 들고 들어야 할 말을 듣지 않는 것뿐이다. (중략) 나도 내가 흥미가 있지만 미처 몰랐던 사실에 대해서 그 내용을 잘 아는 상대가 설명해 주는 것을 아주 좋아한다."라고 밝혔다. 그러니까 맨스플레인은 중립적 태도에서 나오는 설명이 아닌, '여자가 설마 이런 걸 알겠어?', '당신은 모를 것이다. 여자니까!'라는 젠더적 편견에서 비롯된 오만과 무시가 깔린 설명을 가리킨다.

맨스플레인이라는 생경한 단어를 처음 들었을 때, 여자 스포츠 팬들이야말로 그 뜻을 직관적으로 이해하고 무릎을 탁 쳤으리라 감히 확신한다. '일부' 남성들의 맨스플레인이 집중적으로 모여 '대다수'를 이루기 쉬운 곳은, 사회 통념상 남성의 영역으로 간주되는 곳이다. 자동차, 컴퓨터, 게임, 건축, 기계 같은 것들. 여기에 '스포츠'가 빠질 리 없다.

한번쯤은 보거나 들은 적 있을 것이다. 여자가 오랫동안 스포츠 팬이었다고 밝혔는데도 '혹시 모를까 봐' 친절하게 옆에서 야구의 인필드 플라이를, 축구의 오프사이드를, 농구의 바이얼레이션을 설명하는 남자를. 나는 한 남자에게 "골키퍼만 공을 손으로 만질 수 있어요."라는 설명을 진지하게 들은 적이 있다. 그는 당시 내가 3년차 축구 팬이라는 것을 알고 있었다. 대체 그는 내가 3년 동안 뭘 봤다고 생각하는 걸까.

한국의 축구판에서도 이런 경향이 심하다. '여자들은 축구를 제대로 해 본 적이 많이(거의) 없다.'라는 부인할 수 없는 사실에 '여자니까 스포츠를 잘 모를 것이다.'라는 편견이 더해지며 맨스플레인은 더욱 견고해진다. 물론 축구를 좋아한다고 하면, 자기는 축구를 잘 모른다며 궁금한 걸 물어보는 남자도 있고, 자기도 축구를 좋아하는데 반갑다며 이야기 나누려는 남자도 많다. 나에게도 이렇게 축구를 주제로 신나게 이야기를 나눌 수 있는 남편과 일군의 남자 친구들이 있다. 하지만 현실에는 그렇지 않은 남자가 훨씬 많다. 애석하게도.

그들은 보통 눈앞의 여자가 축구를 좋아한다는 사실을 알게 되면, 그녀가 아무리 축구를 오래 봐 왔다고 하더라도(심지어 그 남자보다 자주, 오래 봤더라도!) 꼭 가르치려 든다. 축구 규칙이든 축구 상식이든 뭐든. 단골 질문인 "오프사이드가 뭔지 알아요?"를 시작으로, 갑자기 소크라테스 귀신이라도 붙었는지 '네가 안다고 믿는 것이 사실 진짜 아는 것이 아님을 깨닫게 해 주겠다.'라는 철학적 일념으로 집요하게 산파술식 질문법을 펼치기도 한다. 축구를 주제로 한 심층적인 대화를 하고 싶은 게 아니라, 감히 남자의 영역으로 겁 없이 들어온 이 여자가 대체 여기가 어딘지 제대로 알고는 들어왔는지, 진짜로 들어와 있기는 한 건지 일종의 호구 조사를 펼치는 것이다.

그러다가 허점이라도 발견하면 바로 딱 잡아채서 '에이, 역시 잘 모르네.'라는 표정으로 반가움을 숨기지 못한 채 설명을 시작한다. 반대로 당연히 몰라야 할 여자가 생각보다(심지어 자기보다) 더 많이 알고 있다는 걸 깨달으면 당황해서 이상한 장광설을 늘어놓거나, '오 제법인데!'라며 선생님이 제자 기특해하듯 귀여워해 주기도 한다. 이게 끝이 아니다. "여자가 축구 같은 걸 너무 아는 척하면 남자들이 부담스러워서 싫어해. 남자기도 좀 세워 줘야지." 같은 말과, 이와 정반대되는 "남자한테 인기 얻으려고 축구 보는 거지?" 같은 말을 동시에 들어야 할 때도 있다. 제발 의견 통일이라도 좀 해 줬으면 좋겠다.

FC바르셀로나 같은 유명한 팀이나 메시 같은 유명한 선수를 좋아할 경우 상황은 더 나쁘다. 내가 좋아하는 선수가 우연히 잘생기기까지 하면 그야말로 최악이다. 맨스플레인을 즐기는 일부 남자들은 여성 축구 팬을 속된 말로 '얼빠'(얼굴만 좋아하는 팬들)로 단정하는 경향 또한 높기 때문이다. 이들은 여자가 남자와 똑같은 이유로 축구와 축구 선수를 좋아할 거라고 상상하지 못한다. 그 이유를 감정적이고 심미적인 이유로 축소시켜 놓아야 비로소 받아들일 수 있는 모양이다. 이봐, 나도 그 선수의 움직임이 훌륭해서, 시야가 넓어서 좋아한다니까? 네가 그렇듯이? 그리고 잘생긴 걸로 좋아하면 좀 안 돼? 그걸로 왜 축구 볼 줄 모른다고 단정 짓고 가르치려 들어?

이런 형편이니 내가 만약 베컴을 좋아한다고 해도 어디 가서 베컴 좋아한다고 말하기는 꺼려지는 것이다. 베컴은 축구 팬이 아니어도 다 알 만큼 유명한 데다가 잘생겼기 때문이다. 베컴이라고 말하는 순간 상대방의 얼굴에는 안도감 같은 것이 떠오르며 '그럼 그렇지, 역시 선수 얼굴 보고 좋아하는구나?'와 '어디서 베컴 잘한단 소리는 주워들었네?' 하는 표정이 교차한다. 호날두? 마찬가지다. 메시? 발롱도르 5회 수상에 빛나는 축구 천재의 이름은 더더욱 거론하기 힘들다. 십중팔구 무시당함과 동시에 장황한 맨스플레인을 들어야 한다.

이게 얼마나 심한지 많은 여자 팬들은 단지 귀찮아지거나 불쾌해지지 않기 위해 '맨스플레인 방지용 좋아하는 선수'를 따로 골라 놓을 정도다. 보통 안전하면서도 있어 보이는 답을 고르는데, 이를테면 베컴을 좋아하면서도 베론이나 게리 네빌을 좋아한다고, 호날두나 메시를 좋아하면서도 토니 크로스나 아구에로를 좋아한다고 답하는 식이다. 팝으로 비유하자면 제니퍼 로페즈나 브리트니 스피어스를 좋아하지만 샤를로트 갱스부르라고 대답하는 것 같은? 장르 문학으로 비유하자면 애거서 크리스티나 코난 도일을 좋아하지만 루스 렌들이라고 대답하는 것 같은?

패키지처럼 따라오는 여러 종류의 맨스플레인에 하나하나 대응하다 지쳐 어느 순간부터 아예 축구 팬임을 숨기고 살기도 한다. 어쩌다 들켜 맨스플레인당한다고 하더라도 그냥 축구에 대해 잘 모르는 척 대충 맞장구치고 말기도 하고. (이럴 경우, 하고 싶은 설명을 마음껏 한 상대방에게 "역시 우리는 대화가 잘 통하네요." 라는 피드백을 높은 확률로 받게 된다.) 이런 상황이니 여자가 축구를 좋아하는 걸 넘어서 직접 배우고 있다고까지 말하는 건 얼마나 조심스럽겠는가. 자칫하면 심약한 몇몇 사람의 심장에 큰 무리를 줄 수도 있다.

'설명'계의 오프사이드, 맨스플레인

축구를 하러 가면 남자들과 심심찮게 마주친다. 우리의 연습 경기 상대는 주로 다른 여자 팀들이지만, 시니어 팀과도 자주 하고 드물게 30~50대 남자 팀과 맞붙기도 한다. 이 남자들 사이에서 나는 인기가 좋다. 왜냐고? '만만한' 여자인 데다가 이제 막 축구를 시작한 초보자니까 붙잡고 하고 싶은 말이 얼마나 많겠는가. 연습 경기가 진행되는 동안 구석에서 인사이드킥 연습을 하고 있으면 수고스럽게도 꼭 다가와서 한마디씩 하고 간다. 연습 경기 중에 나한테 올 수 있다는 건 본인도 후보여서일 텐데 말이다. 축구팀 선수뿐만 아니라 축구장 주변을 둘러싼 트랙을 따라 느릿느릿 걷는 산책객 아저씨들도 한 바퀴 돌 때마다 말을 보탠다.

심지어 가끔 엄마를 따라 오는 우리 팀 언니들의 초등학생 아들내미들도 나를 보면 할 말이 많아진다. 한번은 4학년 남자 애가 두 시간 동안 나를 따라다니며 인사이드킥과 드리블 자세를 꼼꼼히 교정해 준 적도 있다.(이 어린 신사는 헤어지기 전에 음료수까지 뽑아 주며 "오늘 가르쳐 준 거 잊지 말고 앞으로도 힘내라."라고 내 축구 인생의 행운까지 점잖게 빌어 줬다.) 사실 여기까지는 제법 좋은 일이다. 솔닛의 말을 빌리자면 나도 "미처 몰랐던 사실에 대해서 그 내용을 잘 아는 상대가 설명해 주는 것을 아주 좋아"하며 실제로 그렇게 주워듣는 말들이 꽤 유용할 때도 있기 때문이다. 뭐, 가르치는 사람마다 말이 달라 헷갈릴 때도 있지만.

문제는 어려서부터 축구를 시작해서 프로 선수 경력까지 있는 20년차 여자 축구 선수에게도 코칭하려 드는 남자가 있다는 것이다. 뛰는 모습을 10분만 봐도 선수 출신 여자들보다 훨씬 못하는 게 딱 보이는 평범하디 평범한 실력인데도 말이다. 국가 대표 출신 여자 선수도 그들의 레이더를 벗어나지 못한다. 세상에는 전(前) 국가 대표 선수를 앞에 놓고 축구의 기본기에 대해 논하려고 하는 남자들이 정말로 있다.

이날도 그랬다. 40대와 50대로 구성된 초면의 남자 팀과 연습시합을 하게 됐고, 1대 0으로 우리 팀이 앞선 채 전반이 끝났다. 당연한 얘기지만 비슷한 나이대의 여자와 남자의 시합은 스피드나 파워 면에서 절대적으로 여자가 불리하다. 그래도 이날 경기는 해 볼 만했던 게 우리 팀에는 프로 선수 출신 네 명이 모두 참석했고, 마침 상대 팀에는 중고등학교 때까지 거슬러 올라가도 선수로 뛰어 본 사람은 한 명도 없었기 때문이다. 우리 팀 '선출'(선수 출신의 줄임말)들은 이 평범한 남자들을 상대로 안정된 볼 컨트롤, 예리한 패스, 명민한 움직임을 통해 신체적 열세를 잘 메우고 첫 골까지 합작해 냈다. 무난한 승리가 예상됐다.

하지만 남자 팀 선수들의 생각은 다른 듯했다. 하프 타임에 숨을 고르고 있는데, 40대 초반쯤으로 보이는 남자 1호와 남자 2호가 물통을 들고 다가오더니 "와, 다들 잘하시네요. 지난번저 옆 동네 여자 팀이랑 했을 땐 전반부터 점수 차가 너무 벌어지더라고요. 나중에는 막 미안하대? 오늘도 그럴까 봐 전반에는 다들 좀 슬렁슬렁 뛰자 그랬지. 근데 순식간에 골을 먹어 버려 가지고, 하이고, 이거 모양 빠지네요. 아하하하하."라고 존댓말도 아니고 반말도 아닌 말투로 말을 붙여 왔다.

"지금 전반에 저희 봐주셨다는 말씀 돌려서 하시는 거예요? 아유, 그게게 왜 그러셨어요. 그러지 말고 힘껏 뛰어 주세요. 그래야 서로 늘고 도움이 되죠."

저런 말들에는 진작에 이골이 났을 주장이 적당히 웃는 낯으로 대꾸했지만, 그녀의 눈꼬리가 조금 치켜 올라갔다는 것을 우리 팀 선수들은 모두 눈치챘다. 불행히도 남자 1호, 2호 콤비는 모르는 것 같았지만.

후반에는 제대로들 뛰세요, 네?

"그거야 그렇죠. 근데 여자 팀이랑 뛸 때는 아무래도 차이가 나니까 미안해서 그렇게 안 되더라고. 내가 보니까 이 팀도 다들 잘하시는 편인데 그래도 아쉬운 플레이들이 꽤 많다니까. 혹시 선출이세요? 그렇지? 선출이지? 그럴 거 같더라. 근데 선출들 중에 너무 멋 부리면서 축구하는 사람들이 꼭 있어요. 그냥 한 번만 꺾어도 될 건데, 왜 굳이 두 번 세 번 꺾어?"

이렇게 시작한 축구 코칭 타임이 이어졌다. 나중에는 주변을 얼쩡거리던 남자 3호와 남자 4호(남자 팀 골키퍼였다.)도 가세했다. 미드필더가 너무 소모적으로 움직이고 있다. 공중볼 경합을 너무 안 하는 경향이 있다. 누구는 드리블할 때 발이 어떻다. 누구는 패턴이 너무 읽힌다 등등.

불쾌한 건 둘째 치고 듣고 있기 민망해서 도망가고 싶었다. 단언컨대 입단 이래 제일 민망한 순간이 아니었을까. 그동안 지켜본 연습 시합만 해도 십수 경기는 되는데, 이 팀의 실력은 끝에서 서너 번째 정도로밖에 안 보였고, 특히 지금 이 네 명은 날아오는 패스도 잘 못 받고 킥도 어정쩡하고 수비 가담도 늦고 골키퍼 펀칭은 불안하고 유독 우왕좌왕하던 선수들이었기에 더 그랬다. 아니, 이분들이 여기서 이러고 계실 분들이 아닌데…….

"아, 네네. 알려 주셔서 고마운데요. 그냥 저희끼리 조용히 쉬다가 들어갈 테니 이제 그만하세요."

주장의 눈이 약간 더 치켜 올라갔다. 이번에는 남자들도 확연히 알아챘다.

"우리 주장님이 지적당하니까 기분이 좀 나쁘신가 보다. 에이, 그래도 도움 되라고 이렇게 이야기해 주는 건데 왜 뾰족하게 그래. 서로 늘고 도움 되자면서요."

"네. 근데 별 도움 안 될 것 같아서요. 저희끼리 그냥 쉴게요."

"내참, 아가씨! (우리 주장이 축구장에서 제일 싫어하는 호칭이 나오고야 말았다.) 주장이 뭐 그리 속이 좁아요. 이거 우리가 아가씨들 개인을 공격하는 게 아니야. 이걸 감정적으로 받아들이면 안 되지, 선수들이. 아까 보니까 아가씨도 볼 찰 때……."

"아저씨! (우리 주장이 축구장에서 여간해서는 입에 올리지 않는 호칭도 나오고야 말았다) 죄송한데요. 저 축구 할 만큼 했어요. 국가 대표도 했거든요? 정은진, 이거 제 이름인데 인터넷에 한번 쳐 보세요. 그리고 여기 이 친구도 국가 대표였고요. 저희도 충분히 다 아니까 저희는 저희가 알아서 할게요. 네?"

주장의 서슬과 국가 대표 출신이라는 말에 남자들이 잠시 멋쩍은 표정으로 말을 멈췄다. 조금 떨어져 앉아 있던 남자 5호가 그새 휴대 전화로 검색했는지 "오, 여기 있다! 우와, 주장님 잘하셨구나." 하며 서 있는 남자들에게 다가와 화면을 보여 줬다. 그래서 그들이 저쪽으로 조용히 사라졌을까? 그럴 리가. 최대한 선의로 해석해 주자면 아마 무안했을 테고, 그래서 뭐라도 할 말을 더 찾아 아름답게(모양 빠지지 않게) 대화를 마무리 짓고 싶었을 것이다. 그게 아니라면? 그냥 한마디도 지지 않고 싶었나 보지. 뭐가 됐든 이런 시도는 상황을 더욱 악화시켰다.

"아니 근데, 남자들은 국가 대표 정도 했으면 확 표가 나는데 여자들은 그렇지도 않네요? 그래서 몰라봤네. 미안합니다."

"우리 주장님 이때보다 살 좀 붙으셨죠? 그래, 은퇴한 지 좀 되셨네. 은퇴하고 나서 자기 관리 꾸준히 하면서 실력 유지하기 굉장히 힘드실 텐데."

"특히 여자들은 30대 넘어가면 일단 체력이 확 꺾이더라고. 혹시 운동 꾸준히 하고 계세요? 웨이트 같은 거. 안 하시면 소개시켜 줄 좋은 트레이너 동생 하나 알거든요. 하시면 좋을 것 같은데 경기 끝나고 명함 줄게요. 이 친구 잘해요."

다행인지 불행인지 심판의 호루라기 소리가 들려왔다. 후반전을 준비하기 위해 돌아가는 남자들 등 뒤에 대고 주장이 "아저씨들, 후반 끝나고도 봐주느라 슬슬 뛰었다는 둥 구차한 말하지 마시고요, 제대로들 뛰세요? 네? 우리가 체면은 살려 드릴게."라고 으스스한 톤으로 으름장을 놓고는 선수들을 불러 모아 경기장으로 들어갔다. 오늘 경기 멤버에 포함되지 않은 나와 다른 네 명의 선수들도 개인 연습을 하기 위해 축구장 한쪽 구석으로 발걸음을 옮겼다. 가는 길에 피치 위를 힐끗 보니 주장이 선수들에게 이런저런 지시를 내리고 있었다. 분노로 활활 타오른 채로. 아무래도 오늘, 심상치 않다.

맨스플레인에 대한 우리들의 답은 느리고 우아하지

후반이 시작되었다. 어쩐지 자꾸 피치 위로 눈이 돌아가서 개인 연습에 잘 집중이 되지 않았는데, 다른 네 명도 자꾸 멈춰 서서 경기를 훔쳐보는 게 다들 비슷한 마음인 모양이다. 결국 은경 언니가 "음…… 이렇게 된 거 어떻게 되나 좀 볼까?"라고 방백인지 독백인지 알 듯 말 듯 던진 말을 신호 삼아 우리는 슬그머니 연습을 중단하고 경기를 보기 시작했다. 감독님도 별말 없었다. 경기에 정신이 팔린 우리를 이해해서인지 경기에 정신이 팔려 우리를 못 봐서인지는 모르겠지만, 어느 쪽이든 이상할 게 없는 그런 아슬아슬한 경기였다.

양상은 전반과 비슷했다. 하지만 훨씬 거칠었다. 특히 남자 2호는 몸싸움 중에 우리 팀 총무 언니를 넘어뜨렸고 파울을 선언하는 심판을 향해 "그냥 스친 건데 혼자 나가떨어진 거예요! 진짜 여자들 엄살 더러워서 시합 못해 먹겠네!"라고 소리를 버럭 질렀다. 아니, 치사하게 팔꿈치 쓰는 걸 내가 똑똑히 봤는데 도리어 지가 항의를 하다니. 나야말로 어이가 없어서 혼자 나가떨어질 뻔했네.

잠깐의 소란이 가라앉고 경기가 재개됐다. 총무 언니의 칼 같은 패스를 주장이 가볍게 받았다. 좋아! 앞의 공간도 비어 있고, 이제 앞으로 쭉 전진하면 된다! 되는……데? 어? 희망이 가득한 벌판을 앞에 두고 주장이 굳이 왼쪽으로 몸을 트는 게 아닌가? 왜 그러지? 왜 뒤로 돌지? 수비를 하고 있던 남자팀 선수들도 어리둥절한 기색이었고, 나도 고개를 갸웃하며 주장을 뚫어지게 바라보고 있었는데…… 설마…… 설마?

설마가 아니었다. 주장이 공을 몰고 가서 멈춰선 곳은 남자 2호 앞이었다. 영문은 모르겠지만 공을 가진 사람이 앞에 섰으니 영문을 신경 쓸 때는 아니라, 어쨌든 잽싸게 수비 자세를 취한 남자 2호. 공을 잠시 끌던 주장은 왼쪽으로 돌파할 것처럼 몸을 확 기울였고, 남자 2호가 그 동작에 반응하는 찰나 반대쪽으로 공을 몰고 쉭 바람처럼 지나가 버렸다. 와아아아! 맥없이 제쳐진 남자 2호가 역동작에 걸려 엉거주춤 무릎이 꺾이는 것과 동시에 내 입에서 저절로 환호가 터져 나왔다. 선출들은 꼭 한 번 꺾어도 충분할 걸 두 번 꺾는다고 뭐라고 하더니 그래, 당신은 정말 한 번 꺾어도 충분하네! 아, 쌤통이다. 아, 짜릿해! 옆에서 다른 언니들도 신나서 외쳤다.

"은진아, 달려! 달려!"

주장의 생각은 달랐다. 이제 상대팀 골대로 전진하겠지 하는 순간, 그래서 남자팀 수비수 두 명이 그녀 앞으로 달려가는 순간, 그녀는 다시 몸을 틀어 공을 몰고 남자 2호 앞으로 되돌아갔다. 그리고 같은 방향으로 페이크를 써서 또 한 번 그를 획 제쳤다. 아까보다 더 순식간에 벌어진 일이었다. 와, 세상에. 설마 했는데 굳이 다시 가서 그걸 또 하다니, 이런 무서운 여자. 도끼로이마까 깐데또가 같은 여자. 우리의 무서운 깐데또가는 이제 거칠 것 없이 앞으로 내달렸다. 다른 수비수가 재빨리 주장에게 따라붙었지만 역부족이었다. 그녀는 그마저도 가볍게 따돌리고 골대 앞까지 간 후 직접 슈팅을 날렸다.

완벽한 슛이었다. 그것도 로빙슛(lobbing shoot), 완벽한 로빙슛이었다. 로빙슛은 공의 밑동을 톡 찍어 차서 골키퍼의 키를 살짝 넘기는 높고 느린 슛을 말한다. 이 슛의 짜릿한 점은 주장에게 트레이너를 소개시켜 주겠다고 했던 남자 4호 골키퍼처럼, 골키퍼가 손발에 매듭이 꽉 묶인 것처럼 아무것도 해 보지 못하고 자기 머리 위로 느리게 날아가는 공의 궤적을 멍하니 바라보며 허망한 기분으로 골을 먹게 된다는 점이다. 빠르고 강한 슛보다 더 큰 굴욕감을 안겨 주는 슛. 공은 아름다운 포물선을 그린 뒤에 통통 튀어서 그물에 살며시 안겼다. 2대 0.

통쾌하다고 하기에는 어딘가 뭉클한 여운이 채 가시기 전에 약이 바짝 오른 남자 팀이 맹공을 펼쳤다. 두 번의 아슬아슬한 순간과 몇 번의 공격이 지나갔다. 남자 팀이 역습을 하려는 찰나, 우리 팀 에이스이자 또 한 명의 국가 대표 출신인 승원이가 불쑥 나타나 남자 3호의 패스를 가로챘다. 그리고 그녀도 골대가 아닌 남자 1호 앞으로 공을 몰고 갔다. 이번에는 놀랍지도 않았다. 다들 아주 날을 잡았네, 잡았어. 맨스플레인을 날려 버리는 우먼스플레이 대잔치의 날.

그 의도를 누구보다 빨리 파악했을 남자 2호(왜 아니겠는가.)가 달려와 남자 1호와 합동으로 승원이를 에워쌌다. 하지만 그녀는 둘의 사이 공간으로 공을 툭 차 놓고 자신도 유유히 그 사이로 빠져나갔고, 골대 앞으로 공을 몰고 가다가 주장에게 패스했다. 주장은 쿠션처럼 부드럽게 공을 받아 낸 후 침착하게 슛. 이번에도 로빙슛이었다. 첫 번째 슛보다 골키퍼 키를 더욱 살짝 넘어가는, 더 부드럽고 우아한 슛. 그렇게 연달아 꽂은 두 개의 로빙슛에 주복 언니의 추가 골까지 더해 4대 0으로 경기가 끝났다.

경기가 끝나고 주장과 언니들이 남는 음료수 캔을 남자 팀에게 갖다 주었고 "감사합니다.", "수고하셨습니다." 같은 의례적인 말들만이 짧게 오갔을 뿐 더 이상의 말도, 골키퍼가 건네는 트레이너 명함도 없었다. 아마 저 팀은 다시는 우리와 연습 경기를 뛰지 않을 것이다.

대단한 후반 20분이었다. 우리 모두를 소리 지르게 만든 통쾌한 20분이었고, 여간해서는 앉은 자리에서 꿈쩍 않는 감독님마저 벌떡 일으킨 20분이었다. 내 마음속에 오랜 세월 차곡차곡 쌓여 있었을 맨스플레인 독을 일부나마 빼내어 준 것 같은 20분이었고, 그래서 어쩐지 한바탕 울고 난 것 같은 후련한 20분이었고, 나를 다시 한번 축구와 사랑에 빠지게 만든 20분이었다.

그날 이후 회사나 일상에서 맨스플레인하려 드는 남자들을 볼 때마다 주장의 슛이 떠올랐다. 살면서 본 가장 의미심장한 슛이 아니었을까? 거기에 담긴 메시지는 매우 명확했다. "나의 킥은 느리고 우아하게 너희들의 '코칭'을 넘어가지." 느리고 우아하고 통쾌했던, 잊지 못할 로빙슛! 러빙슛!

아웃사이드 드리블

: 공만 보는 자의 슬픔

누가 평온한 토요일 아침을 망쳐 버렸나

"앞을 봐, 앞을! 자꾸 공만 보지 말고. 고개를 들라고!"

시니어 팀 감독 할아버지의 목소리가 어김없이 축구장을 가로지른다. 피치 안에서는 우리 팀과 시니어 팀의 연습 경기가 한창이다. 나를 포함해서 연습 경기에 나가지 못하고 남은 네 명은 피치 밖에서 드리블 연습을 하고 있었다.

연습 경기가 있는 토요일 아침이면 우리 팀 감독님과 시니어 팀 감독 할아버지는 아예 축구장 밖 철망 너머에서 경기를 관전하곤 한다. 사실 관전이라기보다는 관망에 가깝다. 라인 바로 바깥에 붙어 열심히 작전 지시를 내리는 것이 응당 감독의 할 일이 아닌가 싶은데, 둘 다 굉장히 무심하다 못해 마치 남의 팀 경기, 그것도 아는 선수 하나 없고 나라 이름도 잘 모르겠어서 더더욱 관심 없는 '투르크메니스탄 대 시에라리온의 친선 경기' 같은 걸 보고 있는 것 같다.

지나가던 동네 아저씨들이 말을 걸면 담소를 나누기도 한다. 아저씨들은 주로 "감독님도 축구 선수였어요?"로 시작해(그래도 감독 티가 나긴 나나 보다.) 마지막에는 꼭 "이동국이랑 친해요?", "안정환 본 적 있어요?" 같은 걸 묻는데 감독님이 아니라고 하면 실망하는 기색이 역력하다. 언젠가 감독님은 식당에서 점심상에 놓인 꽈리고추볶음을 젓가락으로 집다가 "아니, 지들이 왜 실망해? 축구 했으면 걔들이랑 다 친해야 하나?"라고 분개했다("그러니까 누가 그런 데 서 있으래요? 젓가락질 아니, 위치 선정이 중요하다니까요."라고 말하고 싶었지만 참았다.)

물론 공식 대회에 나갔다거나 하다못해 점심 내기라도 걸려 꼭 승패를 갈라야 할 때면 두 감독님 다 다혈질로 변해 열정을 역정으로 불태우지만, 자주 만나는 팀과의 연습 경기는 대개 이런 식이다. 가끔 "그런 식으로 수비하면 탈퇴시켜 버린다!"(우리 팀 감독님)라거나 "계속 몸싸움 밀리면 넘어질 때마다 사진 찍어서 니네 손주한테 보낸다!"(시니어 팀 감독님) 같은 협박이 있긴 하지만 대체로 평온한 분위기랄까. 그런데 몇 주 전부터 그 평화를 깨고 시니어 팀 감독 할아버지가 간헐적으로 고함을 치기 시작한 것이다.

"앞을 봐!", "고개 들어!", "땅에서 눈 떼!" 같은 고함이 첫 주에는 두 시간에 한 번, 다음 주에는 45분에 한 번, 그다음 주에는 30분, 또 다음 주에는 20분에 한 번으로 점점 간격이 짧아지더니 이날은 전반 시작한 지 10분이 채 안 되는 동안 두 번이나 터져 나왔다. 이런 속도로 가다간 다음 달에는 앞 고함이 끝나기도 전에 뒷 고함이 나올 기세다. 이 혼란스러운 상황에 나도 얼마간의 책임이 있는데, 왜냐하면 저 고함의 대상이 바로 나이기 때문이다.

몇 주째 야단을 맞고 있다. 정작 우리 팀 감독님은 내가 축구를 개 발로 하든 새 발로 하든 한없는 평온함을 유지하고 있는 반면,(이동국과 안정환에 대해 물어오는 아저씨들만 없다면 말이다.) 시니어 팀 감독 할아버지는 저 풋내기 초보의 나쁜 습관을 어떻게든 뿌리 뽑아야겠다고 마음을 단단히 먹은 모양이다. 멀쩡히 진행되는 연습 경기는 관망하면서 구석에서 조용히 공과 우애를 다지는 나는 어찌나 날카로운 눈으로 관찰하시는지. 무료한 오전, 무심하게 신문을 들여다보는 것 같지만 사실은 치열하게 '틀린 그림 찾기'를 하고 있는 부동산 아저씨 같다.

이분으로 말할 것 같으면, 다른 할아버지 선수들과는 장난도 잘 치고 살갑게 말도 잘하는 우리 팀 선수들이 유일하게 어려워하는 시니어 팀 최고령자다. 늘 근엄하고 무언가에 화가 난 것 같은 표정이 얼굴에 붙박이장처럼 자리 잡고 있는데 어지간

하면 변하는 일이 없다. 아침에 저 멀리서 등장할 때도 저 얼굴, 심판 판정에 불만을 표할 때도, 농담할 때도, 지쳤을 때도 저 얼굴, 주야장천 저 얼굴이다. 무슨 장승 같다.

한번은 감독 할아버지 표정이 약간, 아주 약간 누그러져 있었는데,(하지만 그것 역시 일반적인 기준으로 보면 상당히 화가 난 표정이었으며, 평소 표정과 비교해서 그리 유의미한 차이도 아니었는데) 사람들이 "감독님 지금 거의 뒤로 넘어갈 정도로 웃고 계시는 중"이라고 진지하게 말하는 바람에 도리어 내가 뒤로 넘어갈 정도로 웃었다. 이런 분이 시도 때도 없이 내리는 불벼락을 매주 듣고 있으려니 내 영혼의 끄트머리가 바짝 타들어 가는 것 같다.

이게 다 아웃사이드 드리블(outside dribble) 때문이다. 아웃사이드 드리블은 발 바깥쪽을 이용해서 새끼발가락이 공 밑 부분에 살짝 들어가듯 차, 공을 밀어내며 전진하는 것을 말한다. 이 드리블 최고의 장점은 수비수를 속일 때 아주 유용하다는 점이다. 이쪽으로 갈 것처럼 몸을 기울여서 상대 선수가 덩달아 그쪽으로 몸이 기운 틈을 타 반대쪽으로 휙 빠져나가기 좋기 때문이다. 축구에서 가장 짜릿한 순간이라면 단연 '슛! 골인!'이겠지만, 수비수를 휙휙 제치며 빠져나가는 순간도 그 못지않게 매력적이다. 나를 축구로 확 끌어들인 장면도 호나우두의 골이 아니라 헛다리 짚기 아닌가! 로빙슛의 그날, 우리 주장이 보여 줬던 현란한 페인트 동작은 또 어떻고!

아웃사이드 드리블은 그런 페인트 동작의 첫 관문과도 같은 것이었기에 다른 동작을 배울 때보다 훨씬 비장한 마음으로 연습에 임했다. 완벽히 마스터하겠다는 의지로 똘똘 뭉쳐 '하나를 차도 제대로 차리라.' 하는 마음으로 발의 정확한 부위를 공의 정확한 지점에 잘 갖다 대고 있는지, 발등은 적절하게 잘 폈는지, 너무 세지 않고 간결하게 툭툭 잘 차고 있는지 끊임없이 확인하면서 말이다. 여기까지는 좋았다. 꽤 빠른 시간 안에 어느 정도 몸에 익었고 제법 자신도 붙었다. 문제는 그다음이었다.

몇 주 전의 토요일. 평소처럼 축구장 가장자리를 따라 아웃사이드 드리블 연습을 하고 있을 때였다. 갑자기 장승 할아버지가 나를 불러 세웠다.

장승 할아버지는 나를 보고 소리치지

"김혼비라고 했나? 네가 올해 새로 들어온 애 맞지? 야, 너 스피드도 있고 드리블 폼도 제법이고 연습 좀 하면 금방 늘겠더라."

오, 이 엄하고 무섭고 속 모를 감독님이 칭찬을 해 주다니! 나는 약간 감격했다. 축구를 시작한 이래 내 동작에 대해 누군가 코멘트해 주는 것을 처음 들어서이기도 했다. 우리 팀 감독님은 그런 걸 하는 성격이 아니고,(비유나 잘하지 뭐.) 언니들 또한 이렇다 저렇다 말을 하는 성격이 아니어서 입단하고 넉 달 동안 대체 내가 지금 잘하고 있는 건지 전혀 확인할 길이 없었는데, 이렇게 다른 팀 감독님에게나마 말을 들으니 그전에는 딱히 답답한 줄도 몰랐던 속이 시원해졌고, 안심도 됐다. 게다가 저런 장승 같은 사람이 저런 표정으로 저런 말을 하면 세상에 진리도 저런 진리가 없을 것 같은 기분이 드는 것이다. 게다가 이어지는 말은 잊고 있었던 또 다른 진리마저 깨우쳐 주었다.

"근데 말이야, 그렇게 계속 공만 보면서 차면 안 돼. 그러면 절대 실력 안 늘어. 공은 시야 끝에 놓고 슬쩍 본다고 생각하고 눈으로 앞을 보면서 주변을 살펴야지!"

이럴 수가! 정말 옳은 말씀이다. 그야말로 기본 중에 기본인데도 이상할 정도로 전혀 신경 쓰지 않고 있었다. 세상에 어느 축구 선수가 공만 보고 드리블을 한단 말인가? 시야가 공에서 벗어나야 전체적인 경기 상황을 살펴보며 적합한 판단을 내릴 수 있다. 상대 수비수의 움직임도 확인해야 하고, 패스해 줄 우리 팀 선수의 위치도 확인하고, 눈을 맞추며 소통도 해야 한다. 이렇게 하염없이 땅, 땅 위의 공, 공 아래 발만 번갈아 보면 안 되는 것이다.(우리 감독님은 왜 대체 이런 이야기를 해 주지 않았던 걸까.) 장승 아니, 감독님, 감사합니다! 이제부터 고개를 들고!

앞을 보며! 당당히 축구 꿈나무의 길을 걸어가겠습니다!

이렇게 다짐했지만 그 길은 매우 험난했다. 공에서 시선 떼는 게 이렇게 어려울 줄이야. 자전거에서 보조 바퀴를 떼던 때가 생각났다. 여태까지 나를 든든히 받쳐 주던 보조 바퀴가 없다는 사실을 의식하는 순간 '안 넘어지고 잘할 수 있을까?'라는 불안이 엄습하고, 생각이 많아지고, 그 순간 페달 위의 발, 발을 구르는 다리, 앉아 있는 엉덩이, 손잡이를 붙잡고 있는 손, 이 모두를 분절적으로 의식하게 되면서 동작이 엉키고 이내 균형을 잃고 쓰러진다. 축구공에서 시선을 떼는 것도 비슷했다. 공을 보지 않고 있다는 사실을 의식하는 순간 어쩐지 공을 헛 찰 것 같고, 발, 발등, 새끼발가락, 땅을 딛고 있는 반대편 다리로 온 신경이 분산되면서 스텝이 엉키거나 힘이 지나치게 들어가 공을 이상하게 차고 만다. 인간이란 무언가를 의식하는 순간 그 의식의 대상에 필요 이상으로 파괴적인 힘을 주는 게 틀림없다.

그럼 의식하지 않으면 되는 거 아니냐고 말씀하시는 분이 계실지 모르겠지만, 네…… 우리 모두 잘 알잖아요. 그게 그렇게 쉬운 게 아니라는 걸. 정말 쉽지 않았다. 공에서 눈을 떼면 걱정이 시작된다. → 그전까지 착착 잘되던 드리블이 엉망이 되기 시작한다. → 조바심이 나고 자신을 믿을 수 없어진다. → 당장 땅을 보고 싶어 조바심이 더 강해진다. → 결국 땅을 본다. → 자꾸 본다. → 또 본다. → 멈출 수가 없다. → 운다. → 울다 지쳐

다시 공에서 눈을 떼면서 드리블하는, 루트를 끝없이 돌고 있자니, 축구 꿈나무의 길은 고사하고 대체 어떤 이상한 길에서 헤매고 있는 건가 하는 진한 회의가 몰려왔다.

어쩌다 공이 발에 잘 맞을 때라고 다를까? 뭔가 그럴싸한데 정확하게 맞는 것 같지는 않다. → 이게 정확한 걸까 싶어 찜찜하다. → 자세도 부정확한 것 같다. → 이런 부정확한 자세가 습관으로 몸에 배면 고치기 힘들지 않을까 걱정된다. → 일단 지금은 정확하게 하는 게 중요한 것 같다. → 결국 땅을 본다. → 자꾸 본다. → 또 본다. → 멈출 수가 없다. → 운다. 다시 이 길에 합류하고 마는 것이다. 몇 주째 이 굴레를 벗어나지 못하고 있다.

이날도 전혀 나아질 기미는 없었고, 그걸 지적하는 감독 할아버지의 고함은 스탠드에서 계속 날아왔다. "앞을 봐!", "고개 들어!", "땅에서 눈 떼!" 고함도 고함이지만, 원하는 대로 몸과 축구공을 제어하지 못하는 이 상황이 무엇보다 답답했다. 마음으로 스물다섯 번쯤 울었을 때 겨우 전반전이 끝났다.

저, 오해하셨습니다만

경기 내내 저 멀리서 팔짱 끼고 있던 감독님이 선수들 마실 물통을 들고 다가왔다. 선수들의 전반전 문제점을 짚어 주었고(안 보는 것 같아도 다 보나 보다.) 연습조 네 명을 불러 뭘 연습하고 있었냐고 물어보았다.(다 보고 있는 것 같지는 않다.)

"아, 아웃사이드 드리블? 좋아요! 그럼 후반에는 경기장 테두리를 따라 돌면서 아웃사이드 드리블을 합시다. 넷이 한 줄로 서서 하는데, 단! 네 사람 간격이 똑같아야 해요. 어느 한 곳만 너무 벌어지거나 너무 좁아지면 안 되고 간격 유지하면서 뛰란 얘기예요. 다른 사람이랑 호흡 맞추는 연습하는 거니까 무조건 자기 페이스대로만 가면 안 돼요. 아셨죠?"

이렇게 어느 정도 협업이 필요한 미션의 관건은 실력이 가장 처지는 사람을 어디에 배치하느냐에 있다. 그러니까 나 말이다. 전체 간격을 유지하려면 내가 맨 앞에 서는 게 맞다. 가장 못하는 내가 맨 앞에서 느릿느릿 가면 잘하는 뒷사람들이 그 속도에 맞춰 줄 테니 간격이 흐트러질 확률은 적어지겠지. 하지만 더 빠르게 드리블할 수 있는 언니들이 내 속도에 맞춰 20분이 넘는 시간을 느릿느릿 산책하듯 보내는 것은 그녀들의 실력 향상에 전혀 도움이 되지 않을 것이다. 그러느니 차라리 내가 맨 뒤로 가서 혼자 간격을 망가트리는 편이 나았다. 언니들도 비슷한 생각이었는지 내가 알아서 맨 마지막에 가서 서는 걸 당연하게 받아들였고(어쩌면 아무 생각 없었는지도 모른다. 원래 이런 건 제발 저리는 사람이 제일 열심히 생각하는 법이니까.) 순식간에 대열이 갖춰졌다. 각자 공을 하나씩 갖고 출발하려는 찰나, 감독님이

능글맞게 말을 보탰다.

"제가 수시로 체크할 거예요. 어느 간격이 너무 좁거나 넓으면 단체로 운동장 열 바퀴씩 뛸 거야! 그러니까 잘해."

헉! 단체 드리블도 모자라 단체 벌칙까지 걸다니. 이럴 줄 알았으면 그냥 앞에 설 걸. 이미 출발해 버려서 지금 와서 다시 맨 앞으로 갈 수도 없다. 고함이야 백 번 듣더라도 혼자 야단맞는 거니까 마음이라도 편하지, 나 때문에 다른 언니들까지 이 땡볕 아래서 운동장을 열 바퀴 뛰는 일만큼은 절대 없어야 할 텐데……

이렇게 된 이상 어쩔 수 없다. 오직 간격 유지에만 신경 쓸 수밖에. 정확한 드리블에 신경 쓰면서 동시에 언니들 속도에도 신경 쓰는 건 내 실력으로 불가능하다. 무리했다가 공이 다른 곳으로 튀어 나가 버린다면…… 아아, 상상도 하기 싫다. 그래, 괜히 정확히 하려다 힘 잘못 주지 말고, 고개 들고 하려는 노력은 더더욱 하지 말고, 최대한 안전하게 공하고 발만 열심히 보면서 가는 거야! 물론 고함소리는 더 크게 울리겠지만 지금 그게 중요한 게 아니잖은가.

그렇게 마음을 굳게 먹고 일단 첫 바퀴는 무사히 도는 데 성공했다. 감독 할아버지가 서 있는 스탠드 앞을 지날 때는 잠시 긴장했지만, 조용히 넘어갔다.(마침 경기장 안에서 감독 할아버지가 눈을 떼지 못할 만한 상황이 벌어졌던 모양이다.) 두 바퀴째도 역시

'대놓고' 공 보며 드리블하랴, 틈틈이 앞에 언니들 간격 확인하랴, 감독 할아버지 눈치 보랴 정신이 없던 중 다시 스탠드 앞을 지나게 됐고, 어휴, 아니나 다를까, 이번에는 올 것이 왔다.

"야! 김혼비!"

마음을 굳게 먹었다지만 장승이 소리를 지르면 움츠러들지 않을 도리가 없다. 그래도 짐짓 아무렇지 않은 듯 감독 할아버지 쪽으로 고개를 돌렸는데, 헉! 이건 뭐지? 믿기 어려운 광경에 공을 잠깐 놓칠 뻔했다. 감독 할아버지가 웃고 있었던 것이다. 아는 사람들만 아는 그런 암호 같은 웃음 말고, 누가 봐도 알 수 있는 환한 웃음. 뭐지? 왜지? 왜 웃으시지? 나는 매우 불안해졌다. '거의 뒤로 넘어갈 정도로 웃고 있는 것'일 때가 엄청 화난 표정이었으니까, 저렇게 웃고 있는 표정은 사실 '거의 뒤로 넘어갈 정도로 화를 내고 있는 것' 아닐까? 하지만 실상은 더 나빴다.

"이야! 너 이제 좀 되는구나? 그것 봐라! 그렇게 하면 되잖아. 내가 나쁜 버릇 싹 뜯어고칠 때까지 네가 이기나 내가 이기나 해 보려고 했는데 이제 됐네, 이제 됐어! 잘했다! 계속 그렇게만 해!"

네? 갑자기 이게 무슨 말이지? 왜 칭찬을 듣고 있는 거지? 지금 뭔가 단단히 오해하신 것 같은데, 혹시…….

아아, 감독님! 아니에요. 그게 아니에요! 나는 여전히, 심지어 다른 때보다 더 심하게 대놓고 공만 보고 있었다. 그 와중에 앞에 언니들이랑 간격 확인하느라고 잠깐 고개 들고 있었던 건데 하필, 하필 그 찰나를 보고 오해하신 게 틀림없다. 아, 그게 아닌데. 저렇게 좋아하시면 안 되는데……. 근데 진짜 좋아하시네. 나뿐만 아니라 축구장에 있는 모든 사람들이 감독 할아버지의 웃는 모습을 신기하게 쳐다보고 있었다. 앞에 가던 언니 셋도 공을 툭툭 차며 돌아본 것은 물론이고 경기 중인 선수들도 잠시 멈춰서 감독 할아버지를 쳐다봤다. 마치 몇 년에 한 번 핀다는 대나무 꽃처럼 희귀한 걸 본 놀라움에 젖어 있는 것 같았다. 아, 저 꽃이 지금 피어서는 안 되는데, 저거 내가 곧 꺾어 버리게 될 텐데……. 큰일이었다. 저렇게 좋아했는데 그게 오해였단 걸 알면 크게 실망할 게 분명했다. 실망하는 거야 어쩔 수 없지만 저렇게까지 극적으로 좋아하면 이쪽도 책임감 같은 게 생겨 버려 매우 곤란하다.

그 상황에서 내가 할 수 있는 건 없었다. 드리블도 어려운 일이고, 누군가의 오해를 푸는 것도 어려운 일인데 '드리블하면서 오해 풀기' 같은, '누워서 떡 먹기'의 완벽한 반대말 같은 것을 내가 할 수 있을 리 없다. 일단 계속 드리블을 하며 앞으로 나갈 수밖에. 스탠드를 완전히 지나쳐 코너를 돌았다. 골대 뒤쪽에 이르자 잠시 감독 할아버지의 시야에서 벗어났다. 하지만 다음 코너를 돌아 스탠드 반대편 사이드라인에 서면 또 그 눈을 피할 길이 없을 터였다. 아아, 대나무 꽃을 꺾어야 하는 순간이 다가오고 있다. 누군가가 화내는 모습보다 실망하는 모습을 보는 게 훨씬 무섭다는 걸 새삼 느끼며 결국 코너의 끝에 다다랐다. 내 마음도 코너에 몰렸다.

어떤 오해는 나를 한 발 더

잔뜩 긴장한 채 코너를 돌자 건너편에 선 감독 할아버지가 시야에 다시 들어왔다. 나도 그의 시야에 들어갔다. 자세히 보이지는 않았지만, 부리부리한 눈이 필드를 가로질러 나에게 꽂히는 게 온몸으로 느껴졌다. 평소의 엄격함이 아닌 대견함, 도저히 깰 엄두가 나지 않는 신뢰 같은 것이 가득 담겨 있다는 것도 느껴졌다. 고개가 차마 아래로 떨어지지 않았다. 여기서 고개를 숙였다가는 다시 그 앞을 지나칠 때 크게 실망하는 얼굴을 바로 눈앞에서 봐야 한다. 그것만큼은 꼭 피하고 싶었다. 그래 참자, 일단 저 앞까지만, 반 바퀴만, 반 바퀴만 더 버텨 보자. 고개를 들고, 앞을 보고, 공에서 눈을 떼고. 차근차근, 차분하게, 그렇게 다시 감독 할아버지 앞에 서기까지 묵묵히 반 바퀴를 돌았다.

다시 만난 감독 할아버지는 자신의 앞을 지나쳐 가는 나를 바라보며 엷은 미소를 띤 얼굴로 "그래, 잘하고 있어."라는 듯 고개를 끄덕이고 있었다. 그 모습을 다시 뒤로 하고 네 바퀴 째를 향해 달렸는데, 어쩐지 앞을 보며 드리블하기가 한결 쉬워진 것 같았다. 그렇게 다섯 바퀴, 여섯 바퀴 도는 동안 조금씩 불안이 걷히고 그래, 뭐 좀 잘못 차서 이상한 데로 튀면 어때 하는 배짱도 생기고, 물론 중간에 몇 번 공을 내려다보기도 했고, 두 번이나 공이 빗나가 멀리까지 주우러 달려가기도 했지만 무사히 드리블 연습을 마쳤다.(다행히 벌칙은 면했다. 감독님이 못 봐 준 건지 봐준 건지.) 고개 들고. 공만 보지 않고. 믿기지 않아 다시 한 번 쓴다. 고개 들고, 공만 보지 않고, 성공!

이날 이후 드리블할 때 자꾸 공을 보던 습관이 없어졌다. 그리고 드디어 다음 단계인 '아웃사이드 드리블 이후 턴(turn) 하는 기술'로 넘어갔다. 두 동작을 이어 놓으니 꽤나 그럴싸했다. 내가 이런 동작을 할 수 있을 거라고 생각도 못 해 봤는데, 제법 축구인 같잖아? 막막하고 길이 보이지 않았던 몇 주간의 고비를 이렇게 겨우 넘겼다. 연습과 고함으로도 넘지 못했던 문턱을 사소한 오해로 '얼결에' 넘었다는 게 좀 부끄럽지만.

하지만 축구 자체가 (다른 스포츠도 그렇지만) 어차피 오해와 오해가 촘촘하게 엮여 만들어지는 운동인 게 사실이다. 앞서 아웃사이드 드리블의 최고 강점으로 말했던 "공을 이쪽으로 몰고 갈 것처럼 몸을 기울이는" 것으로, 그러니까 1956년 발롱도르의 첫 수상자이자 드리블로 세계 축구를 평정한 스탠리 매튜스의 말대로 "왼쪽으로 살짝 속이고 오른쪽으로 가는" 페인트들이 피치 위 여기저기서 다양한 형태로 일어나는 게 축구다. 이쪽으로 갈 것처럼 오해하게 만들고는 저쪽으로 도망가고, 이쪽으로 패스하는 척하다 저쪽으로 패스하고, 골대 왼쪽으로 차는 척하다가 오른쪽으로 차서 골인시키는, 누군가의 오해를 이용해서 원하는 것을 얻는 게임.

이런 측면에서 본다면 '오해 유발'이야말로 아웃사이드 드리블의 사명인 것이다. 물론 나의 아웃사이드 드리블은 그 사명에 지나치게 충실한 나머지 엉뚱한 사람을 오해하게 만들어 버렸지만, 그 오해 덕에 절대 안 될 것 같던 고비를 넘었다. 피치 위에서도 피치 밖의 세상에서도 우리는 끊임없이 오해를 만들고 오해를 하고 오해를 받고 오해로 억울해하고 힘들어하지만, 그래도 어떤 오해는 나를 한 발 나아가게 한다.

그렇게 아웃사이드 드리블이 성공한 이후 처음 맞는 토요일, 축구장은 오랜만에 평온함을 되찾았다. 피치 위에서는 연습 경기가 한창이었고 두 감독님은 한가롭게 경기를 관망하고 있었으며 나와 연습조 멤버들은 축구장 한쪽에서 각자 개인 연습에 몰두해 있었다. 전반 10분쯤 흘렀을까. 이제 지난주 일요일에 배웠던 '아웃사이드 드리블 후 턴 동작'을 연습할 차례였다. 그로부터 몇 분 후.

"야! 김흔비! 너 턴할 때도 자꾸 땅 볼래? 보지 말라고! 이제 턴 가지고 또 시작이네?"라는 새로운 고함 소리가 다시 축구장을 갈랐다고 한다. 턴은 금방 잘 배웠다고 생각했는데 역시 오해였다. 아무튼 이렇게 해서 당분간 또 평온한 토요일은 없을 예정입니다. 으이그.

월패스

: 너와 나의 시계가 맞춰지면 제3의 공간이 열리지

항상 넘치는 사람

골뱅이 소면을 포크에 돌돌 말며 '오늘은 어쩌다 2차를 다 왔네.'라고 생각했다. 그런데 정신을 차리고 보니 어느 새 4차다. 2차에서 김빠진 생맥주를 빨리 비우고 시원한 새 맥주를 마시고 싶어 평소보다 속도를 냈던 게 문제였다. 이럴 때면 술은 날아오는 공만큼이나 다루기 힘들다. 누군가 커다란 붓으로 몸속 구석구석에 나른함을 얇게 펴 바른 것 같은 몽글몽글한 기운이, 양이나 속도 조절에 조금만 실패해도 금세 단단한 덩어리로 뭉쳐 내려앉는다. 몸이 한없이 무거워진다. 그러면 만사 귀찮아져서 집보다 3차 장소가 더 가깝다는 이유 따위로 별생각 없이 3차에 가고, 그랬다가 4차도 가고, 여기까지도 왔는데 싫어 끝까지 가고, 뭐, 그렇게 되는 것이다.

'소셜 타임'에서 '혼자 타임'으로 얼른 돌아가기 위해 점심만 먹고 귀가하는 경우가 태반인 내가 4차 장소인 이자카야에 들어서니 우리 팀 주전 풀백 정실 언니가 "어머, 혼비가 웬일이야?"라며 깜짝 놀랐다. 놀라기는 나도 만만치 않았는데 정실 언니가 그 가게 안에 있을 줄은 꿈에도 몰랐기 때문이다. "그러는 언니는 웬일이세요?"라고 되물으려던 찰나, 깨달았다. 어디 가는지도 모른 채 팀원들을 따라 들어온 여기가 그 유명한, 너무 이야기를 많이 들어 성지순례 차원에서라도 들러야만 할 것 같았던 그 '정실 언니네 가게'였던 것이다.

이 가게는 우리 축구팀에 대해 이야기할 때 빼놓을 수 없는 곳이다. 다들 어떤 식으로든 한 번쯤 얽힌 일이 있는 곳이기 때문이다. 한 해에도 수십 개의 가게가 새로 생기고, 또 그만큼의 가게가 문을 닫는 이 번화한 동네에서 5년 넘게 꿋꿋이 버티고 있는 놀라운 곳이기도 하다. 요리가 탁월하게 맛있는 것도 아니고, 언젠가부터 이자카야 개업 시 필수 구비품으로 정부에서 공식 지정한 게 아닐까 싶은 만화 「원피스」 피규어들이 늘어서 있으며, 카운터에서는 고양이 인형이 까딱까딱 손을 흔들고 있는, 흔히 볼 수 있는 고만고만한 가게일 뿐인데 말이다. 음식이나 인테리어 소품들로 자기 주장을 전혀 하지 않는 가게랄까. 그런데도 꾸준히 손님이 드는 것은 전적으로 정실 언니의, 그녀만이 할 수 있고 너무나도 그녀다운 마케팅의 힘이라고밖에는 설명할 수 없다.

이제 곧 50대를 맞는 정실 언니는 지극히 평범하고 표준적인 그녀의 가게와는 매우 다른, 모든 것이 기준점에서 넘치는 사람이다. 키도 크고, 골격도 크고, 이목구비도 큼직큼직한 데다 목소리도 크고, 동작도 크고, 감정적 반응도 크다. 예전에 프린트물을 나눠 주다가 종이에 손을 살짝 벤 적이 있었다. 마침 바로 옆에서 그걸 본 정실 언니가 소스라치게 놀라며 "헉! 혼비야! 괜찮니? 손 어떡해! 병원 안 가도 되겠니? 지금 당장 같이 갈까?"라고 두두두두 외치는 바람에 생각보다 크게 다쳤는데 내가 못 느끼는 건가 싶어 손가락을 다시 확인해 봤을 정도다.(짧은 실이 한 올 붙은 것처럼 살이 살짝 벌어졌을 뿐 피 한 방울 맺히지 않았다.)

좀 전만 해도 그랬다. 내 앞에 놓인 빈 과자 그릇을 보더니 "헉! 혼비야, 이거 언제부터 없었어? 응? 어머, 윤자 언니! 혼비 앞에 과자 비었어! 왜 안 채워 줬어? 언니 혼비 미워해?"라고 카운터에 있는 우리 팀 윤자 언니한테 대뜸 소리를 치더니 "뭔 소리야, 또. 내가 혼비를 왜 미워해."라며 어이없어하는 윤자 언니의 대답은 듣지도 않고, 옆에서 누가 무슨 영화를 안 봤다고 했는지 "뭐? 그 영화를 아직 안 봤다고? 세상에, 너 어제 막 태어났니? 어떻게 그럴 수가 있어! 절대 그러면 안 되지!"라고 무슨 패륜이라도 저지른 사람을 본 것 같은 표정으로 두두두두 말하고 떠났다. 이런 성격의 언니가 11년간 매진해 온 축구를 향해서는 얼마나 열렬할지 상상하기 어렵지 않을 것이다.

언니 가게 인근에는 우리 팀과 시니어 팀 말고도 열다섯 개의 남자 팀이 있다. 많은 남자들이 축구를 하는 줄은 알았지만 이 조그만 지역에 팀이 열다섯 개나 있다는 게 좀 신기했는데, 그보다 더 신기했던 건 여자 팀 소속이어도 어느 정도 체력과 실력을 갖춘 선수들은 협의를 거쳐 남자 팀에 섞여 뛸 수도 있고, 실제로도 많이들 그렇게 한다는 사실이었다. 알고 보니 우리 팀 스물두 명 중에도 남자팀에 동시에 나가는 사람이 열 명이나 되었다. 우리 팀과 시간이 겹치지 않는 팀을 찾아 어떻게든 한 번이라도 축구를 더 하려고들 하고 있었던 것이다. 처음 이 사실을 알고는 다들 대단하다고 감탄했었는데, 그중에서도 정실 언니는 네 개 팀에 동시에 나간다는 이야기까지 듣고는 놀랄 새도 없이 단박에 납득해 버렸다. 아이고, 왜 아니겠어요. 정실 언니인 걸요.

이 압도적인 숫자 말고도 언니의 행보에는 특기할 만한 점이 또 있었다. 두 달마다 팀을 바꿔 가면서 뛴다는 것. 팀플레이를 중시하는 축구에서 이렇게 팀을 바꿔 가며 뛰는 것은 있기 어려운 일이지만, 남자 팀에서 여자 선수는 말하자면 밴드의 객원 보컬 같은 존재라 그 방식을 문제 삼는 사람은 없었다.

오히려 저런 행보가 얼마나 오래 갈지 미심쩍게 바라보는 사람은 있었다. 매번 새로운 사람들과 새로운 구장에서 새롭게 적응해야 하는 건 꽤 귀찮고 번잡스러운 일이니까. 하지만 언니는 해냈다. 지금도 세 팀 혹은 네 팀씩, 저마다 색깔이 다른 열다섯 팀을 바꿔 가며 일주일 내내 축구장에서 살다시피 하고 있다. 놀랍지 않은가? 하지만 더 놀라운 것이 남았다. 언니가 그렇게 하기 시작했던 진짜 이유와 그 결과들이다.

10으로 나누면 그것이 정답

언니처럼 적극적이고 사교성 뛰어난 사람은 한 팀에서 한달만 같이 뛰어도 금세 사람들과 돈독해진다. 그러고 나면? 딩동댕! 그 팀은 언니네 가게 고정 고객이 됩니다. 언니가 그 팀에서 뛰는 동안은 당연하고, 다른 팀으로 옮겨도 시합 끝나고 회식할 일이 생길 때마다 "정실 언니네(혹은 정실 누나네) 가게로 갈까?"라는 말이 나오는 분위기가 자연스럽게 만들어지는 것이다. 어쩌다 다른 곳으로 가려다가도, 이 동네 축구 시간표를 훤히 꿰고 있는 데다가 "야, 너희 어제 왜 안 왔어?"를 다이렉트로 쏘아붙일 수 있는 성격까지 갖춘 정실 언니의 얼굴을 떠올리면 웬만하면 "그냥 거기 가자."로 의견이 모이게 되어 있다.

열다섯 개의 축구팀은 절대 무시할 수 없는 숫자다. 축구가 끝나면 회식하러, 적어도 밥만이라도 먹고 가려는 사람 수는 최소 열두 명꼴이니 15×12=180, 매주 180명은 고정으로 갖고 가는 셈이다. 게다가 그 180명은 그냥 180명이 아니다. 격렬한 운동 직후, 배고픔과 술 고픔이 최정점에 올라 눈앞에 있는 건 무엇이든 뱃속으로 쓸어 담을 준비가 되어 있는 아드레날린 포화 상태의 성인 남자 180명인 것이다.

이들을 위해 언니는 어떤 날은 삼겹살을 굽기도 하고 어떤 날은 과메기를 떠 오기도 하고 어떤 날은 양푼비빔밥을 한 대접 비비기도 하고 적절하게 깎아도 주면서 고객 관리에 최선을 다했다.(이제 이곳에 남아 있는 이자카야로서의 정체성은 '원피스' 피규어와 고양이 인형밖에 없는 것 같다.) 그렇게 몇 번 발길을 하고 나면 평소에도 괜히 한 번씩 더 들르게 되는 것이 인지상정. 언니네 가게에는 축구가 없는 날에도 축구팀 사람들이 서너 명은 꼭 있다고 한다.

이게 바로 이 평범한 가게가 이 번화한 동네에서 축구 골대처럼 굳건히 버텨 온 비결이다. 이런 독보적인 축구 마케팅의 세계라니. 자신의 뻗치는 에너지와 축구에 대한 열정과 이윤 창출을 향한 욕구가 만나는 지점을 이렇게 잘 찾아내다니. 내가 지금 이런 굉장한 가게에서, '세상에 축구가 존재해야 하는 이유' 그 자체인 가게에서 이렇게 4차를 즐기고 있는 것이다.

이런 성공을 좋게 보는 사람만 있는 건 아니다. 언니가 축구팀 사람들을 진심 없이 그저 '고갱님'으로만 본다는 말도 나오고, 그 뒤에는 '도대체 신뢰할 수 없는 사람이다.', '거짓이 많다.'라는 뒷말이 따라붙곤 했다. 내게도 넌지시 저런 말을 건네며 언니를 조심하라고 충고하는 사람들도 있었다. 흥미로운 것이, 우리 팀에서 나의 위치는 피라미드로 따지면 가장 아래 칸, 그중에서도 가장 구석의 꼭짓점 언저리 정도일 텐데, 오히려 그 위치에서만 포착 가능한 사람들의 민낯이 있다. 이해관계에 있어 굳이 잘 보일 이유가 없는 사람인 내 앞에선 순간적으로 방심하기 때문에 보이는 것이다. 그리고 정실 언니는 그 민낯이 가장 솔직한 사람이었다.

그녀가 사람에 혹은 세상에 반응하는 방식은 곱셈 같은 거라고 생각한다. 1에 10을 곱해서 10이라고 말하는 과장은 있어도, 0에는 10을 곱해 봤자 0이기 때문에 0을 10이라고 말하는 과장은 없다. 그러니까 1만큼의 진심을 10으로 표현하기는 해도, 아예 없는 진심을 있는 척하지는 않는다는 말이다. 언니의 계산법을 안다면 알아서 10을 나눠 들으면 된다. 10을 나눈 답을 신뢰하면 된다. 물론 아무리 10으로 나눠서 듣는다고 해도 과자 좀 늦게 채워 줬다고 "언니, 혼비 미워하는구나?"까지 나오는 건 너무하잖아요, 차정실 씨!

혹시라도 내가 그 말을 곧이곧대로 듣고 오해할까 봐 "아니, 그게 아니라 저쪽 테이블 주문 입력하느라고 정신이 없어서 그랬지. 내가 혼비 얼마나 좋아하는데!"라고 굳이 설명을 하며 과자를 듬뿍, 내가 너를 이만큼 좋아한다는 메시지를 담으려고 애쓴 게 분명한 양만큼 부어 주는 사람은 우리 팀 주전 센터백 윤자 언니다. 윤자 언니와 내 바로 건너편에 앉아 있는 민아 언니는 정실 언니와 11년 동안 축구를 함께해 온 친구들이다. 각각 50대 초반, 40대 중반으로 정실 언니와는 대조적으로 자그마한 체구에 유순하고 조용조용한 성격의 언니들인데(물론 화가 나면 정실 언니랑 똑같아지지만.) 축구에 대한 애정은 정실 언니 못지않다.

그리고 이 가게에 대한 애정도 정실 언니 못지않은 것 같다. 가게가 바쁠 때 가끔 나와 도와주곤 했던 것이 거의 가게 매니저처럼 굳어져 지금은 일주일에 30시간 가까이 일한다. 이쯤 되면 두 사람을 정식으로 고용해서 월급을 제대로 주어야 하는 게 아닐까 하는 생각이 들지만, 혹시 누가 그 비슷한 말의 운이라도 뗄라치면 두 언니가 먼저 "친구들끼리 무슨! 그런 돈거래 함부로 하는 거 아냐."라고 딱 잘라 말한다. 심지어 친하게 지내는 남자 팀 감독의 딸이 아르바이트 자리를 찾는다는 이야기를 들은 정실 언니가 윤자 언니와 민아 언니에게 우리 가게 어떻겠느냐고 묻자, 두 언니는 우리가 잘하고 있는데 뭣하러 인건비를 쓰냐며 극구 만류했다고.

사실 작년에 정실 언니가 이례적으로 아르바이트생 두 명을 고용한 적이 있었는데, 그때도 두 언니는 여전히 번갈아 가게에 자주 나왔었다고 한다. 어쩌면 언니들에게 이 가게는 텔레비전 채널 같은 건지도 모르겠다. 딱히 보고 싶은 프로가 없더라도 끄자니 재미있는 무언가를 놓칠 것 같아 아쉽고, 실제로 틀어 놓고 있다 보면 그 재미있는 무언가가 나타나기도 하는. 어쩌다 언니들이 일찍 집에 들어간 날 밤에 어느 팀 사람들이 놀러 와서 신나게 놀았다는 이야기를 전해 들으면 마치 시합에서 진 것처럼(어쩌면 그보다 더?) 분해하곤 하는데, 그러는 한 이 가게에 아르바이트생이 고용되는 일은 없을 게 분명하다.

중년 트리오와 청년 트리오

이 가게를 마지막으로 스쳐 간 그 아르바이트생 두 명도 지금 이 자리에 있다. 우리 팀 에이스 승원이와 '그 유명한 영화도 안 본 패륜을 저지른' 금미가 그들이다. 정실, 윤자, 민아 중년 트리오처럼, 승원이와 금미, 그리고 그들을 우리 팀으로 데리고 온 지경이, 이렇게 셋도 15년 동안 같이 축구를 해 온 90년생 동갑내기 친구들이다. 초등학교에서 고등학교까지 같은 학교를 다니다 대학교와 프로 리그에서는 다른 팀으로 갈라져

서로 라이벌이었던 적도 있었지만 한두 해 차이로 은퇴해서 지금은 우리 팀에서 다시 같이 뛰고 있다. (이 셋과 주장, 이렇게 네 명이 바로 우리 팀 '선출'들이다.)

승원이와 금미가 가게에서 일했던 때는 은퇴 후 승원이는 무릎 연골, 금미는 십자인대 재활 치료를 받으며 지도자 자격증 시험을 준비하던 시기였다. 둘 다 잠깐 일할 곳이 필요하다는 것을 안 정실 언니가 두 사람을 불렀던 것이다. 그런 상황이니 윤자 언니와 민아 언니도 만류하지 않았고, 그 넉 달 동안 나이 차가 20년 이상 나는 중년 트리오와 청년 트리오는 부쩍 친해졌다.

두 트리오가 함께 시합 뛰는 것을 보면 오랜 세월 호흡을 맞춘 사람들은 뭔가 달라도 다르다. 특히 월패스(wall pass)처럼 서로 사인, 패스의 강약, 타이밍을 기가 막히게 잘 맞춰야 하는 콤비 플레이에서는 확실히 '클래스가 다르다.'

월패스는 패스를 받아 주는 사람이 '벽'처럼 기능한다고 해서 붙은 이름이다. 이것이 유용할 때는 다음과 같은 상황에서다. 공을 갖고 있는 위치 A에서 득점이나 어시스트에 유리한 위치 B로 이동해야 하는데 혼자 드리블로 수비수들을 돌파해서 가기엔 무리다. 그래서 다른 안전한 위치 C에 있는 동료에게 패스한 다음, 재빨리 위치 B로 달려간다. 공을 받은 동료('벽' 역할을 하는 동료)는 내가 달리는 속도에 맞춰 내 발 앞으로 다시 패스하고, 나는 그걸 받아 애초에 원했던 대로 위치 B에 공과 함께 있게 된다. 그러니까 월패스는 A에서 B로 공을 옮기는 방법에 대한 모색이다. 직선으로 가는 것이 불가능할 때 C라는 제3의 공간을 열어 공을 옮기는 것이다. 제3의 공간에 서 있는 동료의 힘을 빌려서.

우리 팀 축구 경기가 한 권의 책이었다면 두 트리오가 월패스로 공간을 만들어 나가는 장면들마다 책장 한 귀퉁이를 접어 놓았다가 나중에 다시 펴서 보고 또 봤을 것이다. 거기에는 마음 한구석이 벅차오르는 무언가가 있다. 정실 언니와 윤자 언니가 볼을 주고받다가 골대 앞으로 달려드는 민아 언니 발 앞에 딱 떨어지는 크로스를 준다든지, 금미가 다시 패스한 공이 질주하는 승원이의 발에 걸리는 순간 바로 슛으로 이어진다든지. 잠깐 멈춰 계산할 시간 없이 빠르게 진행되는 상황에서 상대방의 속도와 방향에 맞춰 패스할 타이밍을 딱딱 맞출 수 있다니 놀랍기만 하다. 마치 그들만이 공유하는 '내부 시계'가 따로 맞춰져 작동하는 것 같다. 10여 년의 세월 동안 수많은 패스를 주고받으면서 그들도 모르는 사이에 몸속에서 조금씩 조금씩 맞춰진 시계.

이들이 처음 월패스를 주고받았던 건 언제였을까? 십몇 년 후의 어느 날에도 이렇게 여전히 패스를 주고받을 거라는 걸 그때는 생각이나 했을까? 그들의 월패스를 볼 때마다 그들이 공을 주고받으며 함께 건너왔을 시간들, 그들이 함께 열어젖혔을 무수히 많은 제3의 공간들을 떠올린다. 그들만의 시공간, 그것은 그들만의 우주다.

제3의 공간의 제3의 공간에도 시계는 있으니까

요즘 이 우주 중 하나에서 이상한 조짐이 보이고 있다. 그 이유는 2차 때부터 계속 내 옆에 앉아 있는 승원이에게서 들었다. 그녀와 나는 집으로 가는 방향이 같은 데다 끝나면 대체로 집으로 바로 돌아가는 편이라 귀갓길 친구가 돼서 친해졌다.

그녀의 최근 고민은 진로가 나뉘면서 미묘해진 금미와 지경이와의 관계다. 몇 달 전 승원이가 그들과 함께 나갔던 어린이 축구 교실 강사를 그만두고 청소년 심리 상담사 자격증 준비를 하면서부터였을 것이다. 늘 셋이 함께하던 시간에서 승원이가 빠져나갔다. 생활이 달라지니 하루를 채워 나가는 일이 달라지고 내일의 고민도 달라지면서 서로 나눌 수 없는 정보가 생겨나고 알아듣지 못하는 용어가 늘어 갔다. 그런 것들이 조금씩 쌓이다 얼마 전 금미와 크게 싸웠는데 화해를 했지만 계속 서먹하다고 한다. 지경이도 어쩐지 금미 편만 드는 것 같다고.

"그럴 리 없다는 거 아는데요. 제 기분이 계속 그래선지 지난 번 경기부터 둘 다 저한테 패스도 잘 안 주는 것 같고, 이런 생각하는 제가 또 너무 한심하고 속상해요."

축구팀에 들어와서 발견한 흥미로운 사실은 축구인들끼리는 관계에 이상이 생기면 가장 먼저 패스에 민감해진다는 점이다. 아까 3차에서도 총무 언니가 "주장이 분명 나한테 뭔가 화가 나있는데 이유가 뭔지 모르겠네. 물어보면 말은 전혀 그런 거 없다고 하는데……. 아, 신경 쓰여."라고 몇몇 친한 선수들에게 속내를 털어놨었는데, 왜 화가 나 있다고 생각하느냐는 누군가의 질문에 이렇게 답했다.

"걔 요즘 나한테 패스 잘 안 하거든. 오늘은 어쩐 일로 주기는 줬는데 미묘하게 일부러 받기 어렵게 주는 것 같고."

물론 그게 사실인지 오해인지는 주장 빼고 아무도 모른다.

중년 트리오도 마찬가지다. 그들도 항상 평화로운 것은 아니라서, 한번 수가 틀리면 다시는 안 볼 것처럼 싸우곤 한다. 항상 비슷한 레퍼토리다. 윤자 언니는 "내가 이 나이에 니 밑에 들어가서 사장 모시듯 하기 싫어서 돈도 안 받고 수평적 관계로다가 도와주는 건데 왜 자꾸 아랫사람 부리듯이 이거저거 시키냐. 사장 노릇하면서 잘난 체하고 싶으면 돈을 주든가."라고 퍼붓고, 정실 언니는 "누가 도와달랬냐. 싫으면 오지 마라. 오려면 손님으로 와서 돈 내고 놀든가. 지금처럼 일하면서 안주랑 술이랑 마음대로 다 집어먹으면서 놀지 말고."라고 맞받아친다. 그렇게 냉전 상태에서 연습 경기를 하면 어김없이 패스를 주네 안 주네, 일부러 이상하게 줬네 하며 또 싸운다. 여기에 관해 언젠가 언니들은 이렇게 말한 적이 있다.

"그게 쟤 미우니까 패스 안 줘야지! 내가 지한테 주나 봐라! 이런 유치한 마음이 들어서가 아니라, 일단 눈이 잘 안 마주쳐져서 그래. 힐끗이라도 서로 봐야 줄 준비도 하고 받을 준비도 할 거 아냐? 근데 눈 마주치는 것부터가 아무래도 평소 같지 않으니까."

"눈이 마주쳐도 문제야. 분명 평소대로 패스 잘했거든? 근데 마음이 삐뚤어 있어서 그런가 잘 맞았다 싶어도 공이 삐뚤게 간다니까. 괜히 힘도 더 들어가는 거 같고. 그러고 나면 일부러 패스 받기 힘들게 준 거라고 생각할까 봐 찝찝하고."

"그치, 그거 너무 찝찝해. 아니, 근데 윤자 언니, 그래도 솔직히 지한테 주나 봐라, 할 때도 있지? 있잖아."

"그럴 때도 있기야 있지. 으흐흐흐. 야, 그래도 지난 번 껀 진짜 빗맞아서 그랬어! 이것 봐, 이렇게 오해한다니까!"

패스! 참으로 미묘한 패스의 세계. 『12가지 코드로 읽는 대한민국 축구』라는 책에는 이런 대목이 나온다. "선수들은 수백 명의 관계를 업고 뛰"고 있으며, 축구 경기를 만들어 내는 것은 "경기에 참여하기 전까지 무수히 있었던 수많은 관계들이 빚어낸 '갈등'이다. 그러므로 경기의 내용은 그 경기에 관여하는 수

많은 관계들을 읽게 해 주는 단서이다." 선수들도 이걸 본능적으로 알기에 관계에 이상 신호가 들어오면 유독 패스에 민감해지는 건지도 모르겠다. 그러니까 보통 사람들에게는 '말'에 해당하는 것이 축구인들에게는 '패스'인 게 아닐까? '싸워서 말도 안 한다'라는 표현 대신 "싸워서 패스도 안 한다.", "싸워서 패스도 막 준다."라고 하는 걸 보면 말이다.

청년 트리오가 서로를 얼마나 소중히 여기는 줄 알기에 승원이의 말을 들었을 때 조금 슬펐다. 그녀의 말대로 금미와 지경이가 전처럼 패스를 하지 않는 게 사실일지도 모른다. 하지만 어쩌면 그들은 승원이의 패스가 먼저 달라졌다고 생각할지도 모른다. 금미와 지경이도 승원이 못지않게 이 상황이 당황스럽고 힘들지 않을까? 셋이서 초등학교 때부터 쭉 함께 걸어왔고 앞으로도 그러리라 여겼던 길이 처음으로 갈라졌으니까. 항상 제3의 공간에서 힘을 빌려주곤 했던 승원이가 갑자기 없던 갈림길을 만들어 완전히 다른 제3의 공간, 전혀 모를 것들이 가득 차 있는 공간으로 가 버렸으니까.

하지만 언제까지나 같은 길만 걸을 수는 없잖아? 어쩌면 이 시간들이 그동안의 20년을 정리하고 앞으로 그들 앞에 펼쳐질 200년(정실 언니의 셈법을 잠시 빌려 봤다.)을 함께 잘 보낼 수 있는 새로운 공간을 열어젖혀 줄지 모른다. '같아서'가 아니라 '달라도' 함께할 수 있는 관계로의 도약. 지금까지와는 전혀 다른 방식의 월패스가 필요한 곳. 부디 함께 잘 건너서 중년 트리오가 될 수 있기를. 이렇게 잠시 멈춰 있기엔, 혹여나 사라져 버리기엔 너희들의 월패스는 너무나 끝내주니까.

그나저나 입단 이래 처음으로 4차까지 버티려니 너무 피곤하다. 저쪽에서는 뭔가 착오가 있는지 정실-윤자-민아 언니가 미간에 주름을 가득 잡고 계산서를 들여다보고 있고, 이쪽에서는 승원이가 금미의 눈에 장난스러운 아이라인을 그리는 것을 지경이가 깔깔대며 지켜보고 있다. 이렇게나 죽이 잘 맞는 친구들 보면서 남의 패스나 걱정하고 앉아 있다니 지나가던 장승 할아버지가 다 웃겠네. 패스. 내 축구 인생의 거대한 벽. 누군가는 월패스를 하는데 나는 패스가 월이다.

어느덧 마지막 잔을 비우고 모두들 집에 갈 차비를 했다. 작별 인사를 나누고 돌아서는 등 뒤로 발랄한 목소리가 울렸다.

"혼비야, 네가 모처럼 늦게까지 노니까 너무 좋다, 얘. 앞으로도 자주 놀자. 다음엔 5차, 6차, 10차, 12차까지 막 다 가자!"

누구의 인사인지는 말하지 않겠다.

오버래핑

: 어쩌자고 여기까지 어쩌다 보니 그렇게까지

에이스가 쓰러지자 일어난 일

전반부터 불안하더니 결국 후반 종료 4분 전에 승원이가 얼굴을 감싸고 나뒹굴었다. 우리 팀 선수들도 놀라고 상대 팀 선수들도 놀랐지만 누구보다 놀란 건 주장이었다. 주장은 최종 수비 라인에서 승원이가 쓰러져 있는 중앙선까지 단숨에 달려오는 도중에도 상대팀 9번 선수에게 고함을 쳤다.

"언니, 애 죽이려고 그래요? 왜 공도 안 갖고 있는 애를 괜히 가서 들이받아?"

"일부러 그런 거 아냐. 나도 멈추려고 했는데……."

"일부러가 아니긴 뭐가 아냐! 오늘 너랑 재랑 계속 애들 밀치고 차잖아!"

정실 언니의 괄괄한 목소리가 피치 위로 쏟아져 모두의 목소리를 덮었다.

상대 팀인 FC페니가 이날따라 유독 거칠기는 했다. 우리 팀과 가장 자주 연습 시합을 뛰는 팀이라 스타일을 뻔히 아는데 확실히 평소보다 불필요한 몸싸움도 많았고 위험한 태클도 많았다. 후반 시작하자마자도 그랬다. 정실 언니가 '재'라고 가리켰던 선수에게 지경이가 다리를 차여 주저앉는 바람에 경기가 잠시 중단됐었다. 그리고 경기가 재개된 지 얼마 안 돼서 또 일이 벌어진 것이다.

경기장 바깥에서 리프팅 연습을 하고 있던 내 눈에도 솔직히 방금 전 상황은 일부러 그런 것 같진 않았다. 승원이에게 달려가던 9번 선수의 눈빛과 몸짓에 특별히 사악한 의도는 없어 보였고, 오히려 이미 붙어 버린 가속도를 어찌지 못하는 와중에도 어떻게든 몸을 틀어 피해 보려는 기색이 느껴졌었다. 결국 충돌을 피할 수 없었지만. 9번 선수도 꽤나 아팠을 것이다. 아까부터 계속 부딪힌 앞니를 흔들어 보기도 하며 입을 감싸 쥐고 있다.

다행히 승원이는 눈썹 위가 살짝 찢겼을 뿐이었다.(피치 위에서는 근육, 힘줄, 뼈, 연골을 다친 게 아니면 일단 '다행히'로 통친다.) 이 정도로 일단락되나 했는데 돌아서려던 주장이 승원이의 손등에서 뭉개진 핏자국을 발견했다. 피가 나는 줄 모르고 상처 부위를 비빈 모양이다. 이런 격앙된 분위기에서 팀의 에이스가 흘린 몇 방울의 피는 사그라드는 불씨 위에 뿌려진 몇 방울의 휘발유가 되기에 충분했다. 주장은 다시 "야이씨!"라고 외치며 활활 타올랐고 분위기는 다시 뜨겁게 달아올랐다.

"경기 중에 다치는 게 하루 이틀도 아닌데 치사하게 왜 트집이야, 오늘따라."

"우리가 지금 이거 하나만 갖고 이래? 니네 오늘 내내 경기 더럽게 했잖아!"

"유난 좀 작작 피워. 승원이만 다쳤어? 우리 정희도 입 다 쳤다고!"

"어이구, 그러셔? 그러면 너희는 입 닥쳐."

"뭐라고요? 이 언니들이 정말!"

40대 언니들이 험악한 표정으로 이런 유치원 어린이들 같은 말을 주고받는 걸 보니 웃어야 할지 울어야 할지 잘 모르겠는 와중에, 정작 승원이와 9번 선수는 서로의 다친 부위를 살펴보며 걱정의 말을 주고받고 있었다. 승원이의 눈썹 위를 찢어지게 만든 9번 선수의 앞니는 '다행히' 부러지지는 않았지만 조금씩 흔들리는 듯했고 윗입술은 그새 눈에 띄게 부어올랐다.

그 광경을 보고 나는 9번 선수가 좀 좋아졌는데, 사실 아까처럼 충돌한 상대 선수가 쓰러져 뒹구는 상황에서 프로든 아마추어든 가장 하기 좋은, 그래서 많이들 하는 선택은 같이 비명을 지르거나 신음을 토하면서 쓰러져 뒹구는 것이다. 특히 자기가 잘못한 상황에서는 더욱. 누워서 뒹굴면 곧 날아들 비난의 화살을 가만히 서서 다 맞지 않아도 되고, 약간의 동정표도 살 수 있고, 경기 중에 합법적으로 누워서 쉴 수도 있다. 최소한 쓰러져 있는 선수 옆에 멀뚱하게 서 있어야 하는 뻘쭘함이라도 피할 수 있다!

하지만 9번 선수는 험난한 길을 선택했다. 표정과 행동에서 보이는 어정쩡함으로 보건대 용감하게 그 길을 택했다기보다는 사실 드러눕고 싶었는데 그럴 타이밍을 놓친 것 같긴 하지만. 그렇다고 승원이에게 선뜻 다가가 괜찮냐고 물어보는 것도 아니고,('내가 지금 매우 걱정하고 있다.'라는 메시지를 과장되게 어필함으로써 도덕적으로 유리한 고지를 점할 수도 있었다.) 승원이 상태가 걱정되긴하니 그 옆을 떠나지도 못하고,(몰려든 사람에게 한마디씩 더 욕 먹기에 딱 좋은 위치였다.) 자기도 되게 아픈데 아프다는 말도 못 꺼내고…….

그러니까 뭔가 여러 차례 자기방어를 시도할 포인트가 있었는데 하나도 하지 않았다. 이 언니, 잘은 모르지만 왠지 어디가서 요령 없이 손해 보는 성격일 것 같아. 나 이런 타입에 매우 약한데……. 하지만 내가 지금 할 수 있는 것은 벤치로 걸어 들어가는 9번 선수의 등에 대고 "다음 주 대회인 거 뻔히 알면서 꼭 애 다치게 하고 싶었어요?"라고 굳이 싸움을 다시 거는 주장을 억지로 끌다시피 해서 벤치로 데려간 것뿐이었다.

주장의 말대로다. 다음 주에 큰 대회가 있다. FC페니도 나
간다. 그래서 모두 이렇게 예민하다. 평소보다 눈에 띄게 경기
가 거칠고, 일부러 하지 않은 파울도 그렇게 볼 만큼. 우리 팀은
해마다 크고 작은 대회를 서너 개 정도 나간다고 하는데 개중에
서도 다음 주 대회는 꽤 중요한 모양이다. 대진 발표 이후부터
팀 분위기가 확연히 달라져서, FC페니 직전 연습 경기를 한 시
니어 팀 선수들이 "너희들 곧 대회 있냐?"라고 눈치채고 물었
을 정도다.

장날의 주문, 바우르다르붕가

2주 전에 대진 추첨이 있었다. 훈련을 마치고 추첨 결과를
전해들은 팀원들은 그 자리에서 5분간 미친 듯이 웃어 젖혔다.
너무 어이가 없어서. 감독님이 재작년, 작년 2년 연속 우승에
빛나는 FC마리케를 토너먼트의 첫 경기 상대로 뽑아온 것이다.
스물여섯 개 팀 중에 하필 그걸.

지금이 인생에서 마지막으로 웃을 수 있는 시간인 양 한참
을 배를 잡고 웃던 언니들의 얼굴에서 서서히 웃음기가 가시며
초조함이 하나둘씩 떠올랐다. 감독님은 자신의 뽑기 실력이 가

져온 참담한 결과를 조금이나마 만회하려는 듯 "어차피 우승하려면 만나야 할 팀이잖아요?"라고 했다가 "어차피 우리가 우승하려던 팀은 아니잖아요?"라고 핀잔을 들었고 "그렇네요……." 라며 쓸쓸히 웃더니 "전 그럼 다음 수업이 있어서 이만……." 이라며 허둥지둥 사라졌다. 최근 몇 년 동안 추첨 운 좋기로 우리 팀 따라올 팀이 없었는데 올해는 시작부터 왜 이럴까라는 누군가의 푸념에 지경이가 "작년이랑 달라진 점은 혼비 언니 들어온 거 하난데, 언니 때문인 거 아니에요?"라고 농담을 던졌고, 그 농담을 구조선 삼아 몇몇 언니들이 "맞네! 혼비 책임이네!", "그래, 이건 그냥 혼비 때문인 걸로 하기로!"라며 저 밑바닥까지 가라앉은 분위기를 끌어올리려고 애썼지만 허사였다.

원래 팀의 신입이란 이런 위기에서 분위기 반등을 위한 실 없고 무해한 농담의 소재로 쓰이기 마련이란 걸 잘 알고 있으면서도, 약간 뜨끔했다. 아닌 게 아니라 나에게는 내가 가는 날이 장날이 되는, 일명 '장날의 법칙'이 진짜로 있기 때문이다. 마트에서 내가 찾는 물건만 똑 떨어져 있는 건 흔히 있는 일이었고, 벼르고 찾아간 식당이 개인 사정상 갑자기 오늘만 쉰다는 안내문이 붙어 있는 건 친구들 사이에서 이야깃거리도 못 되고, 유독 좋아하는 과자는 몇 년 만에 생산 중지, 좋아하는 아이돌은 최단 기간 해체, 응원하는 K리그 팀 유니폼을 사서 좋아하는 선수 등번호와 이름을 마킹하면 그 선수는 다음해 팀을 떠나는 식이었다.

정점은 2014년, 신혼여행지를 아이슬란드로 확정하고 모든 예약을 다 마치고 난 후였다. 심상찮은 뉴스가 들려오기 시작했다. 아이슬란드의 바우르다르붕가 화산(이 생소한 이름을 영원히 잊지 못할 것이다)이 대규모 폭발 조짐을 보이고 있으며, 높은 확률로 우리가 예약한 날이 든 그 달 중에 터질 것이라고 했다. 주민과 관광객 몇백 명이 대피했고, 항공 업계의 최고 수위 경보인 적색경보가 내려졌다. 무려 2차세계대전(!) 이후 최대 규모로 영공을 폐쇄했던 2010년 유럽 항공 대란을 떠올려 보면,(그때의 원인도 아이슬란드의 화산 폭발이었다.) 신혼여행을 가는 것은 무리수로 보였다.

화산의 나라 아이슬란드에서 가장 거대한 화산이, 1910년에 마지막 분출을 했다는 화산이, 104년 만에 갑자기, 그것도 결혼 한번 해 보겠다고 잡아 놓은 날짜 언저리에 재분화를 시작했다는 이 믿기 어려운 소식에 매일매일 아이슬란드 항공 운항 정보 사이트를 새로 고침하며 저 먼 나라의 화산 상태를 세계의 지질학자들 다음으로 주시하고, 화산 폭발 시기 예측에 대해 세계의 지질학과 1학년 1학기 학생들만큼 공부하던 내게 친구들은 "네가 기어이 화산까지 움직이는구나.", "이런 마그마 같은 년 ㅋㅋㅋㅋㅋ" 따위의 문자들을 보내왔다. 다행히(?) 신혼여행을 가기 전에 폭발이 일어났고 인명 피해를 내거나 여행에 영향을 끼칠 정도의 규모가 아니라서 별 탈 없이 다녀오기는 했지만 이쯤 되면 진짜 우공이(화)산 수준이다. 그러니 팀원들이 "이번 대진 혹시 혼비 때문인 거 아냐?"라는 오컬트적 의심이 다분한 농담을 건네면 아주아주 조금은 복잡한 심정이 되는 것이다.

게다가 지난주엔 작년 3위 팀과 가졌던 연습 경기에서 그야말로 '개박살'이 났다. 2대 7. 팀원들은 큰 충격을 받았고, 자신감은 더욱 꺾였다. 이런 타이밍에 이번 대회에서 부전승 자리를 뽑아 이미 16강에 올라가 있는, 그래서 더욱 얄미운 FC페니와 이렇게 싸움이 붙게 된 것이다.

싸움은 점점 뜨겁게 달아오르다가 바우르다르붕가 화산처럼 폭발해서 급기야는 "승원이가 있으나 없으나 어차피 니네 수준으로는 FC마리케한테 처발릴걸?", "응. 너희처럼 개발로 축구하는 팀이랑 자꾸 같이 뛰다 보니 그렇게 됐네? 수준 이하 팀이랑은 다시는 축구 안 하려고." 같은 인신공격으로 이어지다가 양 팀 주장 둘이 나란히 스케줄표를 들고 서서 다음 달까지 잡혀 있는 양 팀 간의 연습 경기 일정을 다 취소해 버리는 것으로 끝났다. 아직 경기 시간이 4분 남아 있었던 건 아무도 신경 쓰지 않고(심판 봐 주던 시니어 팀 코치 할아버지는 일찌감치 자기 팀으로 돌아가 가방을 싸고 있었다.) 다들 짐을 챙겨 흩어졌다.

된장찌개와 제육볶음을 앞에 둔 점심시간. 몇몇 언니들이 "그래도 얘네랑 나눈 시간들이 얼만데."라고 감상에 젖기도 했지만 그것도 잠시, 반주가 몇 잔 돌고 나니 FC페니를 향한 격렬한 성토가 이어졌다. 근 몇 년간 FC페니와 연습 경기를 하다가 부상당했던 경험들이 즉석에서 연대기별로 정리되었고, 그들의 거친 파울에 대한 제보가 속출했으며, 작년 여러 대회들에서 우리 팀이 4강 문턱에 가 보지 못한 것도 FC페니의 느슨하고 수준 낮은 수비에 길들여지는 바람에 압박 잘하는 팀에 대처를 못했기 때문, 며칠 전의 2대 7 참사도 FC페니 때문, 이번 대진운도 FC페니 같은 재수 없는 팀이랑 엮였기 때문이라고 명쾌하게 결론이 났다. 이런 기세라면 총무 언니네 애들 성적 떨어진 것도, 정실 언니네 가게 매출이 떨어진 것도 분명 FC페니 때문일 것이었다. 이게 사실이든 아니든(차라리 김혼비 때문에 화산이 폭발했다는 말이 더 신빙성 있을 지경이지만) 결론이 이렇게 난 이상, FC페니의 저주를 끊기 위해서라도 모두가 기필코 FC마리케를 꺾고 16강에 가야 한다는 데 동의했다. 하지만 가능할까? 2년 연속 챔피언을 상대로?

명감독의 명작전, 공격과 수비를 잘하자!

시합 날 아침. 비가 올 거라고 해서 내심 기대했는데(어차피 전력 차가 있다면 약팀 입장에서는 '비'라는 변수에 기대어 보는 것도 나쁘지 않다.) 잔뜩 흐리기만 했다. 경기에 출전하는 선수들은 본부석으로 가서 선수 등록을 했고, 출전하지 않는 선수들은 스탠드 한쪽으로 짐을 옮겼다. 모두들 낮게 깔린 하늘 같은 납빛 얼굴이었다. 어느 정도 정리가 되자 감독님이 선수들을 불러 모아 포지션을 정해 주었다.

"저 팀이 우리보다 나은 게 있다면 선출이 두 명 더 많다는 것뿐이에요. 근데 이 두 명이 아마추어 경기에서 얼마나 큰지 알고 있죠? 우리 팀보다 공격력이 네 배 세다고 보면 돼, 네 배. 그걸 얼마나 잘 막는지가 오늘 경기의 관건이라는 소리예요. 물론 공격도 잘해야 되고요. 알겠죠? 자, 그럼 힘냅시다!"

이게 끝이에요? 요약하면 그냥 '수비도 잘하고 공격도 잘하자.'란 말이잖아? 작전이 너무 해맑은 거 아닌가 생각하고 있는데 다행히 주장이 선출인 승원이와 지경이를 따로 불러(금미는 집안 사정으로 이번에 나오지 못했다.) 무언가 쑥덕거리기 시작했다.. 사실 아마추어 경기는 결국 선출들의 역량 싸움이다. 선수 시절 포지션이 무엇이었든지 간에 선출들이 수비도, 공격도, 하다못해 골키퍼를 맡겨도 월등히 잘한다. 그래서 이들을 수비와 공격 모두에 최대한 활용해야 하는데, 이때 많이 쓰는 전술이 오버래핑(overlapping)이다.

오버래핑은 후방에 배치되어 있는 수비수가 공격 지역으로 달려 나와 공격에 가담하는 것을 말한다. 쉽게 말해 수비수가 잠시 공격수가 되는 것이다. 실력도 활동량도 탁월한 선출들은 공격수 자리에 고정시켜 놓는 것보다 수비를 기본으로 하다가 때때로 공격에 가담하도록 하는 것이 팀 전력에 훨씬 도움이 된다. 감독님의 해맑은 전술 '수비도 잘하고 공격도 잘하자.'가 곧 오버래핑 정신의 구현인 것이다! (물론 감독님이 그걸 의도하고 말했을 리는 절대 없다.)

"너희들, 좋은 자리 맡아 놨구나? 여기 좀 앉는다."

스탠드 쪽이 소란해지는가 싶더니 열 명쯤 되는 여자들이 우르르 몰려와 자리에 앉기 시작했다. 응? 누구지? 유니폼이 아닌 사복 차림이라 알아보는 데 몇 초 걸렸지만 앗, 그렇다! FC 페니 선수들이었다. 그리고 저기, 저 부어 있는 윗입술!

"쟤네 대체 왜 왔지? 야! 너희들 왜 왔냐? 토요일에 할 일이 그렇게 없냐?"

기도 안 찬다는 표정으로 주장이 스탠드를 향해 소리쳤다.

"왜 왔긴. 너희들 박살나는 거 보면서 비웃어 주려고 왔지. 놓치기 아깝잖아."

"뭐야?"라며 주장이 눈을 부라리는데 심판이 집합 휘슬을 불었다.

"약 오르면 잘해 보시든가. 얼른 들어가. 심판이 부르잖아."

우리 팀 선수들은 도끼눈이 되어 그들을 노려보다 경기장으로 들어갔고, FC페니 선수들은 싱글싱글 웃으며 우리 팀 간

식 중 빅파이 박스를 들고 가 나눠 먹기 시작했다.

"저 진상들⋯⋯."

허벅지 부상으로 이번 대회에는 응원만 하러 온 우리 팀 주전 미드필더 오주연이 내 옆에 앉으며 중얼거렸다. 그렇게 어수선한 가운데, 경기 시작을 알리는 휘슬이 울렸다.

시작 5분 만에 알 수 있었다. FC마리케는 강했다. 정말 강했다. 이렇게 거대한 파도 같은 팀은 처음이었다. 한번씩 휘몰아칠 때마다 우리 팀 선수들의 체력과 영혼이 깎여 나가는 느낌. 국가 대표 출신이라는 5번과 9번이 양쪽 측면을 오버래핑으로 휘저을 때마다 속수무책으로 쓸려 나갔다. 최후방 수비수인 21번은 어느 샌가 우다다다 달려와서 어마어마한 힘으로 슈팅을 날렸다. 우리 팀 선수들이 FC 마리케의 공격수와 5번, 9번에게 온 신경을 쏟느라 수비수의 존재를 잠시 잊어버리는 그 찰나의 틈을 비집고 불쑥 튀어나오는 것이다. 전반에 두 골을 실점했다. 사실 두 골만 먹은 것도 정말 잘한 것이다.

하프타임, 다들 잔뜩 풀이 죽어 자리로 돌아왔다. 눈이 풀린 정도나 흐느적대는 모양새가 평소의 다섯 배는 지친 것 같다. 물통 뚜껑을 열어 언니들에게 건네주고 안타까운 눈으로 바라보고 있는데 FC페니 선수들이 스탠드에서 내려와 몰려왔다.

"공격수들, 너희 쫄았냐? 왜 평소만큼도 못하는데? 너희 수비 되게 잘하고 있어. 수비 믿고 확확 앞으로 질러야지!"

"승원! 너 정실 언니가 맨투맨하러 자리 비우면 가서 메꿔 줘야지. 거기서 자꾸 뚫리잖아."

"어휴, 시끄러워! 왜 부르지도 않았는데 와서 감독질이야, 감독질이!"

"아, 속상하니까 그렇지! 조금 더 기운을 내 보란 말야!"

"너희 말 들으면 있던 기운도 날아가거든?"

저쪽에서 해맑게 빅파이를 먹고 있던 감독님이 슬슬 입가를 털며 다가올 때까지 두 팀은 또 으르렁댔다. 하지만 스탠드에 같이 있던 우리 후보들은 잘 알고 있었다. FC페니가 전반 내내 얼마나 분통을 터트리며 속상해했는지를. 처음에는 웃고 까불고 은근히 약도 올리며 경기를 보던 그들이었는데 첫 골을 실점하는 순간 "으휴, 뭐야. 우리 앞에선 그렇게 잘난 척하더니. 뭐 저리 매가리들이 없어!"라며 탄식 섞인 짜증을 낸 것을 시작으로, 수비수와 볼을 다투던 승원이가 상대 팔꿈치에 찍혀 비명과 함께 나뒹굴 때 제일 먼저 벌떡 일어난 것도, 심판에게 승원이 찍어 내린 선수 옐로카드 왜 안 주냐고, 심판 똑바로 안 보냐고 고래고래 소리 지르면서 항의한 것도, 힘들게 얻은 프리킥을 차는 주장의 이름을 목이 터져라 외친 것도 FC페니 선수들이었다. 하프타임 내내 으르렁대다 나가긴 했지만 경기를 뛴 우리 팀 선수들도 아마 다 알고 있을 것이다.

후반이 시작되고, 남은 빅파이를 탐색하러 온 FC페니 주장에게 "그래도 우리가 지니까 속상하신가 봐요?"라고 슬쩍 말을 던져 보았다. 그러자 그녀는 정색하면서 "아니! 너희 얄밉고 너무 싫거든! 근데 까도 우리가 까야지 다른 데서 까이고 있는 거 보니까 이건 또 짜증나네? 너희들 왜 다른 데 가서 처맞고 다니냐? 기도 팍 죽어가지고! 어휴, 꼴보기 싫어. 진짜!" 하고 또 화를 버럭 내는 게 아닌가. 나는 내 발뒤꿈치에 놓여 있던 빅파이를 발견하고는 박스 채로 건네주었다.

나도 할 거야, 오버래핑

FC마리케는 후반에도 거칠 것이 없었다. 2대 0으로 이기고 있으니 전반보다는 수비에 치중하지 않을까 했는데(이게 하프타임 때 감독님이 한 유일한 예상이자 우리 팀의 유일한 희망이었는데……) 여전히 호쾌하고 날카롭게 공격했다. 그렇다고 수비가 느슨한 것도 아니었다. 21번은 오버래핑뿐만 아니라 수비진 지휘에도 탁월해서 어쩌다 우리 팀이 역습 기회를 잡아 치고 올라가면 그녀의 목소리가 닿는 곳마다 수비수가 나타나 철컥철컥 공간을 잠갔다.

10분도 채 지나지 않아 점수는 0대 4가 되었다. 전반에 소진한 체력이 후반에 발목을 더 잡았다. 하지만 다들 포기하지 않고 분투하고 있었다. 승원이는 전반에 두 골을 넣은 21번을 아득바득 따라다니면서 후반 내내 꽁꽁 묶어 놓다가 급기야는 다리에 쥐가 나서 잠시 경기장 밖으로 나갔다가 다시 들어갔고, 주장은 그야말로 온몸을 허공에 내동댕이쳐서 결정적인 두 골을 막아 냈다. 최고령 주복 언니의 슬라이딩태클은 숨은 백미였다. 그렇게 종료까지 5분여를 남겨 놓았을 때쯤, 갑자기 FC페니의 주장이 벌떡 일어났다.

"야, 너희들 그래도 한 골은 넣고 져야 할 거 아냐! 안 부끄럽냐! 다섯 골 더 먹더라도 한 골은 넣고 끝내자고!"

목소리가 피치 위를 쩌렁쩌렁 울렸다. 다른 FC페니 선수들도 일어나 "그래, 한 골 넣자!"며 박수와 환호를 보냈다. 순간, 피치 위를 감싸고 있던 후덥지근한 공기가 긴장으로 팽팽하게 당겨지는 듯하더니 우리 팀 선수들의 눈빛에 무언가 반짝이기 시작하며 대역전의 서막이 열렸다, 같은 건 스포츠 만화 속에서나 일어나는 일이다. 그런 일도 다 체력이 받쳐 줘야 일어날 수 있는 것이다……. 지금은 다들 쓰러지기 일보 직전이었고 결국 막판에 한 골을 더 실점했다. 종료 휘슬과 함께 최종 스코어 0대 5. 이번 대회 첫 게임이자 마지막 게임이 끝났다. 여기까지였다.

일렬로 서서 관중석에 인사하는 선수들에게 내가 보낼 수 있는 가장 크고 열렬한 박수를 보냈다. 슬쩍 옆을 보니 FC페니 선수들도 어쩐지 시큰해 보이는 눈빛으로 열심히 박수를 치고 있었다. 아, FC마리케는 정말 대단했다. 거기에 맞선 우리 팀도 대단했다. 지금까지 본 우리 팀 플레이 중에 가장 멋졌다. 이런 게 연습 경기와 공식 경기의 차이구나 싶었다.

하지만 FC마리케가 아무리 무서웠대도 이날의 가장 인상적인 오버래핑은 누가 뭐래도 FC페니에서 나왔다. 연습 시합 때는 늘 우리가 골을 넣지 못하게 가로막던 수비수들이었는데 오늘은 우리와 함께 공격에 나서 주었다. 그것도 우리 팀 후보들보다 훨씬 더 호들갑스럽게. 아니, 애초에 자기 팀 경기도 아닌데 토요일 아침부터 한 시간 넘는 거리를 달려온 것부터가 오버…… 아니 오버래핑 아닌가.

그리고 이제 막 내 마음속에서도 오버래핑이 시작되려는 참이었다. 축구를 시작한 이래 처음으로 목표 비슷한 게 생겼다. 열심히 인사이드킥을, 아웃사이드 드리블을, 턴을, 트래핑을, 리프팅을 연습하는 것만으로 충분히 뿌듯했던 내게 '나도 저기서 뛰고 싶다.', '나도 얼른 진짜 시합에 나가고 싶다.'라는 생각이 스쳐간 것이다. 솔직히 그동안 연습 경기든 공식 경기든 축구 시작한 지 반년도 안 된 나에게는 우리 팀 일이면서도 남의 일이었다. 하지만 처음으로 내가 저 자리에 있는 모습을 상상해 보게 된 것이다.

물론 갈 길이 멀다. 입단 2~3년차 중에도 아직 실력이 못 미쳐 경기에 나가지 못한 선수들이 있으니까. 현재 그들은 나보다 훨씬 잘한다. 그러니까 저기서 뛰려면 맨 뒤, 그것도 수십 발자국 뒤에 겨우 서 있는 내가 전력으로 뛰어서 몇 사람이나 추월해야 한다. 이 과정 자체가 나에게는 거대한 오버래핑일 것이다. 잘하고 싶다. 정말 잘하고 싶다.

경기가 끝나고 FC페니 선수들이 점심을 사 줬다. 무려 고기였다. 식당에서까지만 해도 지글지글 익어 가는 삼겹살 앞에서 오늘 5차까지 가 보자며 화기애애했는데(여기까지 보고 난 집에 갔다.) 2차로 간 호프집에서 지난 연습 시합 이야기를 하다가 또 대판 싸웠다고 한다. 이번에야말로 진짜 다시는 안 볼 것처럼 언니들의 분노가 대단했는데, 오늘 오전, 우리 팀 게시판에 공지가 하나 올라왔다.

"6월 26일 11시, FC페니가 안남시에서 16강전을 한다고 합니다. 응원 가실 분들은 참석 댓글 달아 주세요."

"내비 찍어보니까 한 시간 40분 정도 걸리겠던데?", "뭐 그렇게 멀리서 해? 귀찮아 죽겠네."라고 투덜거리는 댓글들이 속속 올라왔지만 그 글의 끝에는 대개 "참석"이 달려 있었다. 결국 과반이 넘는 인원이 가기로 했다. 정말 못 말린다. 나? 물론 참석이다. 9번 선수를 응원하기 위해서. 단 나 때문에 그날따라 9번 선수가 갑자기 선발에서 제외되거나 하지 않아야겠지만 말이다. 바우르다르붕가 화산도 잠잠했으니까 괜찮겠지, 뭐.

시뮬레이션 액션

: 시늉은 질색이지만 태양은 뜨겁다

다이버가 될래, 원수가 될래?

7월 들어 햇살에서 부드러움이 사라졌다. 고작 5분 뛰었을 뿐인데 땀방울이 다리를 타고 흘러내릴 정도로 무더운 아침, 나는 피치 한가운데에 정강이를 붙잡고 쓰러져 있었다. 좀 더 누워 있고 싶었지만 힘을 내서 몸을 일으켰다. 걷어차인 정강이가 욱신거리는 것보다 화살 같은 햇살이 얼굴을 마구 찌르는 것이 더 견딜 수 없었기 때문이다. 절뚝절뚝 원래 위치로 돌아가는 내 뒷통수를 이번에는 주장의 고함이 찔렀다.

"혼비! 괜찮아? 뛸 수 있지? 그렇게 누가 신가드(shin guard, 정강이 보호대)도 안 가지고 다니래? 언제 경기 뛸지 모르는데 항상 가지고 다녀야 할 거 아냐! 으휴, 웬수!"

이것은 비단 주장만의 의견이 아니었던 것으로 전반전이 끝나고 밝혀졌는데, 바로 '웬수' 부분이 그랬다. 신가드 때문은 아니었다. 사실 신입 선수 하나가 신가드를 가지고 왔는지 같은 게 대수겠는가. 부상을 걱정해서? 그럴 리가. 정강이쯤이야 이미 수백 수천 번 차여 본 팀원들이라 딱 보고 별거 아니라는 걸 알았을 터였다. 하지만 차인 그 순간만큼은 무척 고통스럽다는 것도 잘 알고 있었기에 내심 '혼비가 1분은 누워 데굴데굴 구르겠지?', '더 뛰면 토할 것 같았는데 다행이다.'라고 생각하며 숨을 돌리려던 차에 내가 냉큼 일어난 것이다. 모두들 콘 위에 올려진 아이스크림 덩이를 한 입 먹기도 전에 길바닥에 뚝 떨어뜨린 표정으로 "너 웬수 같았어!"라고 절규했다. 그러게. 내가 쓸데없이 성실했다. 그래도 그렇지. 그런 이유로 더 누워 있기를 그렇게 노골적으로 바라면 어떡해요. 메시 네버 다이브(Messi never dive), 몰라요? "수비수가 나를 멈추려고 하든 말든 난 언제나 골을 원하기에 넘어져 있을 시간 따윈 없다!"라며 진격하는 메시. 메시 네버 다이브!

하지만 나는 메시가 아니었고 날은 너무 더웠다. 이어진 후반전까지 내리 뛰다 보니 팀원들의 마음을 알 것 같았다. 쓰러진 누군가가 너무 빨리 일어나면 웬수 같았고, 이 더위에 기어 나온 나도 웬수 같았고, 나중에는 그냥 세상이 다 웬수 같았다. 경기 막판에는 후텁지근한 공기가 콧속과 목구멍에 꽉 차올라

숨도 잘 안 쉬어지고 다리도 자꾸 풀려서, 누가 시뮬레이션 액션(simulation action)으로라도 좀 넘어져 주길 바랄 정도였다.

시뮬레이션 액션은 상대 선수에게 파울당한 척 행동해서 심판의 휘슬을 유도하는 속임수 동작이다. 할리우드 액션(hollywood action)이라는 이름으로 더 잘 알려져 있다. 시인이 잎새에 이는 바람에도 다친다면, 축구 선수는 스치는 옷깃에도 고통스럽게 나동그라지는 법.

대부분의 축구 팬은 시뮬레이션 액션을 싫어한다. 시뮬레이션 액션을 자주 하는 선수들은 '다이버'라고 조롱받기도 한다. 여러 번의 인상적인 시뮬레이션 액션으로 빈축을 샀던 호날두는 지금도 넘어질 때마다 관중들에게 야유를 받고, 데이비드 모예스 감독은 에버튼FC 감독 시절 루이스 수아레스를 두고 "해악을 끼치는 선수며, 수아레스 같은 다이버들이 잉글랜드 축구 팬들을 떠나게 한다."라고 공개적으로 맹비난하기도 했다.(바로 다음날 수아레스는 에버튼과의 경기에서 선제골을 넣은 후 굳이 모예스 감독 앞으로 달려가 다이빙 세리머니로 비난에 화답했다.) 축구 칼럼니스트 존 듀어든도 『존 듀어든의 거침없는 한국 축구』에서 "잉글랜드에서는 다이빙을 뿌리 뽑아야 한다는 분위기가 형성되어 있다."라며 출전 정지 같은 강한 처벌로 "다이버들을 위한 자리는 없다."라는 메시지를 계속 보여 줘야 한다고 주장했다.

나 역시 시뮬레이션 액션을 싫어한다. 그게 팀의 승리를 이끌더라도 말이다. 한 골이 절실한 상황에서 우리 팀 선수가 시뮬레이션 액션으로 얻어 낸 페널티킥으로 승리하는 것, 소위 말하는 '영리한' 플레이가 이끌어 낸 승리 같은 건 상상만 해도 찝찝하다. 아름다운 방식으로 승리하고자 하는 투지가 결여된 승리는 결국 축구의 아름다움을 해친다고 믿는다. 외적 아름다움도 해친다. 때리거나 밀친 사람도 없는데 혼자 뒹굴고 신음하고 고통스러워하는 연기를 하고 있는 선수를 보고 있자면 음악도 없이 막춤을 추고 있는 사람을 보는 것처럼 간지러움과 민망함이 밀려들어 어쩔 줄을 모르겠다.

이런 내가, 바로 그 시뮬레이션 액션을 애타게 기다리고 있는 것이다. 이 강력한 더위 앞에서는 에미도 애비도 메시도 없었다. 온몸에서 땀이 피어올라 이러다가는 영혼까지 증발해 없어져 버리는 게 아닐까 싶을 즈음에 마침내 종료 휘슬이 울렸고, 모두 그 자리에 벌렁 드러누웠다. 후…… 드디어 끝났다.

본격 너머의 본격

글 시작부터 지금까지 더워 죽겠다는 이야기만 내내 떠들고 있어서(시뮬레이션 액션이 아니다. 진짜 덥다.) 모두 눈치 챘겠지만, 그렇다. 축구팀 한 해 일정 중에 가장 버티기 힘들다는 여름 시즌이 본격적으로 시작되었다. 당분간 이보다 더 더운 날들이 크레셴도로 펼쳐질 것이다. 그리고 역시 내내 떠들고 있었어도 이건 눈치 챈 사람이 없겠지만, 그렇다. 내가 연습 경기에 나가 뛰기 시작했다. 입단 첫날 신고식의 일종으로 영문도 모른 채 연습 경기에 투입된 이후 5개월 만이다. 그동안 팀이 연습 경기를 하는 날에는 항상 연습조 혹은 후보군들과 축구장 한구석에서 기초 개인 훈련을 하고 있었던 내가 드디어 실전에 투입된 것이다. 여름 시즌과 함께 나의 시즌도 본격적으로 시작된 셈이다.

물론 이제 와서 '나의 시즌이 본격적으로 시작되었다.'라고 말하기에는 지난 5개월도 나에게는 충분히 '본격'이었다. 하지만 어떤 본격은 다른 본격에 의해 갱신되기 전까지만 본격으로서 존재한다. 그보다 더 본격적인 것이 찾아오면 순식간에 '안 본격'인 것으로 성질이 바뀌는 것이다. 마치 누군가와 사랑에 빠지면 그 이전까지의 연애들은 모두 그 사람을 만나기 위한 시행착오의 과정이 되어 버리는 것처럼(물론 '그 사람'도 '더 본격적인 사랑'을 만나면 시행착오의 하나로 흡수되어 버릴 운명에 놓여 있다.) 이 날을 기점으로 예전과 지금을 나누는 또렷한 선이 그어졌다. 비유적인 표현만이 아니다. 개인 훈련을 하던 피치 라인 바깥에서 이제 그 또렷한 선을 넘어 라인 안쪽에서 뛰게 되었으니까.

사실 이 시간은 좀 더 빨리 찾아왔을 수도 있었다. 공식 대회나 내기가 걸린 시합이라면 모를까, 가벼운 연습 경기는 감독님도 웬만하면 골고루 나가서 뛰어 보도록 기회를 주었고, "혼비 씨도 다음 주부턴 시합에 나갑시다!"라는 말이 처음 나온 것이 두 달 전, 입단한 지 석 달이 조금 넘어갈 무렵이었다.

"앗, 진짜요? 저 이제 연습 시합에 나가도 돼요?"

"아, 니, 요."

"네? 근데 좀 전에 나가라고 하셨잖아요?"

"그, 랬, 죠."

도미솔 같기도 하고 도파라 같기도 한 이상한 멜로디로 한 글자씩 끊어서 노래하듯 대답하는 것은 그렇다 치고, 대체 저게 무슨 말이지?

"어…… 그러니까 연습 시합 나가도 된단 말씀이죠?"

"아, 니, 요."

"헉……."

이런 이상한 대화(……가 맞다면)가 몇 번 더 오간 끝에 감독님이 하려던 말이 '아직 당신의 수준으로는 시합에 나가면 안 되지만 그래도 내보내 줄 테니 한번 나가서 뛰어 보라.'라는 의미였다는 것을 알았고(제발 이렇게 완성된 문장으로 깔끔하게 정리해서 말 좀 해주면 안 되겠습니까.) 그 이유는 묻기도 전에 먼저 설명해 줬다.

"일부러 시간 내서 일주일에 두 번씩이나 오는 건데 나와서 계속 기초 연습만 하면 다들 지루해하더라고요. 들어 보니까 불만이 아주 많더라고. 그러다가 한 달 반 정도 지나면 슬슬 안 나오대? 한 달 반이 한계인가 봐. 그래서 그때쯤 되면 시합도 내보내 주고 그래요. 재밌는 것도 좀 시켜야 신이 나서 계속 하지."

네, 그렇군요. 아니, 그럼 내가 입단한 지 석 달이 넘어가도록, 그런 말을 했어도 두 번은 했을 동안에는 뭐하고 이제 와서야 이러는 건지 물어볼 수도 있었겠지만, 모처럼 감독님에게 깔끔한 설명을 들었으니 그냥 넘어가기로 하자. 하지만 그냥 넘어갈 수 없는 것도 있었다. 막상 시합에 나가라고 한 이유를 듣고 나니 도리어 시합에 나가야 할 이유가 없어졌던 것이다. 나도 깔끔하게 말했다.

"안 나갈래요."

"헉……."

고지식한 나의 등을 떠민 것

나는 기초 연습만 하는 데 아무런 불만이 없는 정도가 아니라 매우 만족하고 있었다. 물론 같은 동작을 몇 주간 되풀이하다 보면 가끔 지겨워질 때도 있고, 그럴 때면 시합에 나가 한바탕 신나게 뛰고 싶은 마음이 들기도 했다. 하지만 그럴 만한 시기가 되었을 때, 그러니까 연습 경기라는 다음 단계로 넘어갈 수 있는 실력이 어느 정도 갖춰졌을 때 나가고 싶지 이도 저도 아닌 애매한 상태로 어물쩍 나가는 건 싫었다. 더구나 오로지 '재미있자고' 사탕발림하기 위해 나가는 건 더 싫었다. 괜한 변칙이 끼어들어 그 나름의 체계를 헝클어뜨리는 느낌?

말하자면 저건 나에게 광의의 시뮬레이션 액션이었다. 축구의 ABC, 이를테면 기본적인 드리블이나 트래핑, 목표에 어긋나지 않는 킥 같은 것들도 몸에 완전히 붙지 않은 상태로 연습 경기에서 선수로서의 몫을 제대로 해낼 리 만무하잖은가. 나가서 진짜 축구를 하는 게 아니라 발끝에 공 맞추기 급급해서 그나마 익혀 왔던 자세들마저 무너뜨리며 축구하는 시늉만 겨우 내다가 올 것 같았다. 물론 고의가 아니라 못하니까 그러는 거지만 시늉은 시늉인 거다. 시늉은 질색이다.

"감독님, 저 그냥 시합에 나가도 되는 수준이 됐을 때 그때 나가면 안 될까요? 그때까지는 기초 연습을 더 하고 싶어요."라는 내 말에 감독님은 대체 지금 무슨 말을 들은 건지 모르겠다는, 아마 평소에 감독님이 말할 때마다 내가 지었을 게 분명한 표정으로 나를 쳐다봤다.

"진짜요? 물론 기초 훈련 더 하시면 당연히 좋죠. 그렇긴 한데, 정말 괜찮아요? 지루할 텐데……"

항상 의아했다. 감독님뿐만 아니라 팀원 모두가 이렇게 말

시뮬레이션 액션: 시늉은 질색이지만 태양은 뜨겁다

했기 때문이다. 기초 훈련은 전혀 지루하지 않은데. 사이사이 감독님이 1대 1로 알려 주는 축구의 기본 원리들도 얼마나 재밌는데.

"엊그제 월드컵 예선전 봤죠? 권창훈이 박스 바로 밖에서 요렇게 조렇게 움직였잖아요. 왜 그랬을까요? 이건 이래 저래 요래서 그렇게 한 거예요! 그리고 저 원리를 우리는 이렇게 저렇게 요렇게 써먹을 수 있어요. 자, 그럼 오늘은 이걸 한번 연습해 봅시다!"

이런 설명을 들을 때마다 머릿속 어딘가에 굳게 닫혀 있던 셔터가 좌르륵 올라가는 기분이다. 오, 그렇구나! 그래서 비슷한 상황에서 다른 선수들도 저런 동작을 하는 거였구나. 선수들이 별생각 없이 몸을 움직이는 것 같지만 그 하나하나에 다 이유가 있고 원리가 있다는 걸 배우는 건 짜릿한 일이다. 게다가 가끔은 이런 기술적 분석 외에도 상대방이 공을 잡았을 때 수비수의 시선에서 읽어 낼 수 있는 심리라든가, 무리한 파울을 하는 선수들의 무의식 같은 걸 이야기해 주기도 한다. 이렇게 쉽고 명확하게 설명 잘하는 사람이 평소에는 대체 왜, 라는 생각은 거두기로 하자. 그는 이 시간만큼은 내게 최고의 명장이니까.

이런 걸 들을 수 있고, 축구의 ABC를 착착 몸에 다져 넣을 수 있는 기초 훈련을 대체 왜 싫어한단 말인가. 허덕허덕 시늉만 하다 말 연습 경기 때문에 이 소중한 시간이 줄어드는 건 안 될 말이다. 아직 익히고 싶은 기본기도 듣고 싶은 축구 분석도 많았다. 그래서 "아니요. 하나도 안 지루하고 재밌어요. 진짜예요! 1년은 기초 훈련만 해도 좋아요."라고 한 번 더 단호하게 대답했다.

"그래요? 코칭한 지 십몇 년 동안 기초 훈련 재밌다는 피드백은 처음 받아 보네. 혼비 씨 뜻이 그렇다면 그렇게 하세요. 허참, 김혼비 씨 진짜 특이하네."

특이하다기보다 고지식한 것이겠지만,(나도 안다.) 아무튼 저게 두 달 전 일이다.

그리고 두 달 후인 오늘. "혼비 씨, 이제 슬슬 시합 나가 보면 좋을 것 같은데……. 오늘부터 연습 경기 나가실래요?" 라고 감독님이 불쑥 다시 물어 왔고, 나는 그러겠다고 했다. 그래서 미처 경기용 신가드도 챙겨 오지 못한 채로 덜컥 연습 경기에 나간 것이다.

불과 두 달 만에 마음이 바뀐 것은 "안 되는데 나가 보라는 게 아니라 나가도 될 것 같아 나가 보라는 것"이라는 감독님의 부연 때문만은 아니었다. 그새 기초 훈련이 지루해졌거나, 실력이 일취월장해서 이제 라인 안에서 놀아도 되겠다는 판단이 선 건 더더욱 아니다. 지난달의 그 경기 때문이었다. "경기 나가실래요?"라는 질문을 받은 순간, 기억 속에서 FC마리케가 갑자기 튀어나와 피치 안으로 내 등을 세게 떠밀었다. 가. 빨리 가서 뛰어. 오버래핑 타임이야.

피치 위에 들어설 때까지만 해도 자신이 없으면서(고작 두 번째 경기니까.) 자신이 있었다.(그래도 두 번째 경기니까.) 하지만 경기가 시작되고 보니 이게 웬걸, 입단 첫날 아무것도 모른 채 6번 할아버지만 쫓아다녔던 경기와 조금 배우고 나서 공과 함께 뛰는 경기는 완전히 다른 경험이었다. 피치 라인 바깥세상과 안쪽 세상은 완전히 다른 곳이었다. 안쪽의 '본격'들이 지난 몇 달의 '본격'들을 가벼운 워밍업의 시간들로 만들어 버리는 데는 채 5분도 걸리지 않았다.

나의 구차하디구차한 첫 그것

개인 훈련 시간에는 적절히 속도를 조절해 가며 은밀하게 공과 만날 수 있었지만, 경기 중에는 제대로 된 자세를 취할 틈도 없이 빠른 속도 속에서 상대의 끊임없는 압박을 이겨내야 공과 겨우 만날 수 있었다. '공을 잡았다 → 드리블한다 → 턴한다 → 패스한다.' 이 과정을 분절적으로 하나하나 짚을 새 없이 모든 것을 거의 동시에 해야 하는 것이다. 이런 상황에서 축구의 ABC라……. 바른 자세의 드리블? 공을 두 번 터치하기도 전에 수비수에게 빼앗기지 않으면 다행이다. 안정된 트래핑? 날아오는 공이 떨어질 곳을 계산해 재빨리 달려가면 누군가 이미 버티고 있다. 정확한 킥? 그냥 킥, 하고 웃고 말지요……. 공을 앞으로 보낼 수나 있으면 다행이다.

이런 상황이니 내가 팀에 무수한 피해를 끼치지 않았을 리가 없다. 정강이를 차였다가 눈치 없이 빨리 일어나는 바람에 모두에게서 '웬수!'라는 탄식을 자아낸 것은 내가 이날 팀에 끼친 피해들 중에 아주아주 작고 귀여운 축에 들었다. 의욕만 앞세워 무작정 공만 쫓다가 자리에서 이탈하는 바람에 수비에 커다란 구멍을 만들었고, 그런 실수를 또 할까 봐 안 뛰는 바람에 공격에도 커다란 구멍을 만드는 식이었다.

그게 다가 아니었다. 무더위에 지쳐 잠시라도 쉬고 싶은 일념으로 누군가 시뮬레이션 액션이라도 하기를 바라다 못해 심지어…… 내가 직접 했다. 한 번만 한 것도 아니고, 무려 수차례. 그걸로 페널티킥, 하다못해 프리킥이라도 얻어 냈으면 팀에 보탬이라도 됐을 텐데,(이제 무려 시뮬레이션 액션을 적극 긍정하고 있다!) 나의 그것은 정말이지 너무도 구차했다.

빠르게 공격을 전개해 가는 역습 상황에 열심히 뛰어나갔다가 패스를 잘못 받거나 잘못 줘서 공격 흐름을 몇 번 끊은 이후, 자의식이 발동하기 시작했다. 그런 걸로 아무도 날 탓하진 않았지만 팀에 너무 많은 해는 끼치고 싶지 않았다. 그래서 공이 올 것 같은 곳은 일부러 피해 다니기 시작한 것이다. 내가 그 자리로 가지 않으면 어쨌든 누군가 그 자리를 메웠고, 그 누군가는 적어도 나보다는 더 공격에 도움이 될 사람이니까.

그렇다고 남들이 공 차며 축구하는 동안 나 혼자 공 피해 피구하고 있다는 게 티가 나서는 안 되는 법. 다행히 나에게는 아까 차였던 정강이가 있었다. 공을 쫓아야 할(즉, 피해야 할) 상황이 올 때마다 괜히 정강이쪽을 만지작거리면서, 다시 아파오기라도 하는 듯 얼굴을 잔뜩 찡그리면서, '아, 내가 저기로 가야 하는 거 나도 아는데…… 하지만 지금 아파서 빨리 못 뛰겠어서……. 아, 정말 안타깝네…….'라는 메시지를 온 사방에 뿌려 대면서 다른 곳으로 슬쩍슬쩍 빠져 버린 것이다. 그렇게 남은 시간 내내 아픈 척 고통스러운 척 혼신의 시뮬레이션 액션을 펼쳤다. 카이저 소제처럼. 절뚝절뚝. 시뮬레이션 액션이 비겁한 줄은 알았지만 이렇게 구차할 수도 있었다니. 나의 '본격'적인 첫날을 그렇게도 싫어하던 시뮬레이션 액션으로 장식하다니. 아, 내 자존심. 아, 나의 아름다운 축구.

이렇게 나의 첫 경기는 굴욕적으로 끝났다. 축구도 뭣도 아닌 "시늉은 질색"이라고 단언했던 게 무색하게 시늉조차도 아니었고, 따라서 '광의의 시뮬레이션 액션'은 더더구나 아닌, 굳이 이름을 붙이자면 '시늉레이션 액션' 따위가 어울리는 엉망진창 플레이와 함께. 이날 속된 말로 "영혼까지 탈탈 털리는" 바람에 다리가 후들거려서인지, 계속 정강이 아픈 시늉을 내며 이상하게 걸어서인지 집으로 가는 버스 정류장까지 진짜로 절뚝이며 걸어갔다.

이때부터 지금까지 아홉 번의 연습 경기가 더 있었다. 나는 그중 세 번의 경기에 나갔다. 불행히도(?) 그 경기들에서는 아무도 나를 걷어차거나 넘어뜨리지 않았고, 아픈 정강이가 없어 공 피할 핑계도 없었던 나는 공격 흐름을 2000번 끊어 먹고 패스 실수를 3000번 저질렀다. 팀원들에게 너무 미안했다. 같은 팀이라는 이유로 나의 성장에 희생의 제물이 되다니 무슨 죄인가.

내가 미안한 기색을 보이면 언니들은 "야, 넌 이제 세 돌막 지난 축구 꼬맹이야. 꼬맹이들이 자라면서 시끄럽고 말썽 많은 건 당연하잖아. 클 때까지 어른들이 그 과정을 조금씩 나눠 가지는 게 맞지.", "미안하면 빨리 쑥쑥 커!"라며 별 소릴 다 듣겠다는 투로 말을 건넸지만, 그럴 때마다 미안함이 고마움으로 바뀌며 더 미안해졌다. 미안한 감정에 익숙해지는 것과 미안할 일이 줄어드는 것 중 뭐가 더 먼저일까.

여러모로 좌충우돌 갈팡질팡하느라 미치고 환장하겠는데 그 와중에 축구가 재밌어서 또 미치고 환장하겠다. 이제는 확실히 알겠다. 경기가 시작되는 순간, 축구가 아닌 건 없다는 것을. 시늉이든 시뮬레이션 액션이든 시늉레이션 액션이든 뭐든, 피치 위에 올라서면 그 모든 게 다 진짜 축구였다. 모두에게 미안한 마음, 그날의 정강이 상태, 나의 사소한 기분 같은 것들도 고스란히 축구의 한 부분이 되었다.

신가드를 준비하지 못한 채 나갔다가 정강이를 차이면 쓰러져 뒹굴게 되는 것처럼, 경기 한 번 뛸 때마다 준비가 덜 된 부분들은 여지없이 호된 결과로 돌아왔고, 준비가 안 되어 있는 줄도 몰랐던 부분들까지 적나라하게 풀어헤쳐졌다. 그리고 그것들도 그대로 '나의 축구'로 축적되었다. 나를 가로막는 수비수도, 무자비한 속도로 날아오는 패스도, 생각지도 못한 돌발 상황도 없는 무해하고 안전한 공간에서의 훈련에서는 절대 배울 수 없는 것들. 그러면서 종종 부질없는 후회를 하곤 한다. '나 왜 진작 연습 경기 안 나갔지? 두 달 전에 냉큼 나갔어야지! 기본이니 뭐니 잘난 척하더니!'

어쨌거나 시작은 비록 구차했지만 무더위와 함께 나의 축구도 크레센도로 이어지고 있다. 물론 여전히 내 발밑에서 축구공은 스타카토로 이리 뛰고 저리 뛰고 있지만. 그나저나 시늉레이션 액션이라는 이름, 조금 귀엽지 않습니까?

오프더볼

: 축구 근본주의자들의 다툼

갈등은 크레파스 밑그림처럼

오늘은 안 좋은 소식으로 시작해야겠다. 전에 잠깐 언급했지만, 우리 팀은 매년 서너 개의 공식 대회에 나간다. 그중 하나가 FC마리케에게 0대 5로 완패했던 대회고, 얼마 전에 다른 대회 1차전이 있었다. 또 졌다. 낙승을 예상했던 팀에게 1대 3으로. 이번 대회는 리그전이라 2차전, 3차전이 남아 있긴 하지만 이길 만한 상대에게 진 것은 FC마리케 같은 거대한 상대에게 졌을 때와는 다른 종류의 충격을 안겼다. 무엇보다 공식 대회 3연패인 것이다.(왜 2연패가 아니고 3연패인지 의아하겠지만 이 이야기는 뒤에서 '더 안 좋은 소식'과 함께 다시 하겠다.)

팀 분위기가 노골적으로 바뀐 건 리그 1차전에서 진 그 바로 다음 훈련부터였다. 신입인데다 축구장 밖에서 팀원들과 따로 만나는 경우도 거의 없기 때문에 팀 사정을 속속들이 알지는 못했지만, 직감으로, 우연히 그 현장의 일부를 포착하는 것으로, 혹은 누군가에게 슬쩍 전해 듣는 식으로 이미 어느 정도 낌새를 채고 있었던 팀 내의 갈등 구도들이 바로 그때부터 좀 더 눈에 띄는 형태로 나타나기 시작한 것이다.

그건 검은색 물감이 묻은 두꺼운 붓으로 도화지를 슥슥 그은 자리마다 흰 크레파스로 그려 놓은 밑그림이 선명하게 드러나는 것과 비슷했다. 평소라면 그냥 넘어갔을 아주 사소한 말한마디, 작은 실수들이 슥슥 지나갈 때마다 그 밑에 숨어 있던 서로를 향한 마음이 공격이나 다툼의 형태로 선명하게 드러났다. 한번 그렇게 붓질이 시작되면 도화지 귀퉁이 어딘가에 그려진 채 몇 년간 묵어 있던 밑그림까지도 선명하게 드러나 몇 년을 거슬러 올라가 다투기도 했다.

주장과 총무 언니의 충돌도 그랬다. 주장이 미드필더인 총무 언니의 '오프더볼(off-the-ball)' 움직임을 지적한 것이 발단이었다. 어느 순간 총무 언니가 폭발했다.

"그러니까! 내가 처음부터 미들은 안 맞는다고 했잖아! 네가 억지로 해 보라고 시키니까 그냥 계속 했던 거지. 그래도 주장 말이니까 존중해 줘야지 싶어서. 나 항상 네 말 잘 듣잖아? 그래 놓고 이제 와서 전부 다 내 탓이라고 말하면 어쩌자는 거야?"

"내가 언제 전부 언니 탓이라고 했어요? 모두 다 책임이 있다고 했죠. 그리고 포지션이 불만이면 진작 말을 하지, 2년 내내 그 포지션에서 훈련해 놓고 이제 와서 2년 내내 하기 싫은 거 꾹꾹 참고 억지로 했다고 하면 제가 어떡해야 해요?"

"내가 언제 하기 싫은 거 꾹꾹 참으면서 했다고 했어? 허참, 너는 없는 말 좀 맨날 만들지 마라. 그리고 내가 몇 번이나 말했거든? 네가 귓등으로도 안 듣더니 기억도 못 하는 거지!"

"기억 다 하거든요? 그땐 언니가 충분히 해 보지도 않고 말하니까 그랬죠. 언니가 몇 달 해 본 다음에 와서 그렇게 말했으면 제가 안 들었겠어요? 해 봐도 영 아니다 싶으면 진작 저한테 말하지 그러셨어요?"

"와, 얘 또 이런 식으로 내 탓하네. 그럼 네가 나한테 언니, 몇 달 해 보고 나서 다시 말해요, 라고 정확히 말했으면 내가 말했을 거 아냐. 난 그냥 무조건 안 된다는 줄 알았지."

"제가 뭘 어떻게 더 정확히 말해요. 언니, 그럼 몇 월 며칠 몇 시 몇 분 몇 초까지 해 보고 나서 다시 이야기해요, 뭐 이렇게 말했어야 해요? 그냥 언니도 별생각 없고 할 만하니까 말 안 하고 있던 거면서 이제 와서 그렇게 말하면 안 되죠."

"네가 평소에 말을 잘 들어주는 애였으면 내가 가서 편하게 말했겠지."

"제가 제대로 안 들어준 건 또 뭐가 있어요? 이거 말고 또 뭐가?"

"너 말 잘했다. 그러니까 이건 안 들어준 게 맞다는 거네?"

"아, 말꼬리 잡지 말아요. 내가 안 들어준 건 뭐가 있는데요? 네?"

다툼은 대개 이런 식으로 진행되다가, 온갖 과거 회상 플래시백들이 한바탕 펑펑 터지고는, 한쪽이 기억을 못하거나 한쪽이 기억하기를 거부하거나, 아니 아무래도 상관없이 그냥 어느 순간부터 각자 하고 싶은 말들을 잔뜩 하다가 뚝 끝나곤 했다.

오드리 헵번과 근본주의자들

이런 광경을 여름 들어 벌써 네 번이나 봤다. 전에는 적어도 내 앞에서는 조심하는 분위기였다. 그것은 몇 달 전까지만 해도 축구팀과는 전혀 상관없었던, 아직 외부인의 느낌을 완전히 벗지 못한 사람에게 팀의 부정적인 모습을 보여 주고 싶지 않은 자존심이기도 했고, 어떤 세상에 처음 발을 들여놓은, 아직 백지상태라 접하는 모든 것들을 그 세상의 전부로 생각하기 쉬운 사람에게 부정적인 각인을 남기고 싶지 않은 신중함이기도 했다.

그래서 가끔 팀원끼리 모인 자리에서 몇 명이 그 자리에 없는 누군가를 향한 불만을 토로하다가도 거기 내가 있다는 사실을 자각하는 순간, "앗, 혼비 앞에서 이런 이야기하면 안 되는데!"라며 화들짝 놀라기도 하고, 훈련 중 말싸움이라도 벌어진 날이면 저녁에 총무 언니나 주복 언니가 따로 전화를 해서 "혼비야, 오늘 놀랐지? 심각한 건 절대 아니고 그냥 연습하다 보면 다들 열정이 지나쳐서 부딪히기도 하고 그런 거니까. 너무 안 좋게 생각하지 마."라고 변명 비슷한 설명, 혹은 설명 비슷한 변명을 하곤 했다.

의도를 알기에 전혀 불쾌하지 않았지만 팀원들의 이런 조심스러움에는 나를 어쩔 줄 모르게 만드는 구석이 있었다. 물론 축구 경력으로 따지자면 나는 이제 막 신생아를 벗어난 수준의 꼬맹이가 맞지만 아무리 그래도 언니들이 "앗, 혼비 앞에서 이런 이야기하면 안 되는데!"라는 말을 "앗, 내가 애들 듣는 데서 못하는 소리가 없었네!" 같은 어투로 말하거나, 울기 직전의 아이를 달래고 어르듯 "혼비야, 많이 놀랐지? 이제 괜찮아. 괜찮아." 하는 것에는 도저히 적응이 안 됐다.

그럴 때의 그녀들은 마치 물리적 시간을 초월한, '축구를 시작한 날이야말로 진정으로 세상에 태어난 날'이라고 믿는 축구 근본주의자들 같았다. 생물학적 나이나 사회생활 경험 같은 건 아랑곳하지 않고 입단 시기와 축구 실력으로 한 사람의 성

숙도를 무의식중에 가늠하고 마는 것이다. 우리 팀이 딱히 유별난 건 아니다. 취미를 공유하는 다른 아마추어 커뮤니티들도 비슷하다. 특히 춤이나 검도처럼 몸으로 하는, 그래서 시간의 축적에 따른 숙련도의 차이가 확연하게 눈에 보이는 활동이 주가되는 커뮤니티에서 많이 볼 수 있는 현상이기 때문에 이해할 수 있다. 단 지나치지 않다면!

아니, 제가 30년 넘게 궁전에서 곱게 살다가 로마로 휴일 맞으러 나온 오드리 헵번도 아니고요. 그럴 때마다 나는 "에이, 걱정 말아요. 여기도 사람 모이는 곳인데 다툴 일 없으면 그게더 이상하죠."라고 30대 중반스러운 적당히 대범하고 적당히 어리석은 무난한 답을 하고 넘어가야 할지, "사람 모이는 곳이다 그렇죠. 여기는 다를 거라고 애초에 기대하지 않아서 놀랄일도 없으니 걱정 마세요. 우리도 지금은 이렇게 좋은 얼굴로이야기하고 있지만 당장 내일은 어떻게 될지 모르는 거죠, 뭐"라고 회사생활 10년차의 인간 냉소를 보여 줘도 되는 것인지,축구 나이 3세의 정체성에 어울리게 귀 막는 시늉이라도 하며"혼비는요, 아무것도 못 들었어요. 아무것도 몰라요."라고 도리도리 고개를 저어야 하는 건지 고민하다가(매우 놀라운 것은 저 셋중 그나마 하나 골라야 한다면 마지막 대응이 가장 적절한 분위기라는 것이다. 망할 근본주의자들……) "아니에요.", "괜찮아요."라는 짤막한 답으로 얼버무리곤 했다.

그러던 것이 이제는 달라졌다. 나를 꼬맹이 다루듯 조심하던 팀원들이 어느 순간부터 막 철 들기 시작한 조숙한 초등학생 대하듯 하기 시작한 것이다.(순전히 자기들 마음대로다.) "그래, 너도 이제 알 건 알 나이가 됐다."라고 어렵게 결심한 부모 같은 비장한 표정으로 갈등의 원인에 대해 조목조목 설명해 주었고, 누군가에게 갖고 있는 불편한 감정을 드러내는 데에도 전혀 주저하지 않았다. 그래서 나는 갈등의 분기점이었던 리그 1차전 훨씬 이전부터 총무 언니와 주장 사이에 갈등이 있었다는 것을 알게 되었다. 그러면서 팀이 총무파와 주장파로 조금씩 나눠지기 시작했다는 것도. 일부 성질 급한 팀원들은 이제 막 초등학생이 된 나에게 마치 이혼 직전의 부부가 "엄마랑 살래, 아빠랑 살래?"라고 물어보는 것처럼, "총무가 좋아, 주장이 좋아?" 같은 선택을 은근히 종용하기도 했는데, 이건 이거대로 괴로웠다. 꼬맹이 취급할 때는 언제고 이젠 선택하래. 뭐가 이렇게 급격한가요! 망할 근본주의자들…….

그리고 이런 급격한 전개 뒤에는 과격한 결말이 기다리고 있었다. 안 좋은 소식 뒤 더 안 좋은 소식.

오프더볼: 축구 근본주의자들의 다툼

축구의 근본은 공 없는 곳에

다툼이 있고 나서 2주 후의 어느 날, 총무 언니가 돌연 탈퇴를 선언했다. 새벽 3시경, 축구팀 게시판에 긴 글이 올라온 것이다. 축구팀이 발칵 뒤집힌 것은 말할 것도 없다. 총무파 팀원들조차 아무런 귀띔도 받지 못했는지 기겁하기는 마찬가지였다.

처음 겪어 보는 누군가의 탈퇴, 그것도 팀 일에 가장 열성적이고 절대적이었던 사람의 탈퇴는 쉽게 받아들이기 힘든 일이었다. 에이, 아니겠지. 글을 올린 시각도 그렇고, 올라온 글의 주술 구조를 봐도 그렇고 분명 술김에 욱해서 올린 걸 거야. 주변에서나 감독님이 만류하면 마음 바꿀 거야 하는 정도로 생각하고 있었는데, 술김에 욱해서 올린 것은 맞았고 마음을 바꿀 거라는 예상은 틀렸다. 정말로 그렇게 끝이 났다.

결과론이지만 6월에 강원도에서 열린 대회에 가지 말았어야 했다. "그냥 매년 나가던 대회들만 나가도 충분하지 않아요?"라는 반대 의견도 만만찮았지만, 더 큰 대회를 겪어 보고 싶은 욕심과 가는 김에 MT처럼 놀고 싶은 사심이 가득했던 언니들의 강력한 주장에 밀려 창단 이래 처음으로 다른 지역 대회에 참가하게 된 것이다. 처음이다 보니 팀 전체가 이런저런 준비로 한동안 부산했다. 특히 총무 언니는 숙소를 잡고, 버스를 빌리고, 추가 회비를 걷고, 주최 측에 서류를 보내는 등 중간에서 할 일이 가장 많았다.(사실 그녀는 언제나 할 일이 가장 많았다.) 우여곡절 끝에 감독님과 열다섯 명의 정예 요원이 1박 2일 일정으로 강원도로 출발했다.

나를 포함한 나머지 비정예 요원들이 나중에 전해 들은 이야기는 이랬다. 다들 이번에는 경험 한번 쌓아 보자는 취지로(그리고 MT를 핑계로) 갔기에 경기 시작 직전까지 별로 긴장도 안 했고 평소 연습 시합 때보다도 편안하고 화기애애한 분위기였다고 한다. 모르면 마음 편하다고, 상대 팀에 관한 정보도 전혀 없어 더욱 그랬다고.

그런데 전반 시작하자마자 우리 팀이 대뜸 두 골을 연달아 넣은 것이다. '어? 잘 못하는 팀인가? 이거 대승할 분위긴데?' 우리 팀 선수들이 슬슬 상대 팀을 얕잡아 보기 시작할 즈음, 상대 팀도 연속해서 두 골을 넣었다. 어? 이 팀 뭐지? 이거 순식간에 역전당할 분위긴데? 경기장에 긴장감이 퍼지기 시작하면서 경기가 조금씩 거칠어지더니 어느새 두 팀 모두 이 경기는 꼭 이기고 말겠다는 스피릿으로 충만해서 이글이글 불타오르고 있었다. 그 기운이 어느 정도였냐면 경기 시작 전까지 강원도에서 가장 편안하고 걱정 없는 사람처럼 앉아 있던 감독님마저 움직였다.

여느 때와 달리 "꼭 이겨 봅시다!"라는 말로 하프타임 작전 시간의 포문을 연 감독님은 선수 한 명 한 명의 다리 보폭까지 지정해 줄 기세로 섬세한 작전을 지시했고, 선수 교체 하나하나에도 매우 신중을 기했다고 한다. 그 바람에 미처 교체되어 경기에 들어가지 못한 사람이 생겨 버렸다. 총무 언니였다.

감독님의 원래 계획은 선발로 나가지 못한 네 명을 후반에 차례로 들여보내 적어도 15분씩은 뛰게 하는 것이었다. 원래도 선수들이 골고루 뛰도록 시간을 분배하는 스타일인데다가, 이번에는 모두 (평소 내는 회비와 비교하면 적지 않은) 사비를 들여 1박 2일간 멀리까지 나왔으니 더 신경 썼을 것이다. 하지만 이 시합이 갑자기 꼭 이겨야만 하는 시합이 돼 버리는 바람에 계획이 바뀌었다. 이런 경기는 잠시도 방심할 수 없다. 매 순간이 승부처였고 그때마다 최선의 선택을 해야 한다. 차선책은 있을 수 없었다. 총무 언니는 그 순간의 최선이 아니었다. 그 자리에는 민아 언니가 있었던 것이다. 그리고 민아 언니와 총무 언니를 최선과 차선으로 가른 것은, 주장과 총무 언니의 다툼의 발단이기도 했던 '오프더볼' 능력이었다.

온더볼(on-the-ball)이 공을 가지고 있을 때의 움직임을 말한다면, 오프더볼은 공을 가지고 있지 않을 때의 움직임을 말한다. 오프더볼은 꽤 넓은 것을 가리키는 개념이지만, 내 생각에 오프더볼의 가장 결정적인 역할은 '공간'을 만드는 데 있다. 축구에서의 공간은 대개 '선수와 선수 사이의 공간'이기 때문에, 모든 선수들이 끊임없이 빠른 속도로 움직이는 현대 축구에서는 소수점의 초단위로 생겨났다가 없어지는 '찰나의 틈새'다. 시간 중에서도 매우 짧은 시간을 말하는 '찰나'와, 공간 중에서도 매우 작은 공간을 말하는 '틈새'가 이중으로 겹쳐져, 거의 시공을 초월하기 직전의 미션처럼 보이는 '찰나의 틈새'를 만들어 내는 것이 오프더볼의 묘미인 것이다.

상대편 수비에 생긴 찰나의 틈새를 놓치지 않고 파고들어 관중과 수비수들이 '어? 저 선수 대체 언제 저기 가 있었지?' 싶은 곳에 기가 막히게 나타나 동료가 패스해 준 공을 골대로 바로 꽂아 넣는 골 센스, 미드필더들이 공을 돌리고 있을 때 번개같이 상대 팀의 측면 틈새를 파고드는 우리 팀 측면 수비의 움직임,(그렇다, 이것이 바로 오버래핑이다!) 짝꿍 미드필더가 공격에 가담하면 한 발 뒤에 자리 잡아 상대의 역습을 대비하는 미드필더의 영리한 자리 지키기, 뭔가 굉장한 것을 할 것처럼 행동하며 수비수들을 자기 쪽으로 꼬드겨 끌고 와서 공을 가진 동료 앞의 공간을 한 틈이라도 넓혀 주는 '어그로 끌기', 이 모든 게 다 오프더볼이다.

그녀의 마지막 오프더볼

"대개 초보자들은 '공(점)'만 본다. 그러다가 어느 순간 '선수의 동선(선)'이 눈에 들어오기 시작하고, 한 발 더 나아가면 그 선들이 변이 되어 만들어 내는 '공간(면)'을 보게 되는 것"(박태하, 「대체 왜 하필 축구란 말인가」, 《릿터》 2호)이라는 말처럼, 오프더볼이 눈에 들어와 공간이 만들어졌다 지워졌다 하는 것을 볼 줄 아는 사람과 그러지 못하고 공이나 선수들의 발만 눈으로 쫓는 사람은 같은 장소에서 같은 경기를 봐도 전혀 다른 두 축구를 보는 거라고 생각한다.

축구를 직접 할 때는 그 차이가 더욱 클 것이다. 그러니 오프더볼을 잘하는 민아 언니와 부족한 총무 언니의 축구는 전혀 다를 수밖에. 아마도 주장이 총무 언니와 다투기 직전에 했던 지적, "미드필더가 패스해 놓고 거기서 끝! 하면 어떡해요. 나 몰라라 하면 어떡해. 계속 움직이면서 찬스를 만들어 줘야지!"가, 교체 선수를 부르는 감독님 입에서 총무 언니 이름이 선뜻 나오지 않은 이유였을 것이다. 틈새를 포착하고 만들어 내는 감각의 차이.

이름이 끝까지 안 나왔던 건 아니었다. 아쉽게 두 골을 실점하여 패색이 짙었던 후반 끝 무렵, 감독님이 총무 언니에게 출전 준비를 지시했다고 한다. 그녀는 "몸 상태가 좋지 않아서요."라고 조용히 거절했고 경기는 곧 끝났다. 꼭 이기고 싶었던 경기에서 지면 체력 소모가 두 배로 큰 법. 돌아오는 차에 몸을 실은 팀원들은 대부분 그대로 잠이 들어 그녀가 어떤 상태인지 신경 쓸 겨를이 없었다. 도착한 뒤에는 뒤풀이가 있었는데, 주장파와 총무파가 자연스럽게 나뉘어 각각 다른 장소로 갔다고.

고깃집에서 고기를 굽던 총무 언니는 갑자기 서러움이 북받쳐 눈물을 펑펑 쏟았다. "이 경기를 주선한 사람도 나고, 2주간 섭외 때문에 얼마나 바빴는데, 게다가 11만 원씩이나 들여서 강원도까지 갔는데, 잔디 한 번 못 밟아 보다니, 물론 내가 못해서 그런 거니까 할 말은 없는데, 애초에 승패 상관 말고 경험 쌓으러 가자며! 그런 거 아니었으면 아예 저 고생을 시작도 안 했지!"

같은 시각, 15분 거리의 횟집에서는 소맥을 말던 주장이 갑자기 열을 올렸다. "뭐? 감독님이 나가라고 했는데 안 나간 거였다고? 지시를 받았으면 그게 1분이라도 나가야지 말을 안 들어? 이건 시합이야! 친선 대회가 아니라고! 상황 따라 주전으로 나가는 사람 못 나가는 사람이 있는 거지, 그걸로 왜 꽁해? 우리가 아마추어 팀이라고 그렇게 아마추어같이 굴면 안 되지!"

이런 갈등이 하나도 해결되지 않은 상태로 리그 1차전을 치른 것이다. 질 수밖에. 이기면 그게 더 이상했다. 경기장 안에

서의 오프더볼 상태 못지않게 경기장 밖 오프더볼 상태도 경기
를 크게 좌우하니까. 아이러니하게도 그동안 경기장 밖에서 오
프더볼을 제일 능숙하게 잘했던 사람은 총무 언니였다. 팀원들
이 다른 데 신경 쓰지 않고 마음 놓고 피치 위를 공과 함께 누빌
수 있도록 항상 부지런히 움직이며 자질구레한 일들을 맡아 처
리하곤 했다. 나에게 "혼비야, 놀랐지? 괜찮아." 우쭈쭈쭈하는
전화를 제일 많이 한 사람도 총무 언니였다.

그랬던 그녀가 요 며칠 축구팀 모두의 연락을 피하고 있다.
감독님은 물론이고 총무과 팀원들의 연락도. 예령 언니가 아들
친구인 총무 언니 아들을 통해 전해 들은 근황, "어제 남자 클럽
팀이랑 시합 뛰고 오셨다던데요?"가 전부였다.(아들을 어린이 축
구 교실에 데려다주곤 하다가 감독님을 만나 축구팀에 입단하게 된 C 언
니와 D 언니가 각각 예령 언니와 총무 언니다. 지금은 축구 교실에 다니지
않지만 아이들끼리는 여전히 친한 모양이다.)

답이 오지 않을 것을 알고 있었지만 그래도 총무 언니에게
길게 메시지를 보낸 저녁, 혼비야 놀랐지 괜찮아 우쭈쭈쭈 전화
를 총무 언니 다음으로 많이 하는 주복 언니가 오랜만에 전화를
했다. 이번에는 어쩐지 그러고 싶어서 언니를 붙잡고 반쯤 투정
조로 말했다.

"이게 무슨 일이에요, 진짜. 이렇게 갑자기 탈퇴라니. 감독
님이 붙잡아 보기는 했대요? 예전에도 이렇게 탈퇴하고 나간

팀원이 있었어요? 10년 넘은 팀이 뭐 이래요, 흑흑."

"그러니까아. 나도 깜짝 놀랐어. 이렇게 나가는 사람이 최근엔 없었는데. 누가 탈퇴하는 거 마지막으로 본 게 한 4년 전쯤? 아, 그래, 4년 전 맞네. 그때도 몇 명이 모여 대판 싸우더니 다음날 세 명이 줄줄이 나가 버렸어. 아니, 자기들이 무슨 올림픽 나가? 왜 4년에 한 번씩 꼭 이렇게 뒤엎고 지랄이야, 지랄이. 그동안 그렇게 열심히 잘해 놓고 나가긴 왜 나가. 속상해, 정말. 민아도 미안해서 죽으려고 해. 자기가 부상당한 척하고 감독님한테 우리 총무도 나가게 교체해 달라고 할걸 그랬다고. 걔나 우리나 이렇게 될 줄 알았나, 뭐……."

요즘 가장 복잡한 심경일 사람은 주장이 아닐까 했는데, 그뒤에는 본의 아니게 총무 언니 탈퇴 이유의 한 조각을 짊어지게 된 민아 언니도 있었다. 사실 크기만 다를 뿐 모두 마찬가지였다. '강원도 대회 나가는 게 어떠냐고 바람 넣지 말걸.' '준비할 때 좀 나눠서 같이 할걸.' '뒤풀이 할 때 잘 달래 줄걸!' '그날 전화 한 번 더 할걸', 모두가 그녀의 탈퇴에서 저마다의 이유를 떼어 내어 나눠 가졌다.

가라앉은 분위기 속에서 그녀가 없는 두 차례의 훈련이 지나갔고, 또 일주일이 지난 오늘 아침. 훈련 시작 전에 출석부를 펴고 내 이름 옆에 사인을 하다가 잠시 멈칫했다. 내 이름 두 줄 위에 늘 보이던 그녀의 이름이 어느새 지워져 있었다. 출석부 뒷

면에 붙어있는 연락처 명단에서도 빠져 있었다. 정정 처리가 빠르기도 진짜 빠르네. 이렇게 총무 언니는 종이 위에, 그리고 내마음에, 다른 팀원들 마음에 빈자리를 만들고 떠나갔다. 그렇게 못 만들어서 문제더니만 나가면서 '공간' 한번 제대로 만들고 가네. 정말이지 총무 언니의 오프더볼은 문제가 너무 많다.

대인 방어

: 무엇이 축구 패션을 완성하는가

단발병의 끝은 쇼트커트병

얼마 전 친구들이랑 이야기하다가 문득 깨달았다. 새벽녘 코끝에 내려앉는 공기가 날카로워지고 여름의 열기가 온기로 바뀌어 바람의 끄트머리에 매달려 사라져 가는 계절이 오면 어김없이 앓곤 했던 '단발병'이 올해 완전히 사라진 것이다. 지난 주부터 SNS에 C컬, S컬, 쿠션 파마 등등 종류도 다양한 단발 사진들이 부쩍 올라오는 걸 보면 이미 일군의 사람들 사이에서는 단발병이 창궐하기 시작한 게 분명한데도 별생각 없이 지나쳤다. 4년 전 충동적으로 단발을 했던 것도 딱 이맘때였다. 2년 넘게 안 가고 버티던 미용실에서 머리카락을 30센티미터 넘게 잘라 내던 그때 "이렇게 한번은 결단을 내려 단발을 쳐야! 몇 년간 단발병이 잠잠해져요."라고 힘주어 말했던 건 헤어 디자이너였던가, 옆에서 나처럼 단발로 머리를 치고 있던 또래의 손님이었던가.

그 뒤로도 생각만큼 쉽게 잠잠해지지는 않았다. 얼굴 어딘가에 도발적으로 도사리고 있는데 긴 머리에 가려져 제대로 발현되지 못하고 있는 게 분명할 상큼함과 신선함이 단발을 하는 순간 후두두둑 튀어나올 것만 같고,(하지만 긴 머리가 가리고 있던 건 단지 얼굴, 단지 그냥 얼굴뿐이었다는 슬픈 사실을 곧 마주하게 된다.) 머리 감고 빗는 시간이 줄어 편할 것 같고,(하지만 바쁜 출근 시간에 그놈의 뻗친 머리 펴느라 한참을 낑낑대고 나면 긴 머리보다 훨씬 손이 많이 간다는 사실 또한 마주하게 된다.) 잘려 나간 머리카락 무게만큼 마음도 홀가분해질 것 같고,(반짝 그런 효과가 있지만 앞의 사실들을 마주하면서 점점 무거워진다.) 등등, 어쩐지 삶 구석구석에 작게 뭉쳐 가끔씩 성가신 통증을 유발하는 근육들을 단발이 산뜻하게 풀어 줄 것만 같은 순간이 어김없이 찾아왔다. 해 봤자 별거 없다는 걸 알아도 '이번에는 다르지 않을까?'라는 알 수 없는 희망은 어찌나 잘 생기는지.

그 끈질긴 유혹이 사라진 것이다. 매년 함께 고민하곤 했던 친구들이 배신감을 느낄 정도로 말끔하게. 이건 다 축구 때문이다. 축구가 일상의 중심으로 들어와 삶을 충만하게 채워 준 덕분에 지금의 나를 이루는 모든 상태를 긍정하게 되었기에 단발 같은 작은 변화에 눈 돌릴 필요가 없어졌다 같은 심리학적으로 아름다운 의미가 숨어 있다면 참 좋겠지만 그런 건 전혀 아니고 훨씬 단순한 이유에서다. 단발이 축구할 때 매우 불편해서다.

체육 소녀였던 10대에 잠깐 단발이었던 적이 있었는데, 쇼트커트(또는 쇼트커트에 가까운 단발)는 머리카락이 얼굴 위로 넘어오거나 흘러내릴 일 자체가 없고, 긴 머리는 뒤로 모아 단단히 묶으면 그만이지만, 묶이지 않는 길이의 단발은 처치 곤란이었다. 뛸 때마다 머리카락 끝이 목덜미를, 뺨을, 코언저리를 찌르고, 고개 돌리는 각도에 따라 눈앞으로 쏟아져 내려 순간적으로 시야를 가렸다. 헤어밴드로 고정하는 수도 있지만, 밴드를 오래하고 있으면 머리에서 느껴지는 이물감이 은근히 신경을 긁었다. 그 기억이 생생해서 입단 첫날부터 단발은 아예 선택지에서 지웠다.

요즘은 긴 머리도 조금 버겁다. 아무리 꽁꽁 묶고 실핀을 여기저기 꽂아도 틈새를 뚫고 잡초처럼 삐져나오고야 마는 잔머리, 축구할 때만 되면 얼굴 위 어딘가를 수시로 간질이며 존재감을 어필하는 이 자의식 강한 놈들이 어찌나 거슬리는지 머리숱 소중한 줄 몰랐던 20대 초반이었다면 핀셋으로 다 뽑아버렸을지도 모른다. 포니테일도 땀으로 범벅된 목덜미에 달라붙으면 귀찮긴 마찬가지여서 언젠가부터 돌돌 동그랗게 말아

　　대인 방어: 무엇이 축구 패션을 완성하는가

틀어 올려 버린다. 그러니 단발은 상상도 하고 싶지 않다. 축구를 하는 한, 단발이 하고 싶어질 일은 없지 않을까? 아예 이참에 쇼트커트를 할까?

"안 돼, 혼비야. 벌써부터 그러지 마. 한번 쇼트커트 하면 긴머리로 다시는 못 돌아가."

"그래, 나도 축구할 때 불편해서 에라, 모르겠다 하고 쇼트커트 했다가 10년 동안 이 머리 고정이잖아. 다시 길러 보려고 몇 번 노력했는데 단발로 넘어가는 상태를 죽어도 못 견디겠더라고."

"나도 매번 거기서 딱 걸리잖아. 난 이제 아예 포기했어. 혼비 넌 일단 버틸 만큼 버티면서 머리로 해 보고 싶은 거 다 해보고, 그러고 나서 잘라!"

처치 곤란인 잔머리를 매만지다가 무심코 한마디 던졌더니 여기저기서 멕시코만류급의 거센 만류들이 흘러나왔다. 그 위에서 조각배 타고 단신으로 고기잡이하는 노인처럼 나는 이날도 거울 앞에 서서 머리카락의 바다를 헤치며 실핀을 작살 삼아 보이는 족족 잔머리들을 잡느라 한참을 낑낑댔다.

돌아온 맨투맨의 신 김혼비

실제로 우리 팀뿐만 아니라 여자 축구팀 선수들의 머리 스타일을 살펴보면 쇼트커트가 압도적으로 많다. 그다음이 긴 머리다. 단발은 매우 드문데, 단발인 경우도 파마로 머리를 동글동글 말아서 흘러내리지 않게 한 스타일이 대부분이다. 고민하는 나를 극구 만류했던 팀원들처럼, 한번 쇼트커트를 한 선수들 중에는 그 스타일로 10년을 넘긴 경우가 부지기수다. 마치 단골 술집에서 여유 있는 미소를 지으며 "늘 마시던 걸로."라고 시크하게 내뱉듯 그들은 미용실에서 말한다. "늘 자르던 대로." 그런 그들에게 혹시라도 '단발병' 이야기를 하면 "단발병? 그게 뭐야? 그거 운동할 때 단발 때문에 불편하고 성질나서 생기는 병이야?"라고 되물을지도 모른다.

지난달, 1년 반 만에 찾아간 미용실에서 나의 희망 사항은 딱 한 가지였다.

"묶었을 때 흘러 내려오는 머리카락이 최대한 없게 해 주세요."

"지금 숱이 많으셔서 위쪽은 약간 층을 쳐 줘야 가볍고 세련돼 보일 것 같은데……. 약간 흘러내리는 것도 안 돼요? 층 안 내면 꼭 커튼 친 것처럼 너무 무거워 보일 것 같은데요?"

솔직히 잠시 마음이 흔들렸지만 이내 다잡고 말했다.

대인 방어: 무엇이 축구 패션을 완성하는가

"아, 아니에요. 싹 다 묶이는 게 제일 중요해서요. 좀 무거워 보여도 괜찮아요."

혼자서 미용실을 다니기 시작했던 중학생 때부터 지금까지 언제나 미용실에서 나의 희망사항은 '예쁜 머리'였고, 여기에 하나를 더 붙인다면 '머리 감고 나오면 끝인 머리', 그러니까 '드라이조차 안 해도 관리가 되는 편한 머리' 정도였다. 그러다가 거의 20년 만에 새로운 조건이 하나 생긴 것이다. '축구하기 편한 머리'←NEW! 그리고 제일 중요.

얄궂은 것은 이렇게 머리 스타일도 축구 최적화가 됐겠다, 신나서 축구장에 갔던 바로 그날, 내 몸에서 축구하는 데 방해가 되는 건 단지 머리카락뿐만이 아니었다는 냉정한 사실을 치욕적으로 깨우쳤다는 점이다.

그날따라 출석률이 유난히 저조해서 훈련 온 아홉 명이 다섯 명과 네 명으로 팀을 나눠 미니 게임을 하기로 했다. 나는 이런 미니 게임이 처음이었는데, 사실 말이 5대 4 게임이지, 네 명씩 두 팀으로 먼저 나누고 그중 실력이 모자라는 팀에 내가 들어가는 형국이었다. 전문 용어, 아니 전통 용어로 깍두기인 나를 어떻게 써먹을지를 두고 우리 팀은 의논을 거듭했다. 그 결과 기술이 현저히 떨어지는 대신 발이 빠르고 악착같다는, 세모난 깍두기만큼이나 희귀하고 몇 안 되는 내 장점을 살릴 수 있는 맨투맨 수비를 맡기기로 했다.

'대인 방어' '일대일 수비'라고도 불리는 맨투맨 수비(man-to-man-defence)는 수비수가 상대 팀 특정 공격수를 전담으로 맡아 수비하는 것을 말한다. 보통 연습 시합 때는 수비수들이 일정한 지역을 분담해서 수비하는 지역 방어(zone-defence)를 한다. 그러나 이런 미니 게임의 경우, 나처럼 공격력 0의 있으나 마나 한 선수가 상대 팀에서 가장 잘하는 선수의 공격력을 1이라도 지워 버리는 건 어떻게 계산하든 남는 장사기 때문에 꽤 적절한 전략으로 보였다.

그리고 난 경험도 있다. 잊으셨습니까, 여러분. 입단 한 시간 10분 만에 이뤄진 저의 강렬한 데뷔전을. 안남시에서 축구하러 오는 6번 할아버지의 성질을 돋운 바로 그 경기 말입니다. 그때처럼 다른 건 신경 쓰지 않고 오직 상대 팀에서 가장 빠르고 골 결정력 있는 예령 언니만 쫓아다니며 패스나 슈팅 찬스를 최대한 없애 버린다. 간단하잖아? 물론 언니가 현란한 개인기로 나를 젖혀 버리면 그 순간 끝!이라는 위험 부담 또한 있지만 어차피 깍두기야 젖혀져도 그만이잖은가.

처음 20분, 그러니까 전반전은 완벽했다. 딱 한 번 페이크에 속아 공간을 내준 것을 제외하면 대체로 잘 막고 있었다. 몰랐었는데 일대일로 붙어 같이 뛰어 보니 팀 내에서 두 번째로 빠른 선수라고 해서 지레 겁먹었던 예령 언니보다 내가 더 빨랐고, 그것은 매우 유리하게 작용했다. 감독님과 선수들도 쉬는 시간에 "앞으로는 실전에서도 혼비를 맨투맨으로 쓰는 작전을 구상하면 좋을 것 같다."라고 진지하게 말했는데, 늘 신입 티 폴폴 내면서 어이없는 플레이로 팀에 민폐만 끼치는 존재였던 김혼비 사용법을 드디어 찾은 것 같아 좀 뿌듯했다. 여기까지는 그랬다.

나는 모기도 아니고 말 한 필도 없었다

후반전 시작하고 얼마 지나지 않아 예령 언니를 뒤쫓아 저쪽 골대까지 전속력으로 내달렸다 돌아온 직후부터였다. 갑자기 몸에서 한꺼번에 생기가 빠져나가는 듯한 기분이 들었다. 그러고 1분이나 지났을까, 나는 빨간 막대 한 칸 남은 방전 직전의 배터리 상태로 깜빡거리기 시작했다. 어느 순간부터 뇌가 지각하는 움직임과 실제 움직임에 차이가 생겼다. 저기까지 충분히 뛰어갈 수 있을 것 같아 한달음에 달려갔는데, 아니 달려갔다고 생각했는데, 폐에 공기가 가득 들어차서 숨이 제대로 내쉬어지지 않는 미칠 것 같은 팽만감과, 한 번 들이쉴 때 모든 공기를 싹 빨아들이기라도 한 듯 주변에 남은 공기가 없어 숨이 제대로 들이쉬어지지 않는 희박함을 동시에 느끼며 머릿속 거리의 반도 달려 나가지 못했다. 발도 점점 땅에 끌리기 시작하고…….

이런 상태다 보니 공을 막기는 막아야겠는데 몸은 안 따르지, 마음은 급하지, 급기야는 몸 대신 팔이 저절로 막 나갔다. 날아오는 공을 냅다 '파리채 블로킹'으로 쳐 내고 핸드볼 파울. 삑! 나를 제치고 나가려는 예령 언니 옷을 무심코 잡고 늘어져 또 파울. 삑! 삑삑! "내 발은 내 생각의 기발함을 못 따라가고 내 생각은 내 발의 묵묵함을 참을 수 없어"(오은의 시 「지면」을 변형) 나는 어이없는 파울을 연발했고, 나중에는 예령 언니가 어디 있는지, 나는 어디 있는지, 에라 다 모르겠다 싶은 지경이 되어 "나는 없는 있음이며, 있는 없음"(김현, 「말들의 풍경」에서)인 경지에 이르렀다. 우왕좌왕 좌충우돌 김혼비백산. 정말이지 공을 경기장 밖 저 멀리로 차서 없애 버리고 싶었다.

"크하하하. 혼비 얼굴 완전 썩었네, 썩었어. 야, 나 너 중간에 울면서 집에 갈 줄 알았어."

"혼비 쟤 나중에는 골대 앞으로 막 기어들어 와서 자기가 골키퍼 본답시고 떡하니 서더라? '언니, 제가 골키퍼 볼게요.' 이런 말도 없고 그냥 막무가내로 서는 거야, 크크크크. 얘가 미쳤나 싶어서 보니까 입은 열었는데 말이 안 나와서 손짓만 하더라고. 손짓으로 나보고 막 앞으로 나가서 뛰래. 크크크크."

경기가 끝나고 김좀비가 된 김혼비 목격담이 쏟아졌다. 애잔한 눈빛으로 나를 쳐다보던 감독님도 "원래 맨투맨의 함정

대인 방어: 무엇이 축구 패션을 완성하는가

이 엄청난 체력 소모예요. 체력이 무조건 받쳐 줘야 해. 이 체력이라는 게 참 재미있어요. 어떤 날은 뭐 별로 힘든 것 같지도 않고 충분히 더 뛸 수 있을 것 같은데 다리가 후들거리고 묵직해서 앞으로 절대 안 나간다? 근데 어떤 날은 너무 숨차고 힘들고 당장 쓰러질 것 같은데 다리가 저절로 슥슥 움직여서 알아서 달리고 있어요. 이런 게 체력이에요. 다리 근력이랑 체력이랑 딱 만들어져 있잖아? 힘들어 죽겠는 날도 자기들이 지절로 앞으로 막 가요!"라고 어제 마신 술이 덜 깬 창백하게 질린 얼굴로 체력의 중요성을 강조했다.

근 몇 년간 일상에서 내 체력이 어느 정도인지 얼핏얼핏 가늠해 본 적은 있지만(주로 야근과 주량과 숙취 회복으로) 이렇게 적나라하게 체력의 밑바닥을 눈으로 본 것은 처음이었다. 심지어 이날 같이 뛴 사람들 중에 내가 제일 어렸다! 60년대생 언니들도 끝까지 쌩쌩했는데, 아무리 맨투맨 수비를 맡았어도 그렇지, 그렇게 30분도 안 돼서 허물어지다니. 강철 체력이자 맨투맨 마크도 완벽해 마지않았던 박지성은 AC밀란과의 경기에서 전후반 내내 피를로를 철저하게 경기장에서 지워 버렸고, 역시 체력하면 빠질 수 없는 AC밀란 수비수 가투소는 그걸 두고 "박지성은 끈질기기가 마치 모기 같았다."라고 극찬했다는데, 나는 체력이 모기 같아서 망했다. 체력 자체가 이미 총체적으로 문제인 주제에 머리카락이 방해가 되니 어쩌니 했다니 내 잔머리들이 깔깔대고 웃을 일이다.

예전에 누군가 불쑥 던진 질문, "주전 선수가 될 실력을 빨리 갖추려면 어떻게 해야 해요?"에 다른 여자 축구 팀 감독이 이렇게 답한 적이 있다.

"일단 오늘부터 운동장을 서른 바퀴씩 뛰세요. 처음에는 힘들어서 한번에 서른 바퀴 못 뛸 거예요. 한 열 번은 멈추어야 할 텐데, 그렇게 멈추면서라도 무조건 서른 바퀴를 채우는 거예요. 그렇게 1년 꾸준히 뛰어 보세요. 그래서 서른 바퀴가 비교적 문제없을 정도의 체력이 되잖아요? 그럼 기술들이 다 따라붙게 되어 있어요."

그 자리의 다른 감독들도 강한 공감을 표시했던 이 조언에는 축구에서 기초 체력의 위상이 고스란히 담겨 있다. 1950년대 독일 대표팀을 이끌었던 제프 헤르베르거 감독은 "체력은 선수의 가능성이라는 마차를 끄는 말일 뿐이다."라고 했다지만, 그건 강한 체력은 당연한 기본 값으로 가지고 있고 거기에 플러스 알파를 가져야 살아남는 프로의 세계에서나 통하는 말이다. 마차는커녕 말 한 필조차 제대로 갖고 있는 사람이 드문 아마추어의 세계에서는 역시 체력, 체력이다. 마차도 없고 마차 만들 기술력도 딱히 없지만 전후반 풀타임으로 맨투맨 마크를 소화해 낼 수 있는 말이라도 갖고 있는 선수, 다들 지쳐서 발이 느려지는 후반에 이제 막 고삐가 풀린 망아지마냥 혼자 빨리 달릴

대인 방어: 무엇이 축구 패션을 완성하는가

수 있는 선수. 경기를 뛰어보면 피부로 느낀다. 후반에도 힘이 남아도는 선수 한 명이 있고 없고가 얼마나 다른지를. 무엇보다 체력이 있어야 연습도 많이 할 수 있고 연습을 많이 해야 실력이 는다.

말이 필요했다. 그건 말이 필요 없는 사실이다. 그 30분 동안 하루치 체력을 모조리 끌어다 쓴 건지 밤까지도 골골댔던 나는 다음날 깔깔대는 잔머리들과 함께 피트니스 센터를 찾았다. 상담실에 앉자 트레이너가 검사지 같은 걸 펴 들고 몇 가지 기초적인 조사를 했다. 그중에는 원하는 운동 효과를 골라 체크하는 항목도 있었다.

"물론 운동을 하다 보면 이 효과만 나고 저 효과는 안 나는 일 없이 모든 효과들이 동시에 나기야 나겠지만요. 그래도 운동의 목적에 따라 프로그램도 다르고 메인으로 나타나는 효과가 다르니까요. 회원님이 특별히 원하시는 방향에 맞춰 프로그램을 짤 텐데, 1번이 체중 조절 및 몸매 다듬기, 2번이 자세 교정, 3번이 근력 및 체력 강화……."

"근력 및 체력 강화요!"

"그럼 식단도 체중 감량용이 아니라 체력 강화 쪽으로 맞추시겠어요?"

"네. 체중은 좀 늘어도 상관없으니까 최대한 체력 강화 쪽에 맞추고 싶어요."

핏 좋은 몸이 갖고 싶어

30대의 김혼비가 피트니스 센터에 앉아 체중 감량을 위해서도 아니고, 바디 라인을 예쁘게 만들기 위해서도 아니고, 무조건 체력을 키울 수 있는 운동을 하고 싶다고 말하게 될 거라는 걸 20대의 김혼비는 믿을 수 있을까? 심지어 체중이 좀 늘어도 괜찮다고 말한다는 걸 상상이나 할 수 있을까?

꽤 오랜 세월 내가 내 몸에게 바랐던 건 '건강'보다는 '아름다움' 쪽이었다. 꽤나 팔팔했던 20대의 나에게 건강이란 너무나 막연한 대상이었고, 아름다움은 즉각 눈에 보였다. 그 아름다움의 기준이 사회적으로 만들어진 족쇄라는 것을 알면서도 족쇄의 갑갑함보다는 족쇄의 아름다움에 더 매료됐다. 딱 붙는 옷부터 헐렁한 옷까지 모두 '좋은 핏'으로 소화해 낼 수 있는 마른 몸이어야 했고, S라인의 위쪽 굴곡은 가슴 작기로 유명한 우리 집안 유전상 무리더라도(물론 우리에게는 '뽕브라'라는 혁신적인 문명의 이기를 발명해 낸 선조들이 있었고 마음속 광장 한가운데에 에어컨 발명가와 함께 동상을 으리으리하게 세워 드렸다.) 역시 유전의 힘으로 타고난 가는 허리로 만들어진 아래쪽 굴곡만큼은 잘 유지하려고 노력했다.

어쩌다 살이 붙어 체중계 앞자리 숫자라도 바뀌면 마치 세상이 바뀐 것처럼 굴었는데, 그 바뀐 세상에서는 하루에 1500

대인 방어: 무엇이 축구 패션을 완성하는가

킬로칼로리 이상 먹는 즉시 뽕브라 발명가 동상이 세워진 마음 속 광장 한가운데서 나의 식욕에 대한 공개 재판이 열렸다. 재판은 언제나 엄청난 죄책감과 함께 '엄격한 금식'이라는 형벌을 내렸고, 금식 기간 동안 몸을 허기로 몰아 넣은 채 상추 잎새에 이는 고기 굽는 냄새에도 나는 괴로워했다.

헤어날 길 없어 보이던 이 블랙홀에서 조금씩 벗어난 건 30대 문턱을 넘어서면서였다. 정확히 말하면 넘다가 문턱에 걸려 넘어지면서. 체력과 건강에는 누구보다 자신 있었는데 반년 넘게, 다시는 이렇게 아프고 싶지 않을 만큼 크게 아팠다. 여러 병리학적 이유가 있겠지만 30년간 공부하겠다고, 돈 벌겠다고, 놀겠다고, 자는 시간도 아까워하며 몸을 마구 혹사시켰던 탓도 컸을 것이다. 보이지 않는 곳에 차곡차곡 쌓여 있던 피로가 한꺼번에 몰려와 큰 탈이 났고, 보이는 곳에 차곡차곡 쌓이는 살에나 신경 썼던 나는 차곡차곡 쌓여 보지도 못한 통장의 돈들이 병원비로 빠르게 빠져나가는 것을 보며 반성했다. '수술하다가 죽을 수도 있다.'라는 가능성 앞에서 '핏 좋은 몸매'만 그렇게 좋아하다가 좋은 핏으로 수의를 입으면 뭐하나 싶었다. 잘 먹고 죽은 귀신은 때깔이 좋고, 못 먹고 죽은 귀신은 핏이 좋다? 아이고, 다 부질없다. 다 핏 좋은 개살구에 불과하다.

하지만 이 위기를 무사히 넘겨 건강을 되찾고, 그렇게 또 몇 년 별일 없이 살다 보니 이때의 아득한 공포는 점점 희미해지고 다시 몸에 딱 붙는 가죽 스커트를 입는 즐거움, 캐리 브래드쇼의 튀튀 스커트를 하늘하늘하게 입는 달콤함에 젖어들 무렵 축구를 시작하게 된 것이다. 이것은 몸을 향한 내 욕망에 커다란 지각변동을 일으켰고 새로운 시선과 태도를 갖게 했다.

그랬다. 어떤 욕망을 이길 수 있는 건 공포가 아니고 그보다 더 강렬한 다른 욕망이었다. '축구를 잘하고 싶다.'라는 중요한 목표를 받쳐 줄 '축구를 잘할 수 있는 몸'에 대한 욕망이 무럭무럭 자라 기존의 욕망들을 압도했다. 그 어떤 종류의 몸보다도 두 시간을 전력으로 뛰어도 지치지 않고, 상대 팀 선수들의 강한 압박 수비도 다 버텨 내는 "힘들어 죽겠어도 다리가 '지절로' 앞으로 막 가"는 몸이 갖고 싶었다. 내 몸을 축구하는 데 최적화된 상태로 만들고 싶었다. '예쁜 머리'보다는 '편한 머리'를, '예쁜 몸'보다는 '강한 몸'을 갖는 것으로. 몸과 축구 사이에 다른 욕망이 끼어들 틈이 없는 완벽한 일대일 맨투맨의 관계처럼.

어제도 다음 달 있을 시합을 생각하며 퇴근길에 부득불 피트니스 센터로 가서 데드 리프트 5세트, 케틀벨 스윙 5라운드, 스쿼트 3세트에 플랭크(제일 힘들고 싫어!)를 하고 돌아왔다. 트레이너가 오랜만에 중간 점검을 해 보자길래 체중을 재어 보니 3킬로그램 늘었지만 그중 근육량이 2킬로그램 는 것이라서 기뻤고, 데드리프트 중량을 10킬로그램 늘렸는데 무리가 없어 또 기뻤다. 운동 시작할 때만 해도 턱도 없는 무게였는데. 아마추

대인 방어: 무엇이 축구 패션을 완성하는가

어 축구 선수로서 근육을 모으고 체력을 쌓는 일은 사회인으로서 돈을 모으고 커리어를 쌓는 일과 비슷한 것 같다. 이 하루하루의 변화들이 남은 30대와 다가올 40대, 50대를 단단하게 다져 줄 거라는 믿음을 갖고 앞으로도 (건)강한 몸을 위하여!

그때는 싫었고 지금은 좋은 것

지난주에는 뜻밖의 변화를 발견했다. 워밍업 시간이었다. 줄을 맞춰 가볍게 운동장을 몇 바퀴째 뛰고 있던 중에 내 바로 뒤에서 뛰던 정실 언니, 무엇에든 10을 곱하는 그 정실 언니가 갑자기 크게 외쳤다.

"어머, 혼비야! 웬일이니! 웬일이니! 야, 너 종아리에 알 박였다! 너도 이제 축구 좀 했다고 다리에 근육이 막 잡히기 시작하는구나! 언니, 쟤 다리 좀 봐!"

"와, 진짜다! 혼비 종아리에 알 생겼네!"

옆에서 그걸 또 받아 주는 윤자 언니와 그걸 듣고 굳이 내 종아리를 보러 오겠다는 팀원들 때문에 줄이 잠시 흐트러졌다. 그걸 통제해야 할 주장도 "어디, 어디?" 하면서 같이 뛰어왔다. 아니, 이게 대체 뭐라고……. 누구보다 놀라서 봐야 할 사람은 나라고! 정실 언니가 말하기 전에는 나도 모르고 있었기 때문이다.

"야, 네 다리도 이제 우리처럼 돼 간다?"

"근데 이거 그냥 잠깐 잡힌 거고 계속 풀어 주면 없어질 수도 있어요. 집에 가면 폼롤러로 문질러 봐요."

"아니야, 저건 딱 봐도 안 돼. 운동을 아예 오랫동안 쉬고 하이힐 안 신고 그러면 풀릴 수도 있는데 계속 운동하고 움직이면 저 상태로 딱 굳어. 절대 안 빠지더라고. 혼비야, 너 얼마나 뛰었지? 그래, 나도 딱 쟤만큼 축구했을 때 생기기 시작한 게 지금은 완전 이래, 봐봐."

"우와 언니 알 크다고 생각은 했는데 진짜 딴딴하다!"

"주복 언니는 더 심해. 돌이야 돌!"

산책 나온 개마저도 조용히 짖고 가는 고요한 주말 아침 경기장 한편에서 난데없는 종아리 까고 알통 비교하기 쇼가 왁자하게 펼쳐졌다. 아니 저기…… 아침부터 남의 종아리를, 그것도 알통들을 보고 싶지는 않다고……. 그러나 선택의 여지 따위는 없었고 결국 평소 주의 깊게 본 적 없는 팀원들의 종아리를 찬찬히 보게 되었다. 다들 크기 차이만 있을 뿐 종아리에 알 같은 근육이 단단히 매달려 있었는데, 근육도 근육이지만 다들 흉터에, 멍에, 아니 일단 바탕 피부 자체가 젖은 모래 색깔로 햇볕에 그을려 있었다. 짧게는 3년, 길게는 20년을 꼬박꼬박 훈련 나오고 개인 연습하는 사람들의 다리에는 축구와 함께한 시간들이 그대로 쌓여 있었다. 그 옆에 비죽이 서 있는 아직 하얗고 매끈한 내 다리가 순간적으로 부끄러웠을 정도로.

아니다. 상대적으로 매끈했을 뿐 내 종아리에는 정말로 알이 생겨 있었다! 고개를 뒤로 틀어 내려다봤더니 동그랗게 뭉친 근육이 살짝 튀어나온 게 보였다. 아아, 내가 종아리에 알 '박이는' 걸 얼마나 싫어했는데. 안 싫어하면 이상하다. 종아리가 울퉁불퉁 두꺼워지는 걸 누가 좋아하겠어. 게다가 종아리 알은 한 번 크게 자리 잡으면 없애는 것이 거의 불가능하다고 들었다. 그래서 많은 사람들이 종아리 근육 퇴축술이라는 무서워 보이는 수술을 받기도 하고(종아리 근육으로 향하는 신경을 차단하고 우회시켜 경로를 바꾸거나, 종아리 근육 뒤쪽을 잘라 내는 것이라고 한다. 세상에.) '쫑알 주사'라는 종아리 알 축소 주사를 맞기도 한다. 나부터도 종아리에 알 생길까 봐 집에 들어가면 일본 드라마 틀어놓고 시작부터 끝까지 맥주병으로 열심히 종아리 밀던 날들이 있었다. 질색했던 일이 이렇게 덜컥 일어난 것이다. 생각보다 크고 단단하게.

선 채로 종아리에 살짝 힘을 줘 봤다. 동그랗게 뭉친 근육이 더 단단하게 맺히면서 더욱 선명하게 튀어나왔다. 아, 왜 종아리에 알이 생길 수 있다는 생각을 못했지. 게다가 언제 이 정도까지 생겼지. 하. 근데 여기서 갑자기 왜 웃음이 나는지. 뭐랄까. 그렇게 종아리에 힘을 살짝 줬다 뺐다 하면서 알이 커졌다

작아졌다 하는 걸 보고 있으려니(왠지 중독성 있어서 그날 틈나면 계속 그랬다…….) 축구를 고작 반년 좀 넘게 했다고 몸에 이런 게 정직하게 생기는 것도 우습고, 신기하고, 내가 좌충우돌 뛰어다니고 있는 동안 이렇게 야금야금 조용히 자라고 있었어? 싶어서 어쩐지 좀 대견하고, 뭔가 축구인의 다리에 한걸음 다가간 것 같아 뿌듯하기도 하고. 아니, 그렇다고 이걸 좋아하고 있다니 너무 이상하잖아, 싶다가도 근데 이상하게 싫지 않네? 하면서 혼자 또 웃었다.

뭐, 이렇게 좀 이상할 때도 있지만 대체로 내 몸과 축구와의 맨투맨 관계는 제법 잘 흘러가고 있는 것 같다. 사회 통념적 욕망, 오랫동안 습관처럼 취했던 방식이라 그게 누구의 것인지도 잘 모르게 되어 버린 욕망에 앞서서, 맨투맨 관계 안에서 내 것이라는 게 확실하고 뚜렷한 욕망을 새롭게 찾아가는 것. 이게 참 재밌다.

이리하여 올가을, 나는 단발머리와 영원한 작별을 고했고 대신에 종아리 알을 얻게 되었다. 그리고 앞서 그 길을 걸어갔으며 지금도 지치지 않고 피치 위를 힘차게 누비는 사람들에게 조금 더 반하게 되었다. 이제야 알았다. 피치 위에서 유니폼에 가장 멋지게 어울리는 좋은 핏은 체력과 실력이라는 걸. 그걸 가지고 있는 눈부신 사람들과 오늘도 나는 축구를 한다.

리바운드

: 세상에서 가장 희귀한 골이란

첫 골 엔딩

　나는 요즘 좀 초조하다. 골 욕심이 자꾸 나서다. 축구한 지 고작 9개월밖에 안 됐으면서 골 욕심이라니, 이런 나의 검은 속 내를 우리 팀 선수들이 알면 비웃을 게 틀림없다. 남편은 비웃는 대신 "이야, 축구가 대단하긴 대단하다. 네가 술 아닌 뭔가에 욕심을 다 부리고?"라며 약간 놀랐(그리고 놀렸)다. 그러게 말이다. 물론 축구가 대단한 것도 맞지만, 사실 이게 다 책을 쓰기로 했기 때문이다. 책에 '내 생애 첫 골을 성공시키는 순간'에 관한 에피소드를 꼭 넣고 싶어진 것이다.

　축구라는 운동의 궁극적인 지향점을 '골'로 한정할 필요도 없고 그래서도 안 된다고 생각하지만,(사람들은 축구를 대할 때

지나치게 결과 중심적인 경향이 있다.) 막상 쓰다 보니 모든 좋은 드라마에는 그럴싸한 엔딩이 있듯이 이 책의 가장 그럴싸한 엔딩이 있다면 역시 골, 나의 골이 아닐까 싶은 생각이 들었다. 심지어 엔딩에 쓸 마지막 문장도 이미 생각해 두었다.(무척 좋아하는 W.G. 제발트의 『토성의 고리』 한 구절을 인용할 것이다. 제발트라니 음…… 너무 비장한가?)

그러려면 일단 골을 넣어야 하는데 아, 그걸 언제 넣느냐고. 현재 내 페이스로 미루어 보건대, 2018년 월드컵 전에 볼 키핑이나 제대로 하면 다행이고, 2022년 월드컵 전에 슈팅이나 제대로 하면 다행이다. 그때까지 출판사가 나를 기다려 줄 리 없다. 심지어 우리 팀에도 선출과 몇몇 베테랑 언니들을 제외하면 골 맛을 본 선수가 거의 없지 않은가.

테크닉이 턱없이 모자라면서 빠른 발 하나만 믿고 어떻게 해 보기에는 축구가 절대 만만한 운동이 아니다. 축구에 관한 많은 책 중 단연 최고로 꼽을 만한 『축구란 무엇인가』에서 저자 크리스토프 바우젠바인도 말했다. 다른 구기 종목에 비해 유독 축구에서의 득점은 매우 힘들고 그래서 희귀하다고. "축구 규칙들은 골이 아주 적게 터지도록 만들어"져 있고, "필드가 크고 선수가 많으며 공을 확실히 다루는 것이 어렵다는 사실은 모두 수비수에게만 이점"이며, "여러 통계에 따르면 축구에서는 공격 행위의 극소수만이 득점으로 끝난다." 그러니까 축구에서 골을 넣는 것은 매우 희귀하고 특별한 사건이다. 책의 엔딩으로 매혹적인 소재가 아닐 수 없다.

그렇다면 이런 구조적인 불리함에 나의 형편없는 실력이라는 악조건까지 겹쳤을 때, 당장 골을 넣기 위해 내가 해 볼 수 있는 것은 무엇이겠는가. 꾸준한 연습과 체력 단련? 네, 정답!……이지만, 당신은 수능을 100일 남겨 두고 벼락치기 비법을 묻는 사람에게 "국영수 중심으로 예습 복습을 철저히 하라."라든가 "고전을 많이 읽어 사고력을 키워라."라고 말해서 속 터지게 만드는 타입이로군요! 결론부터 이야기하면 결국 믿을 건 요행수였다. 골을 넣을 수 있는 여러 방법들 중 그나마 요행이 끼어들 여지가 많은 방법을 찾아 최대한 집중해서 파고드는 것. 그런데 그런 방법은 뭐가 있지? 있긴 있나? 찾는다고 한들 내가 할 수 있을까? 고민은 며칠 동안 계속됐다.

그러던 어느 날 꼬리에 꼬리를 무는 질문들 사이로 물릴 꼬리도 딱히 없는 고릴라 한 마리가 비집고 들어왔다. 결정적인 힌트를 들고서 말이다. 오, 진짜로 해답은 국영수는 아니지만 고전에 있었다! (인정한다. 사람은 고전을 많이 읽어 사고력을 키워야 한다.) 출간된 지 30년을 향해 가는 전설적인 고전『슬램덩크』. 이 만화를 본 사람이라면, 북산의 고릴라 채치수가 농구에 막 입문한 풋내기 강백호에게 내린 첫 번째 미션, 강백호가 인생 첫 시합에서 주전다운 몫을 해낼 수 있었던 그 유명한 미션을 기억할 것이다. "리바운드를 제압하는 자가 경기를 제압한다." 훈련 전날 밤 축구 가방을 꾸리고 있는 내 머리 위로 이 말이 묵직하게 내려앉았다. 그래, 풋내기에게는 리바운드지!

엉덩이로 이름 쓰기

농구뿐만 아니라 축구에도 리바운드가 있다. 누군가 슈팅을 했지만 골키퍼의 선방이나 골대에 막혀 다시 흘러나온 공(세컨볼(second ball)이라고 부른다.)을 차지하는 것. 농구처럼 자주 벌어지는 상황은 아니지만, 아니기에 더욱 놓칠 수 없다. 골대 바로 앞에서 일어나는 일인 만큼 모두에게 일촉즉발의 순간이다. 이 공을 수비수가 차지한다면? 한시라도 빨리, 가능한 한 멀리 걷어 내려 할 것이다. 공격수라면? 골대 안으로 득달같이 다시 차 넣으려 할 것이다. 후자처럼 세컨볼을 재차 슈팅으로 연결해서 성공한 골을 '리바운드 골'이라고 하는데, 이런 상황을 두고 더 흔히 쓰는 말은 '주워 먹기'이다.

어쩐지 북한 축구 용어 사전에 실려 있을 것 같은 단어인 '주워 먹기'는 '거저먹기'와 비슷한 뉘앙스다. 자신이 직접 관여해서 만든 골이 아니라, 다른 동료가 한 슈팅이 막혀 공이 흘러나왔을 때, 때마침 바로 그 앞에 있던 덕에 그냥 툭 차 넣는 걸로 손쉽게 득점한다고 해서 붙인 말이다. 그런 만큼 '주워 먹기'를 잘하는 선수들은 그들의 가공할 만한 득점력에 비해 '그저 운발 좋은 선수'라는 꼬리표가 항상 따라붙곤 했다. 필리포 인자기나 치차리토가 대표적인데, 그럴 때마다 전 세계에 상주하는 그들의 팬들은 손가락에 거품을 물고 그들의 움직임과 위치 선정 능력이 얼마나 탁월한지를 증명하기 위해 주워 먹기 직전까지의 그들의 플레이를 초 단위로 캡처한 사진들을 축구 게시판에 좌르륵 올렸다.

나는 인자기와 치차리토 팬들의 의견을 지지한다. 그들이 정말 늘 운이 좋아서 마침 골이 흘러나오는 위치에 우연히 있는 게 아니다. 잘 주워 먹으려면 영리한 위치 선정은 물론이고 갑자기 달려들 수 있는 순발력도 필요하며, 공을 끝까지 보고 따라가는 집중력도 유지해야 한다. 아무나 하는 게 결코 아니다.

물론 그냥 멀뚱히 서 있다가 우연히 공이 얻어걸리는 수도 있다! 특히 수비 실력이 고만고만한 리그에서는 더더욱 자주 있는 일이다. 실력은 노력을 먹고 자라지만, 요행수는 우연을 주워 먹고 자라는 법이다. 그렇다면 나로서는 수비수들을 뚫고 직접 만들어 내는 골이라든가(내 드리블 실력으로는 어림없다.) 누군가의 패스를 받아 꽂아 넣는 골보다는(내 킥력과 트래핑 실력으로는 어림없다.) 그나마 우연과 요행이 겹치면 골이 될 수도 있는 이쪽이 훨씬 노려볼 만한 것 아니겠는가.

『축구란 무엇인가』에도 2005년 독일 지역 리그에서 골키퍼가 쳐낸 공이 앞에 서 있던 상대팀 선수의 엉덩이를 맞고 얼결에 골이 된 이야기가 나온다. 그러니까 골대 앞에 어떻게든 버티고 서 있다 보면 기회가 오는 것이다. 엉덩이로도! (그러고 보니 필리포 인자기도 엉덩이로 골을 넣은 적이 있다. 엉덩이로 골을 넣고 공식 기록에 득점자로 당당히 이름을 올리다니, 실로 '엉덩이로 이름 쓰기'의 월드 클래스급 확장판이다.) 이리하여 나는 혹시라도 기회 비슷한 것이 생길라치면 무조건 골대 앞에서 알짱거리기로 굳게 마음먹었다. 엉덩이가 있어서 다행이다. 지금으로서는 내 발보다 엉덩이 쪽이 더 믿음직한 것 같으니까.

내가 원한 그림은 이게 아닌데

이런 이유로 포워드나 윙을 맡은 날이면 주저 없이 골대 앞으로 튀어 가서 리바운드 볼에 달려들기 시작했다. 나의 속내를 모르는 감독님은 "와, 혼비 씨 평소 성격이랑 시합할 때랑 영 딴판이네요. 의외로 엄청 과감하고 적극적이야! 저런 플레이 좋아요, 좋아."라며 매우 흡족해했다. 거의 골을 넣을 뻔한 적도 있었다. 타이밍과 위치는 기가 막혔다. 문제는 역시 내 발이었다. 다급한 마음에 킥에 힘이 덜 실리는 바람에 손가락 한 마디 차이로 골키퍼의 손끝에 공이 걸리고 말았다. 그래도 '내 생애 첫 골'에 가장 가까이 가 본 순간이었다. '리바운드를 통한 주워 먹기'를 노린 내 선택에도 더욱 확신을 가졌다.

불행히도 같은 시간 같은 곳에서 누군가도 내 선택을 두고 확신을 가졌다. 그것은 잘못된 번역 같은 확신이었으므로 이후 이어지는 서사를 전혀 엉뚱한 방향으로 흘러가게 만들었다. 여느 때와 다름없어 보이던 연습 시합 날 아침, '오늘은 기필코 넣겠어!'라는 의지를 다지며 축구화를 신고 있는데 어디선가 나타난 감독님이 두툼한 무언가를 나에게 쓱 내민 것이다. 음? 이걸 나한테 왜? 고개를 잠깐 갸웃했지만, 감독님이야 뭐 대뜸 나타나서 느닷없이 다리미나 영계백숙 같은 것을 내밀었다고 한들 평소 캐릭터에서 크게 벗어나는 사람이 아니라서 별생각 없이 쓱 보고 말았다. 축구화 끈을 마저 묶으려고 허리를 굽히려는 순간, 그제야 방금 본 것에 담긴 무시무시한 의미가 등줄기를 타고 올라왔다.

"네? 저요? 오늘? 에이, 설마…… 아니죠? 진짜? 제가요?"

경악에 가까운 놀라움에 문장이 여기저기 잘려 나가고 말의 잔 조각들만 물음표를 매달고 툭툭 튀어나왔다. 맙소사. 골키퍼 장갑이라니. 차라리 영계백숙이었으면 좋았을 뻔했다.

"워워, 진정해요, 진정. 갑작스럽기는 하겠지만 그래도 언젠가 다 한 번씩은 해 보는 거예요. 요 몇 번 보니까 혼비 씨가 패나 대담하더라고. 보통 초보자들은 무서워서 혼자 최전방에 잘 못 나서거든요? 근데 자기는 골대 앞으로도 척척 가고, 볼도 별로 안 무서운가 봐? 그래서 진작부터 한번 시켜 볼 만하겠다 싶었어요. 골키퍼는 간이 좀 커야 하거든."

지난달에 미리 공지를 받긴 했다. 주전 골키퍼 지민이가 개인 사정으로 이번 주부터 10주간 나오지 못한다는 내용이었다. 그저 남의 일인 줄만 알았지, 그 장갑이 나에게 넘어올 줄은 정말 몰랐다. 언젠가 다들 한 번씩 해 본다는 거, 그냥 하는 소리인 거 알거든요? 한 번도 안 해 본 언니들이 얼마나 많은데. 내 얼굴이 계속 뭐에 얹힌 표정이었는지 감독님이 가스 활명수라도 건네는 것처럼 골키퍼 장갑을 내 위에 가만히 내려놓으며 말했다.

"어휴, 표정 풀어요. 아니, 내가 뭐 처음 나가자마자 펄펄 날아다니라고 하겠어요? 무조건 다 막으라고 하겠어? 전혀 기대 안 하니까 편하게 생각해요. 어차피 할 사람도 마땅히 없으니까 이참에 경험 삼아 한번 해 본다고 생각하고. 알겠죠?"

그 말에 한결 마음이 놓였다면 좋았겠지만 원래 가스활명수는 급체에 크게 도움이 되지 않는다. 지금 내게 필요한 건 우황청심환이라고. 상황이 이렇게 흘러가다가는 한시라도 빨리 골을 넣고 싶은 소망이 적어도 10주간 멈춰 있을 수도 있겠다는 초조함은 난생처음 골키퍼를 해야 한다는 압도적인 중압감에 밀려 잘 느껴지지도 않았다.

모두가 알다시피 축구에서 골키퍼의 존재는 매우 중요하다. 그저 공만 잘 막으면 되는 게 아니다. 전반적인 경기 흐름을 읽으면서 때로는 쩌렁쩌렁 소리쳐 가며 수비수들 위치도 잡아 줘야 하고, 긴 패스, 짧은 패스 모두를 정확하고 재빠르게 처리하는 발 기술도 뛰어나야 한다. 정신력도 강해야 하고, 리더십도 있어야 하고, 킥도 잘 차야 하고, 골키퍼만의 전문적인 기술도 있어야 하는, 축구에서의 르네상스인 같은 존재. 프로 출신과 아마추어의 실력 격차가 가장 두드러지는 포지션도 바로 골키퍼다.

하지만 이날처럼 잘 훈련된 골키퍼가 부재한 연습 시합에서 눈 딱 감고 버리고 가는 포지션이기도 하다. 어차피 전담 골키퍼가 아닌 이상 저 많은 일을 완벽히 해낼 수 없으니까. 이런 경우 많은 일의 상당 부분을 센터백이 대신 해 줄 것이기 때문에, 골키퍼는 그냥 슈팅으로 날아오는 공을 잘 막는 데만 주력하면 된다.(이것도 굉장히 어려운 일이지만.)

그러니 오늘 같은 날 골키퍼 할 만한 사람이 나밖에 없기는 하다. 다른 팀원들이야 자기 포지션도 아닌 골키퍼 하느라고 아까운 시간을 쓰고 싶지 않을 테고, 실제로 가을에 있을 대회 준비로 필드 선수들끼리 한 번이라도 더 호흡 맞추는 게 중요한 시점이기도 했다. 네……. 그럴 때 '땜빵'으로 쓰라고 대회에도 못 나가고 필드에서 이도 저도 아닌 신입이 필요한 거 아니겠습니까…….

게다가 '혹시 또 알아? 혼비 쟤 키도 크고 순발력 좋으니까 후보 골키퍼로 쓸 만한 자질이 있을지도 모르지. 일단 세워 봐.' 하는 분위기 또한 있었다. 이 가능성에 나는 매우 회의적이었지만, 어쨌든 이 모든 이유에 떠밀려 결국 나는 골키퍼 장갑을 꼈다. 승원이에게 10분 정도 약식 코칭을 받고 드디어 골대 앞에 섰다.

어떻게 손써 볼 수 없는 문제

골대 앞에 서는 순간 벌써 기가 질렸다. 다른 포지션에 처음 섰을 때와는 차원이 다른 위압감이다. '잘 못하면 어떡하지.', '실수하면 어떡하지.' 같은 걱정, 그러니까 '잘하고 못하고의 문제'를 따질 정도의 걱정이라면 그래도 제법 한가롭고 여유 있는 것이다. 골대 앞에서는 그보다 생존과 안위를 위협당하는 종류의 압박을 느낀다. 얼굴에 강슛을 정통으로 맞으면 진짜 아프겠지? 공 막겠다고 바닥에 다이빙하면 쓸리고 다치겠지? 아, 아프기 싫고 다치기 싫다……. 걱정을 넘어선, 두려움이었다.

경기가 시작되고 처음 20분은 거의 정신을 못 차렸다. 내가 할 일은 어쩌다 날아오는 슈팅 막기, 그거 하나뿐인데도 온 신경이 바짝 곤두섰다. 마음 편히 슬렁슬렁 서 있다가 공이 하프라인을 넘으면 그때부터 긴장해도 될 텐데, 하프라인은 고사하고 저 멀리 반대편 골대 근처에서 상대 팀 선수가 공을 가로채기만 해도 불안 불안하게 매달려 있던 목젖이 배 속 밑바닥으로 뚝 떨어지며 어딘가 움푹 파이는 기분이 들곤 했다. 선수들의 전진 패스에 따라 공이 (『슬램덩크』 시절 또 하나의 고전인 영화 「여고괴담」의 귀신 점프 컷처럼) 순식간에 턱, 턱, 턱 크게 다가올 때면 골문 따위 버리고 도망가고 싶어 반대쪽으로 몸이 움찔움찔하다가도, 골 먹히는 건 또 싫어서 다시 공이 날아오는 쪽으로 움찔움찔 움직인다. 그렇게 공이 날아올 때마다 진저리를 치며 자아가 분열하기 바빴다.

이런 형국이다 보니 첫 번째 게임에서 딱 네 번의 슈팅을 받았을 뿐인데도 슈팅 하나에 10년씩 늙은 것 같았다. 아닌 게 아니라 경기가 끝나갈 즈음 나의 상태는 노년기에 접어들었을 때 보일 법한 증상과 비슷했다. 에너지가 고갈되어 기력이 없었고, 축구장 끄트머리에 가만히 서서 정중앙에서 치열한 한때를 보내고 있는 펄펄 뛰는 사람들을 바라보고 있었으며, 현명한 노인들이 세상을 조망할 때 으레 그렇듯이 선수 각각의 움직임과 전개 방식이 한눈에 훤하게 들어왔다. 게다가 역정도 잘 났다! 그들의 플레이 하나하나가 나에게로 공이 날아오느냐 아니냐의 문제와 직결되다 보니, 충분히 막을 수 있는 걸 실수로 놓치거나 열심히 뛰지 않고 지레 포기하는 사람들이 원망스러웠던 것이다. 그럴 때면 마음속으로 소리를 질렀다. 언니! 저기 저기! 아니, 두 명이 동시에 그쪽으로 몰려가면 어떡해! 헉, 저기 공간 비었잖아! 아아, 수비수들 제발 부탁해! 저 공, 저 귀신 같은 공 좀 못 오게 해 줘. 제발.

엄살이었다. 10분 쉬고 바로 이어진 두 번째 경기부터는 이런 생각을 할 여유도 없었다. 첫 번째 경기에서 요행히 실점은 하지 않았지만 누가 봐도 초보 골키퍼라는 티가 풀풀 나서였는지 상대팀 선수들은 다소 무리인 상황에서도 노골적으로 슈팅을 난사했다. 아아, 쏟아지는 온갖 슈팅의 물결이여. 내가 골키퍼로 이름 불리기 전에는 슈팅은 다만 하나의 몸짓에 지나지 않았건만, 내가 골키퍼로 이름 불리웠을 때 슈팅들은 나에게로 와서 골이 되었……. 그것도 쏘는 족족. 첫 골을 먹었을 때의 기분이 몸에 감각되기도 전에 두 번째 골을 먹었고, 세 번째, 네 번째 골까지 먹으니 어떤 기분이 첫 골을 먹었을 때 기분이고 어떤 기분이 연속 골을 먹었을 때의 기분인지 구분조차 되지 않았다.

계속 슈팅 세례를 받다 보니 날아오는 공에 대한 공포는 어느 순간부터 한결 약해졌고, 왼쪽 턱과 광대뼈 사이에 정통으로 공을 한 번 맞고 나니 그마저도 사라졌다. 사람마다 다르겠지만 나에게 이런 종류의 공포는 발생할 통증 자체에서보다는 통증의 강도가 가늠이 안 된다는 사실, 즉 정보의 공백에서 온다. 낯가리는 사람은 아픔에도 낯을 가려서 그래도 좀 알고 지내는 아픔이 잘 모르는 아픔보다 훨씬 대하기 편한 모양이다.

문제는 다른 데 있었다. '절대 손으로 공을 잡아서는 안 된다.'라는 필드플레이어로서의 강박이 몇 달 동안 내 두 손을 꽁꽁 결박시키는 바람에 골키퍼가 됐는데도 손이 바로바로 빠져나오지를 않았다. 발밑에 있는 공을 그냥 두 손으로 주워들면 되는데 발로 깔짝대다가 동료들이 "혼비야, 손!" 하고 다급하게 외치면, '아, 맞다. 나에겐 손이란 것이 있었지.' 하고 기억을 해내고 그제야 손을 뻗어 공을 잡는 식이었다. 한두 번 만에 고쳐지지 않아 몇 번을 그랬고, 그 탓에 몇 번의 위험한 상황이 지나갔다. 공 날아올 때마다 자아 분열하던 것을 겨우 멈췄더니, 이제 공 주울 때마다 정체성 혼란을 겪고 있으니 큰일이다.

처음은 아니다. 필드에서 뛸 때는 역으로 정체성 혼란이 있었다. 특히 위기 상황에서. 기필코 상대 선수를 막고 싶은데 진로를 방해할 타이밍을 놓쳤고, 몸을 던져 공을 막을 타이밍도 놓쳤고, 마음은 급하고, 그러다 보면 나도 모르게 손이 나가 골키퍼처럼 펀칭 같은 것을 하는 것이다. 무슨 수아레스도 아니고. (2010년 남아공 월드컵 8강전에서 가나 선수의 헤딩슛을 야물딱지게 손으로 쳐낸 수아레스를 잠깐 떠올려 보자.)

그렇게 쓰지 못해 안달이던 손을 막상 쓰라고 멍석도 깔아주고 골키퍼 장갑까지 끼워 줬는데 대체 왜 쓰지를 못하니. 나도 답답하고 팀 동료들도 답답하고 감독님은 무슨 생각인지 모르겠는 가운데 두 번째 경기도 끝났다. 다행히 네 골 밖에 안 먹은 건지, 네 골이나 먹은 건지 구분조차 되지 않는 기분이었다.

축구가 이토록 전복적인 종합 예술일 것까지 있을까

세 번째 경기이자 오늘의 마지막 경기가 시작되었다. 상대 팀 선수들은 체력이 많이 소진되었는지 우리 팀 골대 근처까지 올 만한 찬스를 거의 만들지 못했고,(그렇게 슈팅을 난사하더라니, 흥.) 그 덕에 10분이 넘어가도록 딱히 손을 쓸 일도, 공을 막을 일도 생기지 않았다. 오히려 그사이 우리 팀이 두 골을 넣었고, 첫 번째 경기에서 넣은 한 골과 합쳐 한 골 차이로 따라붙었다. 이후 상대 팀의 슈팅이 한 번 있었으나, 그마저도 내가 자리에서 움직일 필요 없는 포스트 바를 크게 벗어나는 슛이었다. 동점도, 역전까지도 노려볼 수 있는 상황이었다.

하지만 두 골을 넣은 이후에는 우리 팀도 체력이 소진되어 후반 종료 직전까지도 이렇다 할 공격을 하지 못했다. 한 골 차 승부답지 않은 지지부진한 경기가 이어졌고, 그냥 이렇게 끝나려나 싶을 때쯤, 저 멀리서 상대 팀 주장이 공을 가로채는 게 보였다.

그녀는 그대로 몇 발자국 공을 몰고 오더니(어느새 담력이 커진 나는 이때까지만 해도 공이 하프라인 너머에 있었기 때문에 긴장을 조금 덜했다.) 곧 종료 휘슬이 울릴 테니 에라 모르겠다 싶었는지 앞쪽으로 길게 뻥 찼는데,(이때까지만 해도 뭐 그냥 어디론가 날아가 버리겠거니 했다.) 그 공이 마침 상대 팀 공격수 발끝에 탁 걸리면서(헉!) 순식간에 오픈 찬스가 만들어졌다. 저 아래 있던 우리 팀 수비수들이 급히 따라붙기 시작했고, 나도 잔뜩 긴장해서 공을 잡은 선수의 움직임에 집중하기 시작했다. 목젖이 다시 한번 배 속 밑바닥까지 툭 떨어졌다.

상대 팀 선수는 어느새 그녀 앞을 막아선 민아 언니를 피해 공을 툭툭 옆으로 몰고 가는가 싶더니 갑자기 역동작을 걸어 민아 언니를 제쳐 버렸다! 그리고 그 앞에는 골대가, 골대 앞에서 바들바들 떨고 있는 내가 있었다. 아마 그녀의 눈에 나 따위는 보이지도 않았을 것이다. 황급히 민아 언니가 다시 따라왔지만 역부족이었고, 그녀는 여유 있는 몸놀림으로 그러나 단호하게 골대를 향해 슛을 날렸다.

"팡!"

공 튀는 소리와 함께 손바닥 한 쪽이 얼얼했다. 보통 공이 날아올 때는 궤적이 스치듯이라도 보이는데, 이번 슛은 너무 세고 빨라서 상대 선수가 공을 차던 딱 그 순간까지만 기억나고 그다음은 영화를 보다가 빨리 감기 버튼을 누른 것처럼 장면이 확 튀며 팡! 소리로 바로 연결됐다. 딱, 팡!

얼결에 팔을 쫙 뻗어 손으로 공을 쳐 낸 모양인데…… 가만있자, 그럼 공은 어딨지? 참새가 부산하게 허공을 쪼아 대며 고갯짓하듯 급히 사방을 둘러봤다. 앗! 공이다! 내 오른쪽 뒷허리께에 공의 일부가 얼핏 보였다. 다행히 그물에 걸려 있지 않았고,(만세!) 골라인 안쪽으로 들어가지도 않았고,(만세!) 바깥쪽에서 바닥을 한 번 튀기고 올라오던 참이었나 보다. 안도할 새도 없이 공을 보는 순간 마음이 다시 급해졌다. 아직 골라인 근처에 공이 있다는 게 소름끼치도록 불안하고 싫어서 황급히 다가갔다. 한시라도 빨리 저 밖으로 걷어 내려고 공을 툭 쳤는데, 쳤는데!

어……? 예상과는 반대쪽으로 공이 튀는가 싶더니 들어갔다. 들어갔다, 골대 안으로. 아아아아악! 들어갔다!

"와!"

상대팀 선수들이 펄쩍펄쩍 뛰면서 내지르는 환호를 배경으로 이 적막한 세상에 나와 골라인 안쪽에 다소곳이 놓인 축구공만 단 둘이 남겨진 것 같았다. 이럴 수가…… 들어가다니. 현실을 미처 다 받아들이지 못한 내 머릿속에서는 직전까지의 상황이 계속 돌아가고 있었다. 자, 여기서 이번에는 뒤로 감기 버

리바운드: 세상에서 가장 희귀한 골이란

튼을 잠시 눌러 내가 몇 초 전에 썼던 문장을 다시 가져와 보자. 바로 이 문장 "빨리 저 밖으로 걸어 내려고 공을 툭 쳤는데" 여기에 모든 문제가 다 들어가 있었다. 왜 거기서 밖으로 걸어내? 네가 수비수야? 골키퍼잖아! 손으로 잡았어야지! 왜 툭 처? 잡았어야지! 잡았어야지!

골키퍼의 선방에 막혀 튀어나온 공을 리바운드해서 골로 연결하는 것, 그러니까 내가 그렇게 오랜 시간동안 바라 마지않았고, 하려고 노력했던 '툭 쳐서 주워 먹기'를 드디어 성공했는데, 하필 골키퍼가 나였다. 저 시나리오에서 골키퍼도 내가 되고 주워 먹는 사람도 내가 될 수 있었다니, 정말 생각지도 못한 대반전이다. 마치 폴란드 영화 학교 2학년생이 실존주의에 대해 고민하다가 써낸 단편 영화 시나리오 같다. 살면서 내가 골을 넣는다는 것도 매우 현실성 없는 불가능의 영역이라고 생각했는데, 살면서 내가 자책골을 넣는다는 것은 아예 상상의 영역에서 벗어나 있던 일이었다. 그리고 이 두 가지가 '동시에' 일어났다. 축구가 진짜 이렇게 전복적인 종합 예술이시다.

자아분열은 말할 것도 없고, 알 수 없는 배신감과 동료들에 대한 미안함과 부끄러움이 세포분열로 무한증식하고 있는 와중에 그대로 종료 휘슬이 울려 경기가 끝났다. 그때까지도 골라인 안에 고이 놓여 있는 공, 나의 자책골, 자책하게 만들어서 자책골을 주워 가지고(그러니까! 진작 그렇게 잡았어야지!) 골대 밖으로 쓸쓸히 걸어 나오는데 우리 팀 선수들이 몰려와 어깨를 툭 툭 치며 "괜찮아, 혼비야! 쳐 내기도 힘든 볼이었어!", "쳐 내지 않았으면 어차피 바로 골이었어!"라며 위로를 해 줬고(하지만 웃음을 참지 못하겠다는 표정이었다.) 골키퍼 김혼비의 모험은 거기서 끝이 났다. "혼비 씨 골키퍼는 안 되겠네요……."라며 감독님이 (웃음을 참지도 않았다.) 다음 주에는 승원이에게 골키퍼 장갑을 넘기겠다고 공지했기 때문이다.

어쨌거나 여러분……. 제가 첫 골을 넣었습니다. 네. 설마 이게 끝은 아니겠죠. 골키퍼 김혼비의 모험은 끝이 났지만(정확히는 끝장이 났지만) 주워 먹는 김혼비의 모험은 계속됩니다. 그날 까지 제발트의 『토성의 고리』는 수십 개의 떨어진 목젖들이 굴러다닐 저 배 속 깊숙한 곳에다 다시 묻어 두고(제발트님 괜히 죄송하네요.) 이제 저는 사정없이 튕겨져 나간 제정신을 어떻게든 리바운드시켜 다시 그라운드 위에 세워 놓겠습니다. 흑.

리바운드: 세상에서 가장 희귀한 골이란

스로인

: 양발을 땅에 붙이고 공을 던지면 경기는 계속된다

뒷모습은 앞모습이 아니다

축구를 시작할 때 전혀 상상하지 못한 일 중 첫 번째는 할아버지들과 축구할 일이 많다는 것이다. 유도나 권투처럼 축구도 체급을 나눠 본다면 파워로 보나 체력으로 보나 20~50대 여자 팀과 60~80대 남자 팀은 보통 같은 체급으로 묶이기 때문에 (매우 드물게 30~50대 남자 팀과 경기 할 때도 있지만) 우리는 주로 같은 여자 팀, 그다음으로 60~80대 할아버지로 구성된 시니어 팀과 경기를 꾸준히 해 오고 있다.

이렇게 시니어 팀과 정기적으로 축구를 하다 보니, 여기서 전혀 상상하지 못한 다음의 경우가 파생되는데, 바로 시니어 팀의 선수들은…… 돌아가신다는 것이다. 한 할아버지의 부고를 전해 들은 늦은 밤, 누군가 온 힘을 실어 찬 코너킥에 머리를 정통으로 맞은 것 같았다. 아, 맞다. 사람은 언젠가 죽지…… 그래, 맞아. 그분들 할아버지들이었지…… 이런 당연한 사실들을 처음으로 맞닥뜨린 사람마냥 멍하고 당혹스러웠다. 사실 연세를 생각하면 그리 놀라운 일은 아니었다. 현재 시니어 팀에서 경기를 뛰는 할아버지들도 그렇고, 경기 뛰는 건 이제 무리여서 코칭스태프로 뒤에 빠져 있는 분들은 더더욱 그렇고, 다 연세가 지긋하신 분들이다. 100세 시대를 기준으로 본다면 아직 한창이시지만, 돌아가신다고 해도 놀랍지는 않은 나이.

하지만 나와 같이 축구를 하던 사람이라고 생각하면 역시 놀라웠다. 축구 시작할 때 축구장에서 같이 뛰는 사람의 죽음을 겪을 수도 있다는, 자연의 섭리대로라면 앞으로도 계속 겪어야 할 게 분명한 리스크에 대해 왜 아무도 나에게 말 안 해 줬어요? 네? 울고 싶은 심정으로 잠이 들었다.

부고를 받은 다음 날은 FC페니와의 연습 경기가 있는 날이었다. FC페니도 몇 년간 시니어 팀과 경기를 해 왔던 꽤 친분이 두터운 팀이었다. 버스를 타고 축구장으로 향하는 길에 우리 팀 게시판에서 팀원 몇 명이 FC페니 주장과 문상 가는 문제로 주고받는 글들이 아이폰 화면에 계속 떴다. 사실 나는 그분에 대해 아는 것이 거의 없었다. 공지로 올라온 부고를 보고서 그분의 성함도 처음 알았다. 그 전까지는 그저 '17번 할아버지'였다. 17이라는 빨간 등 번호와, 모래 운동장에 발로 그린 그림이 바람에 군데군데 지워지고 뭉개진 것 같은 실루엣만이 어렴풋이 떠오를 뿐이었다. 얼굴은 기억날 법도 한데 그마저도 여의치 않아서 시니어 팀 할아버지들의 얼굴을 하나하나 떠올려 봤다.

생각해 보면 내 데뷔전의 상대 팀도 시니어 팀이었고, 심지어 나는 올해의 생일도 시니어 팀과 함께 보냈다. 공교롭게도 생일이 시니어 팀과 연습 경기가 있던 토요일이었고, 공교롭게도 우리 팀은 생일인 팀원에게 경기 후 간단한 파티를 꼭 해주는 다정한 팀이었고, 공교롭게도 그날은 시니어 팀 할아버지들과 오래전부터 삼계탕 내기가 걸린 게임이 예정되어 있었다. 여러 공교로움이 잔망스럽게 겹쳐 나는 생일 파티를 카페에서 케이크를 앞에 두고 친구들과 하는 대신, 무려 삼계탕집에서 영계 백숙에 낮술을 마시면서 올해 생전 처음 만났으며 성함도 잘 모르는 할아버지들과 함께하게 됐던 것이다.

이른 시간이고 스무 명 가면 꽉 차는 가게라 손님도 우리 밖에 없었다. 어느 정도 술잔이 돌자 흥이 돋은 할아버지들과 우리 팀 50~60대 언니들이 '생일을 맞은 혼비를 위해 한 곡조 뽑겠다.'라는 명목으로('노래를 부르겠다.'도 아니고 정말로 '한 곡조 뽑겠다.'라고 말했다.) 돌아가며 노래를 부르기 시작했다. 윤수일의 「아파트」를 필두로 장윤정의 「어머나」, 김수철의 「못다 핀 꽃 한 송이」(아니, 아무리 그래도 태어난 날 축하곡으로 「못다 핀 꽃 한 송이」는 너무하지 않나요……)가 삼계탕집에 울려 퍼졌고, 정실 언니 손에 이끌려 나온 단골 삼계탕집 사장님이 노래에 맞춰 북청사자놀이 비슷한 춤을 추며 한껏 고조됐던 분위기가 박상철의 「무조건」을 다 같이 부르는 것으로 화려하게 마무리됐던, 내 생애 가장 희한하고 평키한 생일 파티였다.(주인공에게는 노래를 전혀 시키지 않고 본인들만 신나서 노래했다는 것까지 완벽했다.)

버스에 앉아 그날 스쳐 갔던 할아버지들 중 17번 할아버지가 누구인지 파악하려고 애를 써 봤다. 왜 할아버지들의 얼굴은 비슷비슷하게 보이는 걸까. 원래도 눈썰미가 없어서 사람의 얼굴을 잘 구분도 못하고 기억도 못하는 편이지만, 세대차에 성별차까지 이중 코팅이 단단하게 되어 있으면 그 속의 얼굴이 더더욱 보이지 않는다. 게다가 이렇게 '그룹'으로서의 정체성이 또렷하면, 그룹을 이루고 있는 개체 간의 경계가 더욱 흐릿해서 곤란하다.

결국 기억을 뒤지는 것은 포기하고 우리 팀 커뮤니티 사진방에 들어가 보았다. 수백 장 가까이 올라와 있는 두 팀의 연습경기 사진들을 한 장 한 장 열어 보다가 이내 이 방식으로 확인하는 것은 애초에 논리적으로 불가능하다는 걸 깨닫고 그만두었다. 17번이라는 숫자는 등 뒤에 박혀 있으므로 얼굴과 17번을 동시에 확인하는 것은 불가능했다. 그분이 고개를 등 쪽으로 절묘하게 돌리고 있지 않는 한, 뒤통수만 연거푸 확인할 수 있을 뿐이다. 뒷모습으로 앞모습을 찾으려고 하다니. 소풍 날 자기만 빼고 숫자를 세는 돼지도 비웃고 갈 시도였다.

어쩌면 호모에렉투스들의 다툼

그분이 누군지 안 건 축구장에 도착해서 첫 번째 경기를 뛰고 난 쉬는 시간이었다. 축구장 분위기는 평소와 같은 듯 달랐다. 오다가다 눈이 마주치면 "혼비야, 너도 이야기 들었지?" "네⋯⋯." "에휴⋯⋯"하며 살짝 찡그린 얼굴을 주고받았다. 친한 것과는 별개로 일단 연습 경기를 시작했다 하면 마지막 세 번째 경기가 끝날 때까지 서로 말을 섞지 않는 게 암묵적인 룰이었는데, 오늘은 우리 팀과 FC페니 선수들이 삼삼오오 모여 무언가를 진지하게 의논하고 있었다. 복잡하고 어수선한 분위기였다. 중요한 시합을 앞둔 날의 아침 같은.

그런 와중에 "근데 그분이 누구예요?"라고 묻는 선수들이 있었다. 나는 나를 제외한 나머지 선수들은 당연히 시니어 팀 선수들에 대해 훤히 알고 있을 거라고 생각해서 좀 놀랐다. 그렇게 묻는 선수 중에 2~3년 차 말고 5년 차 선수도 있었기 때문이다.

"에이, 아니야. 생각보다 우리도 할아버지들 잘 몰라. 아는 분들 몇 명이나 알지. 늘 말하는 분들하고만 말하고."

이 '아는 분들'에 해당하는 사람은 대체로 시니어 팀 감독님과 코치님, 굉장히 사교적이면서 목소리도 크고 입담도 좋아서 축구장에서나 회식 자리에서 분위기를 주도하는 두세 명의 할아버지들, 포지션상 맞부딪힐 일이 많은 할아버지들 정도였다. 나의 경우로 빗대자면 안남시에서 오는 6번 할아버지? 그러니까 경기를 같이 뛰어도 우리 팀 왼쪽 윙백에 서는 선수가 저 멀리 대각선에 선 상대편 수비수와 마주칠 일은 극히 드문 것이다. 특히 우리 같은 아마추어 경기에서는 더하다. 같은 반이라도 1분단 세 번째 줄 앉은 애랑 4분단 일곱 번째 줄 앉는 애는 그 상태로 자리가 고정이라면 1년 동안 한마디도 안 할 수도 있는 거랑 비슷한 이치다.

물론 다른 의견을 가진 사람도 있었다. 쉬는 시간에 1분단도 갔다가 4분단도 갔다가 다른 반 가서도 노는 부지런하고 스스럼없는 그런 아이라면 이렇게 말할 수도 있는 것이다.

"야, 그야 너희가 무심해서 그렇지. 그래도 5년 넘게 한 운동장에서 같이 뛰었는데 어떻게 그렇게 모르냐? 솔직히 나도 이름은 잘 몰라. 그냥 이렇게 부고나 나면 아, 이분 성함이 이거구나 하고 알게 되는 거지. 그래도 이름 빼고는 다 안다고."

반마다 한 명씩 꼭 있었던 '그런 아이'로 너무도 적절한 정실 언니의 타박에 오주연이 억울한 표정으로 항변했다.

"그야 언니는 연습 없는 날에도 할아버지들이 언니네 가게에 종종 들르니까 그렇죠! 우리는 여기서 보는 게 전부라고요. 난 그분이 그때 스로인하다가 예령 언니한테 혼났던 거 말고는 딱히 기억에 남는 게 없어."

"아! 그때 스로인 파울 맞네, 안 맞네 하다가 화내고 집에 가신 그분이야?"

드디어 알았다. 이목구비 생김새가 선명하게 떠오르지는 않았지만 그림의 지워지고 뭉개진 일부가 되살아났다. 그 부분들을 머릿속으로 맞춰 보니 제법 눈에 익은 형태가 되었고 얼핏얼핏 보였다가 사라지기를 반복하는 몇몇 표정들이 있었다. 얼굴보다 더 또렷하게 기억의 상이 맺히는 건 언젠가 피치 위에 쩌렁쩌렁하게 울려 퍼졌던 목소리였다. 오주연이 이야기했던 스로인 반칙 여부를 두고 17번 할아버지와 예령언니 사이에 사소한 시비가 붙었던 바로 그날이었다.

스로인(throw-in)은 터치라인 바깥으로 벗어난 공을 손으로 잡고 던져서 끊어졌던 경기를 재개하는 것을 말한다. 보기에는 굉장히 간단할 것 같고,(양손으로 공 잡고 앞으로 던지는 건 세 살짜리 꼬맹이들도 하는 거잖아?) 프로 축구 경기에서 좀처럼 스로인 파울을 볼 기회가 없었으므로(2014~2015 UEFA 챔피언스 리그 4강 2차전에서 종료 1분 전 카시야스가 저지른 충격의 스로인 파울이 있었지만……) 축구 팬 인생 십몇 년 동안 스로인이 까다로운 규칙이라는 것을 전혀 인식하지 못했다. 그래서 일반인들이 하는 아마추어 경기에서 스로인 파울이 많이 나오는 걸 보고 처음에 놀랐다. 한 경기에서 서너 개씩 나올 때도 있었다. 지난 대회를 앞두고는 감독님 지도하에 두 시간 동안 스로인 특훈을 따로 받을 정도였다.

해 보니까 어려웠다. 멀리 던지려고 하면 자꾸 땅에서 한쪽 발이 떨어지고(두 발이 지면에서 떨어져서는 안 된다.) 발에 신경을 쓰면 자꾸 공을 이마 앞쪽까지 가져와서 던지게 된다.(공은 '머리 위'에서 놓아야 한다.) 축구 테크닉들 중에 유독 제대로 된 동작을 불고기 재워 놓듯 몸에 완전히 배게 하지 않으면 경기 중에 조금만 마음이 급해도 금세 안 좋은 버릇이 튀어나오기 십상인 것들이 있는데 스로인도 그렇다. 결국 연습이다. 명색이 인간이 호모에렉투스 시절부터 자유자재로 할 수 있는 능력 중 하나가 '던지기'인데다가, 닐 로치라는 생물진화학자는 "빠른 속도와 정확도를 갖춘 투척 능력은 오직 인간에게서만 나타나는 고유의 능력"이라고까지 말했다는데, 스로인 하나를 날로 먹지 못하고 이마저도 훈련으로 열심히 익혀야 하다니. 내 참, 축구에 쉬운 게 하나도 없다.

17번 할아버지와 예령 언니가 충돌한 것은 특훈 바로 다음 주 연습 경기 때였다. 특훈 덕분에 타인의 스로인 동작 하나하나에 마치 루테인과 오메가3 지방산이 안구에서 탱고춤을 추듯

눈이 밝게 뜨인 우리 팀 선수들이 평소였으면 그냥 지나쳤을 법한 시니어 팀의 스로인 반칙들을 계속 잡아냈다. 특히 그날따라 유달리 스로인을 많이 해야 했던 17번 할아버지에게는 가혹한 날이었을 것이다. 포지션상 계속 17번 할아버지 주변에 있었던 예령 언니는 보이는 족족 심판에게 어필하기에 바빴다. 안 보인다면 모를까, 이미 따 먹어 버린 특훈의 선악과를 도로 뱉어 낼 수도 없는 일 아닌가.

"심판, 땅에서 발 떨어졌잖아요!"

"지금 몸 이상하게 트신 것 같은데? 파울! 파울!"

"왼발 먼저 땅에서 떨어지는 거 못 봤어요?"

언니의 지적들이 차곡차곡 쌓일 때마다 17번 할아버지의 짜증도 차곡차곡 쌓여 갔고 "이마 앞에서 공 놨잖아요!"라는(카시야스가 저지른 스로인 파울도 이것이었다.) 지적으로 네 번째 파울을 선언 받았을 때 드디어 할아버지가 폭발했다.

"야! 무슨 손에서 공만 떨어지면 반칙이라고 난리야! 계속 이렇게 경기 자꾸 끊을 거야? 늘 하던 대로 하고 있는데 지금까지 아무 소리 없다가 이제 와서 왜 이래, 진짜."

"하던 대로 하시는 게 다 반칙인데 그럼 어떡해요. 이제부터라도 우리 좀 엄격하게 하자고요. 연습 시합이라고 자꾸 대충대충 넘어가니까 중요한 대회 나가서도 대충 하던 대로 하다가 된통 파울 걸리잖아요. 그럼 이렇게 백날 연습하는 게 무슨 소용이에요. 안 그래요?"

뭐라 대꾸할 말이 없는 깔끔한 정리였다. 그리고 원래 예령 언니는 누구에게도 절대 안 진다. 몸싸움에서든 말다툼에서든. 몇 년 째 비슷한 포지션에서 누구보다 예령 언니를 많이 겪었을 17번 할아버지가 그걸 모를 리 없다. 그는 "경기 끝나고 나중에 다시 이야기하자."라며 일단 한발 물러났고, 그 후로 한 번 더 지적을 받았을 때는 심판이 파울을 불기도 전에 순순히 우리 팀에게 공을 넘기고 또 한발 물러났다. 그렇게 경기가 끝나고 마지막 한 게임을 앞둔 쉬는 시간에는 아예 축구장에서 물러났다. 짐을 챙겨 그대로 경기장을 떠났기 때문이다. '나중에 다시'도 없이.

"그냥 이렇게 가면 어떡해?", "에이, 그러지 말고 한 게임 더 뛰자!"라는 주변 할아버지들의 만류에 오른손만 까딱 올려 인사를 하고 큰길 쪽으로 성큼성큼 걸어가던 17번 할아버지의 뒷모습을 나도 조마조마한 마음으로 바라봤었다.

어쩌면 호모데우스들의 다툼

여기까지가 17번 할아버지에 대해 돌아가던 내 기억의 마지막 롤이다. 분명 그다음 달 연습 시합 때는 이미 마음을 풀고 아무 일 없었다는 듯 우리와 같이 경기를 뛰었다는 걸 아는데도 기억나는 이미지는 전혀 없다. 그 이후에도 계속 같이 뛰었고 밥도 같이 먹었고 몇 번의 스로인도 더 했을 텐데, 제대로 인지하지 않은 존재는 기억에 새겨질 자리가 없다. 슬프게도.

뒤숭숭한 분위기에서 연습 경기가 끝났다. 정오를 향해 달려가는 태양이 축구장 철망을 통과하며 그물코 모양의 그림자를 드리운 잔디 한쪽에서 우리 팀과 FC페니 선수들이 한데 모여 앉았다. 예상대로 문상과 조의금에 대한 의논이었지만 그 의논의 방향은 전혀 예상 밖이었다. 주장이 평소의 단호한 말투와는 달리 "음." 하는 간투사를 길게 끄는 것부터가 그랬다. 네, 저기, 어, 같은 몇 개의 간투사를 더한 끝에 그녀가 조심스러운 낯빛으로 말을 시작했다.

"일단 이건 FC페니 주장, 코치, 총무를 포함한 일부와 우리 팀 일부의 의견을 취합해서 제가 대표로 제안을 드려 보는 거예요. 이렇게 하자고 주장하는 게 절대 아니라 제안을 하는 거니까 다른 의견이나 보충 의견 있으면 적극적으로 이야기해 주시는 게 좋을 것 같아요. 음…… 지금까지는 조의금을 모두에게 걷어서 단체 이름으로 전달했잖아요? 이번부터는 그렇게 하지 말고 각자 할 사람은 하고 안 할 사람은 안 하고, 그렇게 자율적으로 하면 어떨까 싶어서요."

"그냥 하지 왜? 조의금을 안 내고 싶은 사람이 있겠어, 설마?"

윤자 언니의 마지막 물음표에는 날이 서 있었다. 논의가 어떤 방향으로 흘러갈지 아직 감이 잘 오지 않아 별생각 없었던 내 귀에도 그 뾰족 선 날에는 '조의금 안 내고 싶은 사람은 사람도 아니다.'라고 선을 좍 그으려는 뉘앙스가 다분했다. 주장도 굳이 돌려서 말하지 않았다.

"언니 생각이랑은 다르게 조의금 걷는 걸 부담스럽게 생각하는 사람도 많아요. 평소에 걷는 회비도 이미 부담인 사람이 많은데 이건 또 번외로 나가는 거잖아요. 그리고 이런 말 어떻게 들릴지 모르지만…… 시니어 팀은 앞으로 시간이 지나면 돌아가시는 분들이 계속 생길 텐데…… 이렇게 부고 있을 때마다 조의금 걷어 드리는 게 당연하게 되어 버리면 그건……."

주장의 점점 길게 늘어지는 말줄임표의 틈을 이번에는 정실 언니가 헤집고 나섰다.

"야, 그래도 그건 아니지. 우리가 그분들이랑 같이 뛴 세월이 얼만데. 앞으로도 계속 함께 뛸 텐데. 그 세월을 그렇게 돈으로 환산하고 그러는 거 아니다, 정말. 인정머리들이 없어?"

말하면서 감정이 고조된 정실 언니가 말하는 도중에 벌떡 일어서는 바람에 바로 옆에 앉아있던 FC페니의 총무 언니도 얼결에 따라 일어나 정실 언니의 팔을 붙잡았다.

"어휴, 언니 그런 말이 아니잖아요. 언니 마음 알아요. 특히 언니들은 할아버지들이랑 우리보다 훨씬 끈끈한 관계니까 당연히 이런 게 다 서운하게 들릴 수 있는데, 경기장에서 같이 오래 뛰었더라도 서로 잘 모르고 데면데면한 사람들도 많고……. 언니, 당연한 관례로 못 박아 놓지 말고 각자 자유롭게 하자는 건데 화낼 게 뭐 있어요! 아예 하지 말자는 게 아니라니까."

"나랑 말장난하니? 그게 하지 말자는 거랑 뭐가 달라? 하지 말자! 근데 하고 싶은 사람들은 해라! 이거잖아? 그리고 뭐? 내가 오라버니들이랑 유독 친하니까 이런다고? 그럼 내가 안 친하면 안 했을 거라는 거야? 내가 안 친하면 조의도 안 하는 그런 막돼먹은 사람으로 보여?"

"언니, 그 말은 결국 우리보고 막돼먹은 사람이라고 하는 거네? 그걸 그렇게 인성 문제로 이야기해 버리면 안 되죠. 아니, 각자 상황이 다르고 형편이 다른데 안 하고 싶은 사람, 부담이 되는 사람이 있을 수도 있지. 게다가 거기 계시는 분들 일반적으로는 우리보다는 다 먼저 가실 텐데……."

"애, 거기 지금 계시는 분들 다 돌아가신다고 해도 5만 원씩 해 봤자 150만 원이야. 일시불도 아니고 12개월 할부도 아니고 한 100개월 할부일 거라고. 그게 이렇게까지 야박하게 굴 정도로 큰돈이니?"

"언니, 어쨌든 시니어 팀도 매년 새로운 선수들이 들어오잖아요. 이걸 관례로 만들어 놓으면 그 기준은 어떻게 정할 건데? 우리랑 같이 축구한지 5년 된 할아버지면 조의하고, 3년 됐으면 좀 그렇고, 작년에 입단하셔서 몇 달 함께 한 분은 '우리랑 아직 안 친하니 이분 조의금은 생략하겠습니다.'라고 하고 안 할 거야, 그럼? 3년 됐지만 경기는 거의 안 나와서 얼굴도 잘 모르는 분 같은 경우는? 결국 차등 두기도 애매해지니까 그냥 다 하게 될 텐데…… 안 그래요?"

주장이 거침없이 쏟아 낸 말의 의미를 생각해 보는 건지 반박할 말을 생각해 보는 건지 정실 언니가 잠시 말을 멈춘 사이 FC페니의 미드필더 언니가 말을 받았다.

"어이구야, 너희는 그렇게 모든 걸 똑부러지게 딱딱 맺고 끊고 할 수 있어서 좋겠다. 나는 머리가 나빠서 대체 생각도 못한 일이네. 그냥 내가 아는 건 그거야. 그래도 운동하는 사람들끼리는 같이 땀 흘리고 몸 부대끼면서 기본적으로 끈끈한 정이 생긴다는 거. 회사에서 만나는 사람들이랑은 또 다르게. 나는 너희도 그런 줄 알았다? 왜냐면 나한테 너희는 그렇거든. 근데 너희는 머리로 이 언니랑 친한지, 몇 년 같이 있었는지, 경조사에 돈 보낼 만큼 친한 건지 이런 거 따지고 있었냐? 무섭다, 진짜."

"언니, 그런 게 아니라……."

"얘, 나나 정실이나 윤자나 오라버니들이랑 친해서 이런다고? 난 전혀 안 친한 사람이라도 나하고 운동장에서 같이 땀 흘리고 몸 부딪히며 뛰었던 사람 죽으면 그게 누구든, 1년 만났든 반년 만났든 당연히 조의금 낼 거야! 왜? 그게 인간의 도리니까!"

"지난번에도 조의금 문제로 몇 명이 이러더니 이번에는 뒤에서 단체로 말을 맞췄구나. 진짜 죽을 때 가까워 오는 사람들은 치사해서 못 살겠다. 너희는 안 죽을 거 같니? 안 죽을 거 같지?"

"언니!"

FC페니의 최고령 언니의 말이 결정타였다. 발끈한 주장과 FC페니 총무 언니의 목소리가 높아졌고 가만히 있던 다른 사람들도 서로 너무하다고 나서면서 여기저기서 언쟁이 벌어졌다. 또 다른 몇 명이 두 그룹을 말리며 '일단 씻고 옷 갈아입고 와서 다시 이야기하자.'는 말로 각각 다른 탈의실 쪽으로 사람들을 끌고 갔다. 하지만 여기서도 '나중에 다시'는 없었다. 정실 언니쪽 그룹이 그대로 집으로 가 버렸기 때문이다. 결국 남은 사람들, 돈을 의무적으로 걷지 말아야 한다고 생각하는 사람들끼리 한참 토의한 끝에 이번까지는 원래대로 걷어서 내고, 앞으로 시간을 두고 다시 차근차근 의논하자고 결론이 났다. 그 와중에 주장이 나에게 말했다.

"혼비야, 넌 안 내도 돼. 원래 1년 차들에게는 경조사비 잘 안 걷어."

뒷모습은 앞모습이다

비스듬하게 일그러진 그물코 모양의 그림자가 내 마음에
도 드리웠다. 사실 나는 경조사에 단체로 돈을 걷는 문화를 좋
아하지 않는다. 하나의 같은 사건이 사람들에게 가닿을 때는 제
각각 다른 모양의 그릇이 된다. 모양 따라 흘러 담기는 마음도
다르고 그걸 세상에 내미는 방식도 다르다. 아무것도 안 담겨
서 내밀 게 없는 사람도 있다. 그걸 무시하고 몇 명이 주도해서
'사람이라면 이렇게 하는 게 당연한 도리다.'라고 자신의 개인
적 신념을 일반화시켜 타인의 도덕관념을 자극하는 방식이 싫
다. 도덕으로 색칠한 하나의 그릇을 들이밀며 다른 그릇을 내미
는 사람에게 윤리적 심판을 하려 들거나 윤리적 가책을 짐 지우
려는 거, 질색이다. 그냥 각자의 마음, 각자의 방식, 각자의 상
황에 맡기면 안 되나. 현재 진행형인 경조사에 일괄적인 규칙을
만드는 것에도 규칙 바깥에 있고 싶은 사람들이 있기 마련인데,
아직 벌어지지 않아 어떤 형태일지 모르는 미래의 경조사에 규
칙이나 관례를 만들어 놓는 건 더 불합리하다.
그럼에도 이날은 어쩐지 간단하게 마음이 정해지지 않았

다. 논의의 성격상 불가피했지만 시니어 팀 할아버지들을 '죽을 사람들'로 카운팅하게 된 모양새가 마음에 걸렸는지도 모르겠다. 그분들에게 결례라서만은 아니다. 아직 살아 있는 사람을 대상으로 조의금을 논하는 형식, 그러니까 '죽음 값'을 매기는 형식에는, 우리가 이미 너무 잘 알고 있지만 (무)의식적으로 마음속 깊숙한 곳에 묻어 두고 안 그런 척하고 사는 '인간의 값'을 매기는 방식의 일부가 투영되어 있기 때문이다. 생각지도 못한 곳에서 방어할 틈도 없이 정면으로 마주친 그 계산은 내 안의 어떤 인간다움의 영역을 건드렸다. '친분이든 호감이든 어떤 이유에서든 이 사람의 죽음에, 죽음에 둘둘 말려 있는 이 사람의 삶에 나는 이 정도까지 돈을 낼 수 있다.', '이 정도까지 슬퍼하는 게 '적당'하다.'라는, 정확하게 눈금 표시가 된 메시지들이 (가짜 색일지라도) 도덕의 색깔을 벗고 (불필요할지라도) 침묵의 금기를 깨고 오고가는 상황의 한가운데에 있는 게 괴로웠다. 살짝 두려움이 일 정도로.

다행인지 불행인지 잠시 마비되었던 방어 기제가 금세 제 기능을 찾은 덕에 나는 이 상황을 매우 재빨리 다음의 상황과 등가로 놓고 다시 한번 생각해 보았다. 지금 논의 사항이 경조사 중에서도 조사, 그중에서도 '죽음'과 연관되어 있어서 무겁고 복잡하고 다소 가책적인 성격을 띠고 있지만, 이걸 기혼 팀과 미혼 팀 간의 축의금 문제로 바꿔서 생각하면 좀 덜 힘들게 받아들일 수도 있지 않을까? 물론 기혼 팀에서 재혼자가 나올 수 있고, 미혼 팀에 비혼주의자가 있을 수 있지만, 그렇게 따지면 시니어 팀에 장수 할아버지 나올 수 있고 우리 팀에 요절자 나올 수 있……(헉, 안 돼, 안 돼! 저 슬프고 위험한 쪽으로 자꾸 가지 말고 이쪽 상황에 집중하라고!) 아무튼 이런 경우 미혼 팀에서 누가 결혼할 때마다 기혼 팀에서 번번이 축의금을 걷어 주는 관례를 만드는 건 기혼 팀에게 불합리하다. 그래, 결국 경사든 조사든 앞으로 일어날 빈도수가 양 팀 간에 현저히 차이 난다면, 그건 관례로 만들지 않는 게 맞는 것 같다. (그래, 나는 역시 단체로 돈을 걷지 말자는 의견에 동의한다.)

하지만 그래도 경사와 조사는 달라야 하지 않을까, 축하와 애도의 무게는 다르지 않을까라는 생각이 마지막까지 꼬리를 거두지 않았고, 어느 순간 이런 고민 자체가 내가 경조사의 주인공이 되는 대상에게 별다른 개인적인 애정이 없기 때문에 가능하다는 걸 깨달았다. 내가 아끼는 누군가를 두고 생각하면 경사와 조사 중 나를 감정적으로 크게 뒤흔들 상황으로 후자는 전자에 비할 바가 아니기 때문이다. 당위로만 따지려고 들다 보니 복잡한 문제처럼 보였을 뿐이다.

여기까지 생각이 미치자 애도의 무게는 확실히 다르다는 생각이 들었고 이건 나를 다시 주저하게 만들었다. 이전의 나는 분명 마음이 담기지 않은 형식은 무의미하다고 생각했다. 하지만 지금은? 세월호 사건을 겪으면서 생겨난, 인간의 죽음에 형식적인 애도조차 표시하지 않은 몰염치한 자들에게 쌓인 깊은 혐오가 (이것과 저것은 분명 다른 층위의 문제지만 아니, 다른 문제임에도) '애도하는 행위의 생략'을 떠올리게 하는 무언가 앞에서 나를 주저하게 만드는 것 같다. 확실히 최근 2년 동안 나의 고민은 '애도의 진심'에서 형식적이든 가식적이든 '애도의 행위'로 옮겨 간 것 같다. 물론 조의금이 그 답은 아니지만. 이렇게 속절없이 왔다 갔다 갈피를 잡지 못한 채 두서없는 마음으로 조의금을 냈고 일말의 편한 마음을 샀다.

그로부터 일주일이 지난 오늘, 전부터 예정되어 있던 시니어 팀과의 연습 경기가 있었다. 지난주의 충돌은 없었던 일인 것처럼 우리 팀 선수들도 여느 때와 다름없었고(한 주 동안 뒤에서 주장이 언니들 기분을 풀어 주느라 노력했을 것이다.) 할아버지들도 그랬다. 오히려 평소보다 더 명랑하게 우리에게 계속 말을 붙였다. 그래서 더욱, 오늘따라 시니어 팀 할아버지들의 얼굴이 눈에 들어왔다. 그동안 한 번도 한 명 한 명의 얼굴을 이렇게 세밀하게 본 적이 없다.

축구뿐 아니라 유니폼을 입고 하는 모든 팀 스포츠들이 그렇겠지만, 때로 유니폼의 커다란 가시성은 그 안의 개인을 지나치게 비가시화한다. 한 사람의 고유한 개성이나 인격이 유니폼에 박힌 번호 뒤에 가려 잘 보이지 않는다. 수많은 사진들 속에서 등 번호와 얼굴을 함께 볼 수 없는 것처럼. 뒷모습은 앞모습이 아니니까. 아마 어떤 팀들에게는 우리 팀도 그럴 것이다. 그나저나 할아버지들, 이렇게 다 다르게 생겼는데 그동안 왜 비슷비슷하게 보였던 건지 도무지 모르겠다.

첫 번째 경기가 시작되었다. 대부분의 경우 초반 3분만 보면 어느 정도 감을 잡을 수 있다. 그날 경기가 치열할지 느슨할지를. 오늘은 느슨한 경기가 될 거라고 경기 전에 확신에 가까운 예상을 했는데 완전히 빗나갔다. 누가 봐도 치열한 쪽이었다. 경기 시작 전 피치 위에서 사라진 누군가가 잠시 내려와 인생에서 우리가 공을 찰 수 있는 기회가 얼마나 유한한지를 모두에게 속삭이고 간 것처럼.

저 멀리서 우리 팀 시니어 팀 여러 명이 엉겨 붙어 볼 다툼을 하더니 어느샌가 공이 홀쩍 날아와 내 귓바퀴 쪽을 아슬아슬 빗겨 가며 사이드라인을 벗어났다.

"혼비야, 스로인! 빨리, 빨리!"

안 그래도 이미 달려가 공을 잡았다. 양발을 땅에 붙이고 포물선을 그리는 느낌으로 머리 위에서 스로인. 공은 윤자 언니의 발 앞에 떨어졌고 경기는 계속됐다. 누군가가 떠나가도, 그 여파로 잠시 주춤해도, 양발을 여기 이 땅에 딱 붙이고 공을 던지면 멈췄던 축구는 그렇게 계속된다. 번호 뒤에 제각기 다른 얼굴을 갖고 있는, 등 번호의 뒷모습이 앞모습이고 앞모습의 뒷모습이 등 번호인 사람들의 축구. 그동안 그들은 나에게 그냥 어디선가 홀연히 나타나서 축구가 끝나면, 식사가 끝나면 어디론가 사라지는 사람들이었다. 이제는 아니다. 나타났다 사라지는 시간의 앞과 뒤에 대해서도 생각하게 되었다.

WK리그
: 어딘가의 선수와 언젠가의 선수

특별한 훈련 혹은 보통의 일상

"혼비야, 너 내일 뭐 해?"

이렇게 묻는 사람이 우리 팀 주장이라면 이 말은 "내일 웬만하면 시간 비워 놔."와 같은 말이다. 나는 웬만하면 비워 놓는다. 이 말은 "내일 네가 재미있어할 일이 생길 거야."와도 같은 말이기 때문이다. 아직 예외가 없었다. 이번에도 나는 그간의 경험을 믿었고, 그리하여 이번 주 월요일, 주장과 우리 팀 프로 선수 출신 트리오 승원, 금미, 지경이와 함께 WK리그 챔피언 결정전을 보러 갔다.

'WK리그'는 Women's K리그, 한국 여자프로축구리그다. 내가 글에서 종종(심지어 바로 윗줄에서도) 언급했던 '프로 출신'은 바로 WK리그 출신을 말한다. 한국 남자프로축구리그인 K리그 경기들은 수없이 봐 왔지만 WK리그를 보러 가는 건 처음이었다. 그래도 명색이 아마추어 여자 축구 선수로서 조금 부끄럽기도 했지만, 한때 그 리그에서 뛰었던 이들과 함께 WK리그를 보게 되다니 설레는 마음이 더 컸다.(성남FC의 팬인 남편은 "비교하면 남궁도랑 같이 K리그 보러 가는 거잖아?"하고 괜히 부러워했다.)

다른 도시로 가는 터라 넉넉한 시간을 잡아 길을 나섰지만 평소 다니지 않던 길의 퇴근길 정체는 예상보다 극심했고 우리는 전반 킥오프 타임에도 여전히 차 안에 있었다. 저 멀리 경기장 조명탑은 보이는데 내비게이션에 찍힌 도착 예정 시간은 5분에 1분 꼴로 계속 늘어났다. 겨우 차에서 빠져나와 부랴부랴 경기장에 달려갔을 때는 이미 전반 종료 휘슬이 울리고 난 후였다.

결국 후반 45분 보려고 이 거리를 달려온 셈이 되었지만 전혀 아쉽지 않았다. 오히려 차가 주차장에 멈춰 섰을 때, 이제 그녀들이 이야기를 멈추고 경기장에 들어가야 하는 시간이 왔을 때가 정말로 아쉬웠다. 낯선 곳으로 향하는 밀폐된 차 안은 묘한 공간이다. 짧은 여행이 일상에 만들어 낸 작은 틈으로 불어든, 적당히 설레고 어딘가 낯선 바람이 가득 차 있는 공간. 설레고 낯선 바람에 취해서 평소였으면 하지 않았을 이야기들을 하나씩 꺼내어 도로 위에 무료할 것처럼 길게 펼쳐진 시간의 틈을 함께 메우는 공간.

시작은 주장이 "야, 어제 혼비한테 내일 시간 있냐고 물었더니 얘가 뭐라고 그랬는 줄 아냐? 눈을 반짝반짝 빛내면서 왜? 나 특훈해 주게? 이런다?"라고 어이없다는 투로 트리오에게 말을 꺼내면서부터였다.

처음 질문을 들었을 때는 정말 특훈을 떠올렸다. 훈련 중이었고, 주장이 나에게 한창 일대일 슈팅 코칭을 해 주던 와중이었고, 무엇보다 평소 마음 한구석에 로망처럼 품고 있던 그림이라 생각이 특훈으로 바로 점프했던 것 같다. 어려서부터 두근두근한 마음으로 『슬램덩크』나 『휘슬!』, 『SWAN』의 해적판인 『환상의 프리마돈나』 같은 만화를 읽어 온 사람이라면 그런 로망 하나씩 있지 않나? 이제 막 입문해서 아무것도 모르는 신입이 커다란 장벽에 부딪혔는데, 마침 그 분야 대가의 눈에 들어 지옥의 훈련을 멋지게 견뎌 내고 한 단계 도약하는 서사. 저런 극적인 일이 한 번쯤은 일어날 수도 있지 않을까하는 기대가 항상 어딘가에 고여 있었던 것이다. 물론 저런 서사의 대부분은 주인공이 천재적인 소질을 갖고 있다는, 나로서는 시작부터 글러 먹은 전제에서 출발하기는 하지만.

"어휴, 깜짝이야. 특훈이라는 말 진짜 오랜만에 듣네요. 오랜만에 들어도 여전히 너무 싫다……."

"혼비 언니가 말한 특훈은 당연히 그런 건 아니겠지만; 아진짜 특훈, 말만 들어도 막 욕 나와요. 저 은퇴한 지 한참 됐는데도 아직까지 악몽 꾸면 특훈 꿈꿔요."

"나도 나도! 나 특훈받다가 토하는 꿈꾸잖아. 진짜로 특훈받다가 몇 번 토했었거든요. 차라리 기합받는 꿈이 나아!"

모두들 나의 스포츠 만화적 로망에 찬물을 확 들이부었고, 그 물에 같이 맞기라도 한 듯 몸서리를 쳤다. 어제 주장의 반응도 똑같았다.

"특훈받으면 대체 뭐 하는데?"

그때부터 한 명씩 특훈에 얽힌 기억을 시작으로 현역 시절 이야기들을 조심스럽게 꺼내 놓았다. 프로 축구의 세계나 한국 스포츠계의 현실에 대해 잘 알지 못하는 내게는 꽤 놀라운 일들이었는데, 또한 놀라웠던 건 나에게 놀라운 일이 그들에게는 전혀 놀라운 일이 아니라는 점이었다. 그냥 대부분 '그래, 운동하려면 어쩔 수 없어.'의 영역에 들어가는 '보통'의 일상들이었다. 그래서 어떤 이야기에는 다 같이 웃었지만, 어떤 이야기에는 나는 웃지 못했고, 어떤 이야기에는 다 같이 울었지만, 어떤 이야기에는 나 혼자 울었다.

그녀들의 이야기

특훈까지 갈 것도 없었다. 평상시의 훈련 이야기를 들으면서도 이미 나는 순간순간 진저리를 쳤다. 역시 특훈의 로망 같은 건 만화 속에나 있었다. 만화 속에는 훈련에 필연적으로 따라붙는 욕설, 체벌, 열악한 숙소와 그런 환경에서 오는 구질구질할 수밖에 없는 일상의 '보통'들은 체에 걸러지고 극복과 성장의 뼈대만이 낭만적으로 남아 있으니까.

중학생 지경이는 시합에서 졌던 날 저녁 훈련 때 감독한테 각목으로 흠씬 두들겨 맞을 일이 너무 막막해서("아니, 그렇게 맞았던 게 하루 이틀도 아닌데 그날은 갑자기 왜 그렇게 겁이 났는지 모르겠어요.") 앞뒤 생각 없이 숙소를 무단으로 이탈했다. 이탈한 지 몇 시간 후에야 '아, 이제 언제 들어가든 이탈 죄까지 더해져서 더 많이 맞겠구나.' 하고 깨달았고,("감독님이 분 풀릴 때까지 따귀 때릴 게 분명했거든요. 감독님한테 한번 맞으면 뺑 안 치고 진짜로 저만치 몸이 날아가 꽂혀요. 그걸 계속 맞는다고 생각해 봐요.") 그래서 숙소로 다시 돌아가지 못하고 며칠간 지방의 친척 집을 전전하다가 결국 엄마랑 감독한테 전화해서 축구를 그만두겠다고 엉엉 울었다. 이 일로 어떤 체벌도 하지 않겠다는 감독의 약속을 받아 내고서야 돌아갔고, 그 때문이었는지 졸업할 때까지 전에 비해 한결 덜 맞았지만, 그마저도 고등학교 진학하면서 체벌로 악명 높은 다른 감독을 만나며 끝이었다고.

"중학교 때 맞은 건 고등학교에 비하면 진짜 아무것도 아니었어요. 하하. 그래도 전 고등학교 때 감독님 정말 존경해요. 그분 밑에서 정말 많이 늘었거든요. 원하는 대학 팀 못 갈 줄 알았는데 덕분에 갔고 지금도 가끔 연락드려요."

승원이는 숙소 생활이 싫었다. 개인 공간이라는 개념 없이 단체 생활에 늘 노출되어 있는 상태가 한참 민감하고 예민했던 중고등학교 시절에는 너무 힘들었다고 한다.

"물론 집에 가면 제 방이 있긴 있었어요. 그럼 뭐해요. 집에 갈 일이 거의 없는데. 어쩌다 휴가받아 집에 가도 그동안 못 만난 친구들 만나고 친척들에게 인사 다니느라 바빠서 방에 있을 시간도 없었어요. 나중에는 엄마도 제 방에 선풍기나 안 쓰는 큰 제사상 같은 거 막 넣어 두고요, 창고처럼. 어차피 주인 없는 빈방이니까요. 그래도 그거라도 잠시 혼자 방 쓰면 좋긴 좋더라고요."

세상으로부터 은닉하고 싶은 것들이 생겨나고 세상으로부터 내 존재를 은닉하고 싶은 시간들도 늘어나는 인생의 어떤 절기에 누군가 불쑥불쑥 방문을 열어젖히고 들어와서 내 삶에 던지는 온갖 종류의 방해를 상수로 놓고 살아야 한다는 건 나에게는 객지에서의 불안정한 여행의 상태에 가깝다. 오랜 객지 생활은 무디고 강한 신경을 가진 사람도 쉽게 피폐하게 만든다. 심지어 숙소 규정을 위반하는 행동을 근절하고 선수 컨디션을 해치는 방만한 생활을 통제하겠다는 이유로 언제든 불시에 방 검사를 할 수도 있는 환경이라니, 버지니아 울프가 기절초풍할 일이다. 축구 선수는 작가가 아니지만 누구에게나 '자기만의 방'은 필요하니까.

승원이는 은퇴하고 나서 가장 좋았던 것이 처음으로 가져본 온전한 '자기만의 방'이었다. 스물아홉에서야 갖게 된 프라이버시였다. 반대의 문제를 겪는 친구들도 있었다. 어려서부터 단체 생활과 규칙대로 돌아가는 숙소 생활에 길들여져 있다가 은퇴 후 완벽한 개인 생활과 자율에 던져진 것에 공황을 느끼는 선수 출신들도 많다고.

금미는 재활 치료를 두 번 겪으면서 비유가 아닌 문자 그대로 죽고 싶었다고 했다. 두 번 다 1년이 걸린 긴 재활이었다.

"매일매일 똑같은 동작을 무한 반복하는 것도 지겹고 미치겠는데, 재활할 때 병원 가면 다친 부위 마사지한다고 꽉꽉 누르거든요. 아…… 그거 진짜 너무 아파……. 저 생살 바늘로 꿰맨 적도 있는데 그게 백번 나을 정도였어요. 마사지 받으면 진짜 찢어질 듯 아픈데, 그걸 맨날 해야 돼! 남자 선수들 중에는 그거 맨 정신으로는 도저히 못 참겠다고, 그러면 안 되는데 마사지 전에 술 엄청 마시고 들어가는 사람들도 있어요."

그것보다 더 견디기 힘든 것도 있었다. 불안. 그 끝에 오는

(금미의 표현을 빌리면) 절대 고독.

"지금은 좀 나아졌나? 저 선수 때만 해도 여자 축구가 특히 더 재활 프로그램이나 치료가 생각보다 허술해요. 프로는 그래도 덜한데 유소년 재활은 좀 헬이에요. 그래서 쟤는 진짜 대박이다, 세상에 저렇게 축구 잘하는 애가 있을까 싶던 애들 중에도 고등학교 때 한번 다치고 나서 예전으로 못 돌아가는 애들 많았거든요. 회복 덜 된 상태인 거 모르고 뛰었다가 아예 선수 생활 끝난 애도 있고. 그래서 한번 크게 다치면 그게 제일 무서워요. 회복할 수 있나? 예전처럼 할 수 있나? 지금 받고 있는 치료들 다 제대로 돌아가는 거 맞겠지? 누가 뭘 놓쳤으면 어쩌지? 걔네들처럼 여기서 끝장이면 어쩌지? 이런 거 계속 생각나면……. 아, 정말 미쳐 버려…… 너무 무서워요. 축구인들 절반이 재활할 때 종교 가진다는 말이 그냥 있는 말이 아니에요."

"나는 재활할 때 피해 의식 쩔어가지고 별별 미친 생각을 다 했어. 보통 팀 지정 병원이 있거든. 저 의사가 나랑 포지션 경쟁하는 후배를 훨씬 예뻐하는 거 같은데, 나 복귀하면 걔 주전 자리 나한테 다시 내줘야 하니까 일부러 나 천천히 낫게 처방하는 거면 어떡하지? 설마 일부러 더 나쁘게 하지는 않겠지? 이런 생각하면서 말 하나하나 다 의심하고, 병원 옮기겠다고 난리 치고. 누가 문병 오면 쟤는 내가 이 꼴을 하고 있는데 축구 이야기를 하고 싶나? 일부러 저러나? 별별 생각 다 들었어. 세상이 다 적 같아서 몇 달간 아무도 안 만나고 정신과 상담도 받고 그랬어. 나는 축구, 이거 하나밖에 할 줄 아는 게 없는데 이게 안 되니까 외로워 미치겠더라고."

설명할 수 없는 마음으로 설명할 수밖에 없는 매력

살면서 여자 축구 선수들의 이면을 가장 자세히 들여다본 날이 살면서 여자 축구 경기를 처음으로 관전하는 날인 건 불행일까 다행일까. 경기장에 도착해서 피치 위의 선수들을 보는데 직전까지 들었던 이야기들이 자꾸 그 위로 겹쳐졌다. 옛날보다 나아졌다지만 아직도 해결되지 않고 악습으로 남아 있는 폭력적인 체벌,(어쩌면 체벌적인 폭력) 몸과 영혼을 깎아 내는 훈련 방식, 단체라는 이름 아래 당연한 듯 요구되는 개인적인 삶의 희생, 부상의 고통, 재활이라는 고독한 싸움들을 다 이겨 내고 좋은 선수로 살아남아서 프로 무대까지 올라오는 것, 생각보다도 아득하고 엄청난 일이었다. 저 선수들이 그렇게 좋아하는 축구를 저렇게 신나게 하기까지, 국내에서 여자 축구 선수로서 갈 수 있는 최정점인 프로 리그 챔피언 결정전에서 뛰기까지 그들이 건너왔을 시간들이 두껍게 피치 위에 내려앉아 있는 것 같았다.

그들이 감당해 온 무게에 비해 누리는 보상은 너무 작은 것 같아 잠시 슬퍼지기도 했다. 저렇게 뛸 수 있는 프로 무대도 2009년에서야 만들어졌고,(K리그는 1983년에 만들어졌다.) 전문 인력과 인프라도 한참 부족하며,(K리그처럼 공식 프런트가 따로 있는 게 아니라 그때그때 외주로 돌아가는 팀들이 태반이다.) 관중들도 많지 않다. 살면서 주변에서 WK리그 보러 다니는 사람을 만날 확률은 집에서 원숭이 키우는 사람 만날 확률보다 낮지 않을까? 지금 맞붙는 두 팀, 인천현대제철과 이천대교만 해도 리그 1, 2위를 다투는 강팀들인데 올해 평균 관중수가 각각 566명, 447명이었다. 올해 K리그 클래식(1부리그)에서 가장 관중이 적었던 팀의 평균 관중 2000명에도 한참 못 미치는 숫자다.

아니, 근데 지금 K리그가 무언가의 비교 우위적 대상으로 계속 등장하는 거 너무 어색한데? 그러는 K리그도 온 국민의 절대적인 지지를 받는 프로 야구에 밀려, 해외 축구에 밀려, 국가 대표 경기에 밀려 TV 중계도 거의 없고 인기도 없는 찬밥 신세인데 말이다. 살면서 주변에서 K리그 보러 다니는 사람 만날 확률은 집에서 거북이 키우는 사람 만날 확률 정도 아닐까? 그런 K리그도 WK리그에 비하면 온기가 살짝 가신 식은 밥 정도인 것이다.

심지어 WK리그는 그나마의 관중도 오지 않을까 봐 티켓도 무료다! 도착해서 다들 매표소 들를 생각도 없이 경기장 안으로 쑥 들어가길래, 들어가니까 덜컥 초록색 잔디가 나오길래, 어? 진짜 그냥 막 이렇게 들어가는 게 맞나 싶어 당황했다. 나중에 들으니까 리그 전체 경기가 다 공짜란다. 세상에. 아무리 그래도 그렇지, 여자 축구 최고의 리그를 보는 값이 무료라니. 설명할 수 없는 복잡한 심정으로 주섬주섬 자리를 잡았다.

그래도 이날은 챔피언 결정전이자 올해의 마지막 경기여서인지 생각보다 관중이 많았다. 나름 축구 직관 5년 차의 눈대중으로 2000명 정도 되는 것 같았는데,(나중에 공식 기록을 확인하니 2500명이었다.) WK리그에서 이 정도면 굉장한 흥행 성공이라고 해서 더욱 설명할 수 없는 복잡한 심정이 되었다.

전반에 현대제철이 두 골을 넣어 2대 0인 상태로 시작된 후반전은 5분도 안 돼서 3대 0이 되었다. 현대제철의 맹공은 계속되었고 나는 어느새 경기의 아름다움에 훅 빨려 들어 복잡한 심정을 잠시 잊고 넋을 잃고 보기 시작했다. 텔레비전으로는 여자 월드컵 몇 경기를 본 적이 있다. 앗, 월드컵? 맞다! 잊고 있었는데 한국 여자 국가 대표 축구팀은 2015년 캐나다 여자 월드컵에서 16강에 진출했었다! 국가 대항전에는 그다지 관심이 없는 편이어서 그때는 별 감흥이 없었는데 이제 와서 돌이켜 보니 여러 악조건 속에서 대단한 쾌거를 이룬 거였다. 새삼 감격스러웠다.

리그 1위와 2위 팀이라 당시 차출되어 뛰었던 선수들이 꽤 있어서 낯익은 얼굴들도 많았고,(일단 양 팀 골키퍼부터가 한국 여자 축구에서 당시 명실상부 투 탑을 달리고 있는 김정미와 전민경 선수였다.) 오늘 처음 봤지만 등장할 때마다 시선을 확 잡아끄는 존재감이 엄청난 선수들도 있었다. 이 모든 선수들이 쌩쌩 달리면서 피치 위를 휘젓는데, 역시 텔레비전으로 보는 축구와 눈으로 직접 보는 축구는 이렇게나 다르다. 새삼스러운 말이지만 정말 그렇다.

신체 조건상 남자 축구에 비해 힘과 속도가 떨어지는 건 사실이다. 바로 그 지점에서 여자 축구만의 독특한 색깔이 나온다. 남자 축구는 뭔가 휙휙 재빠르게 지나가 버리는 느낌이라면,(물론 그게 또 재미지만) 여자 축구는 '상대적으로' 느리고 정적인 몸동작과 전개가 선수들과 공이 만들어 내는 축구의 전체적인 그림을 좀 더 명확하게 보여 준다. 패스 워크라든지, 오프더볼 상황에서의 움직임이라든지, 역습 때의 호흡 같은 것들을 그때그때 섬세하게 읽어 내는 재미가 있다. 툭툭 주고받는 짧은 패스들이 중간에 끊기는 일 없이 호쾌한 슈팅까지 이어지는 과정을 차근차근 따라가다 보면, 한 장 한 장 엇갈리게 섞인 트럼프 카드가 둥그렇게 만든 손 모양을 따라 폭포처럼 아래로 좌르륵 떨어지며 반듯하게 정리되는 것을 볼 때처럼 살짝 황홀하고 근사한 기분이 된다.

그런 플레이 사이사이에 시원하게 골망을 뒤흔들었던 비야의 골들은 어떻고! 자리 잡고 앉은 지 얼마 되지 않아 눈앞에서 터진 비야의 골, 그러니까 현대제철의 세 번째 득점은, (이영주의) 인터셉트 → (이민아의) 전방 패스 → 굴러가는 공을 향해 저 멀리서부터 비야가 달려왔고 → 이미 몇 발짝 앞서서 공을 향해 달려가고 있던 수비수를 거의 따라잡긴 했지만 그래도 앞지르지는 못하겠다고 모두가 들썩이던 엉덩이를 의자에 다시 붙이고 앉으려던 찰나! 다리를 앞으로 쭉 내밀어 골대 안으로 툭 차 넣어 만든, 근성의 골이었다. 그것은 아주아주 먼 옛날, 호랑이 담배 피우던 시절까지는 아니지만 배우들이 공중파 드라마에서 담배 피우던 시절, 김동성이 결승선 통과 직전에 발을 앞으로 쭉 뻗어 쇼트트랙 금메달을 가져오던 장면을 떠올리게 했다. 나의 생애 첫 WK리그 직관 골로 두고두고 자랑스럽게 추억할 만한 골이었다.

우리 여기 다 있다

경기에 집중하던 관중들이 술렁이기 시작한 건 후반이 끝나갈 무렵이었는데, 그것에 대해 이야기하려면 일단 내가 앉아 있던 관중석의 분위기부터 간단히 설명해야 할 것 같다. 우리 바로 뒤에는 세 줄에 걸쳐 주르륵 앉은 한 무리의 여자 관중이 있었는데,(얼추 열 명이 넘었다) 경기 틈틈이 초등학생들이 WK리

그의 모든 선수 명단이 사진과 함께 실려 있는 팸플릿을 들고 와 사인을 부탁했다. 오? 혹시 선수들인가? 호기심이 동해 뒤에서 말소리가 들릴 때마다 귀를 쫑긋 세웠는데, 맞았다. WK리그 다른 팀 선수들이었다.

그러고 보니 우리 두 줄 앞에 일렬로 앉아 있는 일군의 여자 관중도 어딘가 축구 선수 포스가 물씬 풍긴다 싶었는데, 아니나 다를까. 그중 한 명이 뒤로 고개를 잠시 돌렸다가 내 옆에 앉은 주장을 보고는 표정이 확 바뀌더니 "어머! 은진아! 오랜만이야!"라고 외치며 뛰어올라 왔다. 대학 팀 선배라고 했다. 그러자 우리 줄, 우리 뒷줄, 우리 앞줄에 앉은 모두가 선배의 인기척에 깜짝 놀란 고양이들마냥 눈을 동그랗게 뜨고 주변을 두리번대며 누가 누구인지 얼굴을 확인했고, 아는 사람을 발견하면 세상 반가운 인사를 건네며 근황을 주고받았고, 모르는 사람끼리는 소개받고 소개시켜 주느라 일순간 주변이 부산해졌다. 관중석 한가운데서 잠깐 동안 펼쳐진 전현직 축구 선수 대화합의 장. 워낙 규모가 작은 리그다 보니 관중석의 선수들과 지금 피치 위에서 뛰는 선수들도 다 동창 아니면 선후배 관계로 얽혀 있다. 현직이든 전직이든, 관중으로든 선수로든, 그들에게 오늘 같은 챔피언 결정전은 해마다 열리는 축제 같은 거겠지?

전현직 선수들 사이에 흐르는 유대감을 강하게 느낀 건 후반 막판에 현대제철의 김나래 선수가 고통스러운 얼굴로 다리

어딘가를 감싸고 피치 위에 드러누웠을 때였다. "아!" 하는 신음에 가까운 탄식이 주변 여기저기서 터져나왔다.

"아아, 어떡해……. 저거 되게 크게 다친 거 같은데?"

"감싸고 있는 모양 보니까 아무래도 십자인대 같은데."

"전방인가?"

"아니야, 후방 같아."

"십자인대 아닐 가능성은 없어? 의료 팀이 저길 누르는 거 보면 연골일 수도 있지 않아? 그렇지? 그렇지? 아직 모르겠지?"

"아……. 제발 십자인대는 아니어야 되는데……. 제발, 제발."

무심코 대화를 듣다가 갑자기 눈물이 쏟아져서 당황했다. 아무도 울지 않는데 이 중에서 가장 이방인인 내가 대체 왜. 대화 속에서 흘러나오는 어떤 간절함 때문이었을까. 저 묵직한 간절함이 말의 마디마디에 배어 나오기까지 그들이 겪었을, 그들만이 알고 있을 시간들 속에서 그들이 우는 것을 본 것만 같았다. 저기 쓰러져 있는 저 선수는 언젠가의 누군가였을 것이고, 언제나 모두의 공포 속 바로 자신이었을 것이다. "십자인대면 최소 6개월 재활인데요……."라고 응원하느라 약간 쉰 목소리로 말하는 금미처럼.

그나저나 적어도 60미터는 떨어져 있는데 이 거리에서 보고 십자인대인지 전방인지 후방인지 판단할 수 있다니 역시 선수들은 선수들이구나 싶었다. 뭐가 됐든 별거 아니기를. 이제 3분 후면 경기가 끝나고, 심지어 올 시즌이 완전히 끝나는데, 그 3분을 무사히 넘기지 못하고 큰 부상을 당한다면 너무 속상하잖아. 골대 옆쪽에 누워 있는 김나래 선수와 상관없이 피치 위에서는 경기가 계속되고 있었지만, 내 주변 누구도 경기를 보고 있지 않았다. 잠깐의 웅성거림도 지나가고 무거운 침묵이 흐르는 가운데 간간히 '김나래'라는 이름만이 속삭임처럼 들려왔고, 그것은 그녀가 들것에 실려 관중석 펜스 앞으로 다가올 즈음에는 "김나래! 김나래!"라는 열렬한 외침으로 바뀌었다. 김나래! 잘했어! 김나래! 힘내라! 김나래! 우리 여기 다 있다!

잠시 후 경기가 끝났다. 4대 0. 비야의 해트트릭과 함께 현대제철이 우승했다. 종료 휘슬이 울리자마자 벤치에 앉아 있던 선수들과 코칭 스태프들이 피치 위로 달려 나가 마지막까지 필드에서 뛴 선수들과 꽉 부둥켜안고 환희에 젖어 펄쩍펄쩍 뛰었다……가 그동안 내가 축구경기에서 통상 봐 오던 우승의 순간인데, 오늘 벤치에 앉아 있던 현대제철 선수들이 모여든 곳은 피치 위가 아니라 라인 밖, 김나래 선수가 누워 있는 들것 앞이었다. 경기를 뛴 선수들도 상대 팀 선수들과 인사가 끝나자마자 들것 앞으로 우르르 달려왔다. 어떤 선수들은 엄격한 의사 같은 표정으로 부상 상태를 체크하며 의료진에게 이것저것 질문을 던졌고, 어떤 선수들은 머리를 쓰다듬고 어깨를 툭툭 치며 위로

와 격려를 건넸고, 어떤 선수들은 울먹이다가 되레 다른 동료들의 위로를 받았다.

이것이 이제 막 챔피언이 된 우승 팀의 경기 종료 후 5분간이었다. 그 5분 동안 멋들어진 우승 세레머니 하나 없었지만 그 어떤 시즌 피날레보다 화려하고 뜨겁고 서사적이었다. 그래, 내가 만화를 읽으며 품어 왔던 판타지 속의 서사. 낭만만이 뼈대로 남아 앙상한 서사라지만, 그래도 가끔은 이렇게 현실에서도 그럴듯한 축구 만화다운 순간이 생긴다.

시상식이 끝나고서야 뒤늦게 우승 세레머니를 펼치고 샴페인을 터뜨리고 헹가레를 치던 선수들은 또 하나의 이례적인 일을 했다. 우승 기념 단체 사진을 한 번 더 촬영한 것이다. 피치까지 걸어올 수 없어 사진에서 빠지고 만 김나래 선수가 누워 있는 들것 앞에서. 안 그래도 사진만큼은 꼭 찍고 싶었는지 계속 누워 있던 김나래 선수가 절뚝거리며 일어났다가 한두 걸음 못 가서 다시 주저앉는 걸 보고 관중들 모두 마음 아파하고 있던 참이었다. 들것으로 달려가며 선수들이 김나래를 연호했고, 관중석에 있는 우리들은 그것을 기꺼이 이어받았다. 김나래! 잘했어! 김나래! 힘내라! 김나래! 우리 여기 다 있다!

그렇게 WK리그 올 시즌 챔피언들과, 챔피언과 끝까지 좋은 경기를 보여 준 준우승팀과, 오늘은 관중으로 왔지만 어딘가의 선수들과 언젠가의 선수들로 이뤄진 그녀들을 뒤로 하고 경기장을 나섰다. 어떤 경기를 보든 축구장에서 바깥세상으로 나올 때는 항상 12시 1분의 신데렐라 같은 기분이 되곤 한다. 눈앞에 펼쳐져 있던 마법 같은 작은 세계가 끝이 나버린 느낌. 한바탕 좋은 꿈을 꾸었고 이제부터 다시 현실입니다, 라고 누군가일러 주는 시간.

이날은 조금 달랐다. 분명히 매직 타임이 끝나고 조명탑이 꺼졌는데도 어떤 세계가 내 마음 안에서 계속 이어지고 있었다. 돌아가는 차 안에서도 계속 이어진 주장과 선출 트리오의 현역 시절 이야기들처럼. 이번에는 그들이 각종 시합에서 활약했던 무용담들을 들었다. 모두들 잔뜩 신나 있었다. 이야기 속 그녀들은 이야기를 하고 있는 그녀들만큼이나 반짝반짝 빛났다. 이야기는 그칠 줄 몰랐고, 올 때와 달리 돌아가는 길은 차가 거의 없어서 나는 조금 조바심이 났다. 그녀들이 그렇게 빛이 나기까지 어떤 시간들을 보냈는지 이제 조금은 알기에, 축구 경기의 여운에 취해서 자랑스레 앞다투어 풀어내는 이야기들이 끝나기 전에 차 안에서 보내는 오늘 밤이 뚝 끊기지 않기를 11시 59분의 신데렐라 같은 기분으로 간절히 바랐다.

••• 이날의 경기는 이천대교의 마지막 챔피언 결정전이 되었다. 이로부터 열 달 후 팀이 해체되었기 때문이다. WK리그가 출범한 첫 해 초대 우승팀이 되었고, 이후에도 2연속 우승, 3연속 준우승에 빛나던 이천대교는 갑작스럽고 허무하게 역사 속으로 사라졌다.

킥앤러시

: 나는 정말로 미안하고 싶습니다

저 오늘 못 나갑니다 안 미안합니다

한동안 축구장에 나가지 못했다. A형 독감에 걸린 것이다. 한 주 정도면 나을 줄 알았는데 떨어질 듯 말 듯 다시 심해지기를 두 차례 반복하더니 어느새 3주째로 접어들었다. 풀백인 나의 결석이 길어지다 보니 우리 팀은 우리 팀대로 왼쪽 수비 라인이 완전히 무너지는 바람에 끈끈했던 조직력마저 흔들리고 공수의 세밀함도 떨어져서 올 시즌 전망이 아주 어두워졌을 리 없이, 다들 내가 몇 번 빠졌는지조차 모른 채로 팀은 아주 잘 돌아가고 있다.

다른 선수들은 아프거나 개인 사정으로 훈련에 불참하면 보통 "이렇고 저런 이유로 못 나가게 되었습니다. 정말 죄송합니다.”라고 팀 게시판의 모임 공지에 글을 남기곤 했다. 사실 미안해할 일은 아니었다. 모두 피치 바깥에 각자의 중요한 삶이 있을 테니까.

그렇지만 축구 같은 팀플레이 경기에서 누군가의 갑작스러운 결장이 팀에 꽤 치명적인 영향을 미치는 것 또한 사실이다. 특히 선수층이 59년간 만두만 빚은 중국 만두 장인의 만두피처럼 얇디얇은 우리 같은 아마추어 팀은 더욱 그렇다. 프로선수 출신이나 10년 넘게 뛰어 온 선수들을 빼면 축구공을 앞으로 뻥 찰 줄 아는 선수만 해도 32년간 국수만 뽑은 국수 장인만큼이나 귀하기 때문에, 한 명이 빠진 자리를 비슷한 실력의 다른 선수가 일대일로 깔끔하게 메꾸는 일은 좀처럼 일어나기 어렵다. 포지션마다 주전 선수와 그를 대체할 후보 선수가 한 쌍씩 있는 팀은 꿈속에나 있다.

그래서 팀에 비상이 걸린다. A라는 한 명이 빠졌을 뿐인데, 그나마 A를 대체할 만한 선수는 다른 포지션에 있는 B이고, 도저히 수가 없어 B를 A자리에 놓으면 B의 자리로 C가 가야 하고, C의 자리를 채울 D가 필요하고 D의 자리에는 또 E가 필요하고……. 이런 식의 연쇄적인 포지션 대이동이 일어난다. 선수들도 갑작스레 바뀐 포지션에 우왕좌왕하다 보면 그날의 연습은 열에 여덟은 엉망이 된다. 여기서 그나마 긍정적인 점 하나를 찾는다면 A가 중요한 시합 당일에 돌연 결장하는 비상시를

미리 대비할 수 있다는 것 정도다.(그렇게 따지면 B가 빠졌을 때, C
가 빠졌을 때 등 모든 경우의 수를 다 대비해야 마땅하지만 말이다.) 그런
사정을 다들 잘 알고 있기 때문에 불참하는 날이면 진심으로 미
안해하는 것이다.

하지만 바로 그런 이유 때문에 나는 결석을 알리는 글을
남기기에 앞서 잠시 주저하지 않을 수 없었다. 나처럼 (과장 조금
보태) 축구화 끈이나 겨우 묶을 줄 아는 선수의 결장이 팀에 끼
칠 부정적인 영향은 묶은 축구화 끈이 풀어지면서 내는 소리보
다도 더 희미하고도 미미할 것이기 때문이다. 뭐, 없다는 이야
기다. 아니지, 가만히 따져 보니 마이너스를 넘어 플러스 요인
이다. '잘하든 못하든 모든 선수들에게 골고루 뛸 기회를 줘야
한다.'라는 감독님의 지론 때문에 나도 자꾸 연습 경기에 나가
한자리씩 차지하고 있는데, 나를 대신해서 다른 선수 아무나 들
어가는 편이 팀 전력 강화에는 보탬이 될 테니 말이다. 그것도
훨씬! 이쯤 되면 나의 결석을 두고 내가 팀원들에게 "정말 죄송
합니다."라고 남길 게 아니라 팀원들이 나에게 "정말 고맙습니
다."라고 남겨야 하는 거 아닌가 하는 생각도 든다.

"A형 독감에 걸려 이번 주 경기에 불참하게 되었습니다."
라고 첫 문장을 써놓고 잠시 고민했다. 살다 보면 미안하다는
말을 안 해서 미안한 경우도 있지만, 미안하다는 말을 하는 것
이 미안한 경우도 있다. 인생이 참 쉽지가 않다. 결국 끝까지

"죄송합니다."라고 쓰지 못하고, 대신 "모두들 모쪼록 감기 조심하세요."라는 무난한 인사로 마무리했다. 다시 한번 분명히 말해 두지만 미안하다는 말을 하기 싫어서 안 한 게 아니다. 나도 정말 미안하고 싶었다. 미안하고 싶었다고! 새삼 깨달았다. 자신의 부재를 누군가에게 미안할 수 있는 사람은 어떤 의미에서 강자라는 것을. 미안할 수 없는, 누구도 그 미안함이 필요 없는 입장도 어딘가에는 늘 있으니까.

엄살을 좀 부리긴 했지만 그래도 그동안 나름 발전했다. 축구화 끈 풀어지는 소리에서 축구화 끈 묶는 소리 정도의 차이 겠지만, 자세히 들어 봐 주길 바란다. 끈을 묶을 때는 어느 정도 '소리'라고 할 만한 것이 나긴 난다. 매주 연습 경기에 나가기 시작하면서 부쩍 상황 판단 능력도 생겼고, 공을 소유한 채로 버텨 내는 힘과 깡도 늘었다. 무엇보다 발에 공이 탁 걸렸을 때, 공이 발 어딘가에 붙어 있는 메인 전원 스위치를 눌러서 꺼 버리는 섯마냥 머릿속이 하얘지고 눈앞이 깜깜해지며 몸에서 힘이 스르륵 다 빠져나가 버려 어찌할 바 모르고 당황하던 공 울렁증이 많이 가라앉았다. 이것만도 큰 발전이다.

하지만 나아졌다고는 해도 여전히 드리블은 미숙하고, 트래핑은 불안하고, 킥은 부정확하다. 페인트를 써서 상대 수비수를 따돌리는 것은 아직 꿈도 못 꾼다. 상대 공격수 페인트에 걸려들지나 않으면 다행이다. 연습 경기가 없는 훈련 시간마다 이

부족한 기술들 위주로 집중 연습을 한다고 하는데 실전에 들어가면 연습대로 잘 되지 않는다. 사실 나보다 훨씬 오랜 세월을 축구에 할애한 사람들에게 이런 기술을 써먹기란 매우 어렵다. 앞으로 3~4년 후에, 나처럼 이제 막 축구를 시작한 사람을 상대로라면 모를까.

이 시간의 축적에서 오는 기술의 차이를 어떻게 극복해야 할지, 다른 사람의 네 배, 다섯 배로 연습을 해야하는 건지, 그러면 되긴 되는지 답이 없던 어느 날 뜻밖에 깨달음을 얻는 순간이 왔다. 그것은 가히 내 축구 인생의 전환점이 될 만한, (와전된 일화라고 하지만 어쨌든 비유하자면) 원효 대사의 해골 물 같은 순간이었다. 이후의 행동도 그랬다. '모든 것은 오직 마음이 만든다.(일체유심조)'라는 깨달음을 얻고 그 자리에서 당장 당나라 유학을 그만둔 원효 대사처럼, 나도 그동안 해 오던 연습들을 모두 그만두기로 결정한 것이다.

갑자기 마시게 된 꼬리 해골 물

깨달음은 올해의 마지막 공식 대회에서 다른 팀과 8강전을 치르던 날에 왔다. 올해의 처음이자 마지막 8강 진출이어서 모두들 이기려는 의지가 남달랐다. 극복해야 할 악조건도 남달랐다. 주축 선수 몇 명이 대거 시합에서 빠져야 했기 때문이다. 우리는 모두 깊은 한숨을 내쉬며 A초등학교의 한 해 일정을 짠 이름 모를 교직원들을 원망했다. 하필 그날 A초등학교에서 학부모 참여 행사가 있었고, 우리 팀에는 자녀가 A초등학교에 다니는 언니들이 넷이나 있었기 때문이다. 모두 우리 팀 부동의 주전들이었다. 게다가 후방에서 전후반 풀타임 든든히 버텨 주는 오주연조차도 16강전에서 꼬리뼈를 다치는 바람에 시합 직전까지 출장 여부가 불투명했다.

시합 날 새벽 축구 가방에 짐을 챙기면서도 내 신경은 오직 우리 팀 게시판에만 가 있었다. 가방에 축구화 넣고 아이폰 화면 한번 보고, 정강이 보호대 넣고 또 보고, 축구 양말 넣고 화면, 유니폼 넣고 화면, 물통 넣고 화면을 확인했다. 마른 수건 두 장을 개켜 넣을 때쯤 마침내 '게시판에 축구여왕오주연♡님의 글이 등록되었습니다.'라는 알림 메시지가 떴다. 예감이 좋지 않았다. 역시나. "아침에 상태를 보니 오늘 시합에 나갈 수 없을 것 같습니다. 정말 죄송합니다."로 글이 시작되고 있었다. 아…… 안 돼…….

기껏 잘 개어 놓은 수건을 가방에 아무렇게나 던져 넣고 아이폰을 꽉 붙든 채 가방 옆에 털썩 주저앉았다. 아아, 내가 간밤에 오주연 꼬리뼈 상태가 호전되기를 얼마나 바랐는데. 내 평생 꼬리뼈는 꼬리곰탕 먹을 때나 잠시 관심을 가지는 어떤 것이

었는데, 요 이틀 동안은 머릿속에 남의 꼬리뼈 생각으로 가득했
단 말이다.

잠시 계산을 다시 해 봤다. 오주연까지 빠지면 평소 예닐
곱 명 남아 있는 후보 선수들이 주전으로 투입되고 은경 언니
와 내가 남을 것이다. 그건 누군가 시합 중에 다치거나 체력이
떨어져 뛰지 못할 상황이 오면 은경 언니 다음으로 내가 시합
에 들어가야 한다는 걸 의미했다. 늘 서너 번의 선수 교체를 기
본으로 하는 우리 팀 패턴을 생각해 보면 내가 시합에 나갈 확
률은 거의 100퍼센트라고 봐도 좋다. 연습 경기가 아니다. 정식
시합이다. 정식 시합이라고!

오주연의 꼬리뼈가 패스한 축구공이 내 발에 와서 탁 걸리
며 다시 메인 스위치를 끈 것처럼 머릿속이 하얘지고 눈앞이 깜
깜해지며 몸에서 힘이 스르륵 빠져나갔다. 축구공을 상상만 해
도 공 울렁증이 도지는 이런 정신 상태로 진짜 시합에 나가야
하다니. 나도 그냥 아무 이유나 둘러대고 가지 말까. 그대로 다
시 침대 속으로 들어가 축구에 늘 반납해야 했던 주말 늦잠에
푹 빠지고 싶은 강한 유혹이 일었다. 자 버리면 세상 편할 것을.
가방에 엉망으로 쑤셔 박힌 마른 수건보다는 하얗고 폭신한 베
갯잇 쪽이 훨씬 매력적이었다.

물론 그동안 정식 시합에 나갈 날을 기다려 오긴 했다. 연
습 시합과는 또 다른 세계라는 말을 많이 들었기에 어떤 세계인

지 그 안에 들어가 직접 느껴 보고 싶었다. 하지만 문틈으로 저 너머에서 벌어지는 일들을 두근두근한 마음으로 엿보고 있는데 별안간 안에서 누가 문을 확 열어젖히면 놀랄 수밖에 없잖은가.

어떤 새로운 세계 안에 들어가 보고 싶다는 생각은 그게 그저 생각에서 그칠 뿐 실제로 이루어지기 힘든 상황일 때 그 안전한 거리감 속에서 마음 놓고 펼칠 수 있는 것이다. 일상에서 친해지고 싶고 사랑받고 싶은 사람에게는 잘하지 못할 적극적인 구애의 표현을 생전에 만나 보기도 힘든 스크린 속 스타에게는 마음 놓고 할 수 있는 것처럼. 그러니까 그동안 복잡한 생각 없이 '시합에 나가고 싶다!'라는 열망을 열렬히 품고 살 수 있었던 건 나 같은 축구 초짜가 입단 첫해에 시합에 나가는 게 전무하다시피한 일이라는 걸(빨라야 2~3년 후에나 가능하다는 걸) 잘 알고 있었기 때문이다. 갑자기 이렇게 눈앞의 현실로 들이닥쳐 버리면…… 아, 나 어떡해!

결국 내가 할 것은 똥볼입니까

영혼이 반쯤 나가 있는 나를 겨우 일으켜 경기장으로 향하는 버스에 태운 것은 몇 달 전의 나였다. 기본부터 탄탄히 다지고 준비가 되면 연습 시합에 나가겠다며 몇 달을 극구 사양해

오다가 첫 연습 시합을 뛰고 돌아오는 버스 안에서 왜 진작 연습 경기에 나가지 않았을까 후회를 거듭하던 여름의 김혼비. 그래, 안 가면 또 후회할지도 몰라. 아닌 게 아니라 이번 기회를 놓치면 공식 시합을 경험할 기회가 언제 다시 올지 전혀 기약이 없다. 아, 몰라. 가자. 연습 시합이랑 달라 봤자지, 뭐. 가자. 뛰자.

애써 별거 아닌 척 덤덤하게 도착했지만, "혼비 씨 오늘 후반에 스타팅으로 나갈 거예요. 그렇게 알고 준비하고 있어요."라는 감독님과 "오, 오늘 혼비 진짜 데뷔전 치르네! 축하해!"라는 팀원들의 입으로 출전이 기정사실화되었을 때는 다시 심장이 쪼그라들었다. 하지만 몸풀기 운동을 하면서 '오늘 평소보다 몸이 가볍네!', '오늘 트래핑 좀 잘 되네!', '어 오늘 축구화 끈이 양쪽 길이 똑같이 매졌어! 좋은 징조야, 좋은 징조!'라며 어떻게든 이스트로 쓸 만한 재료들을 찾아 마음에 계속 넣어 주었더니 경기 시작 10분 전 즈음에는 자신감이 갓 구워 낸 빵처럼 어느 정도 따끈하게 부풀어 올라 있었다.

전반전이 시작되었다. 그동안은 응원하는 역할에 충실하느라 감독님이 경기 중에 내리는 지시들을 제대로 들어 보지 못했는데 이날은 옆에 딱 붙어 한마디 한마디를 주의 깊게 들었다. 그러다가 그동안 항상 의문점이었던, 우리 팀은 왜 시합에만 나가면 훈련 때나 연습 경기 때와는 다르게 경기를 하는가에 대한 답도 알게 됐다. 감독님 지시가 평소와는 전혀 달랐던 것이다.

평소에 정교한 드리블, 정확한 쇼트패스 훈련도 많이 시키고 연습 경기 때마다 서로 패스 정확하게 주고받으며 찬스를 착착 만들어 나가라는 지시를 주로 했던 감독님이, 진짜 시합에서는 프로 선수 출신을 제외한 모든 선수들에게 "공 잡고 드리블해서 나갈 생각 절대 하지 마세요! 질질 끌지 말라고. 잡자마자 무조건 상대 골대 쪽으로 뻥 차세요!", "뭔가 하려고 하지 마! 다 필요 없고 무조건 뻥 차!"라고 전반 내내 소리치고 있었다. 나에게 미리 내린 지시도 마찬가지였다.

"혼비 씨는 발이 빠르니까 19번 선수 마크하면서 그쪽으로 패스 들어오는 공을 커팅해 보세요. 그렇게 빼앗는 데 성공하잖아? 그럼 우리 팀 선수 어딨는지 확인도 하지 말고, 드리블해서 치고 나가지도 말고, 무조건, 무조건 하프 라인 넘긴다고 생각하고 뺏자마자 앞으로 뻥 차요! 그러면 주장이나 승원이, 금미 중 하나가 달려가서 알아서 해결해 줄 거니까. 알겠죠?"

이 상황을 요약하자면 이랬다. 그동안 감독님이 해 왔던 말들, 그동안 우리가 연습해 왔던 것들, 다 필요 없음! 심지어 절대 해서는 안 됨! 오직 공을 멀리 차는 것만이 중요했다. 그러니까 중요한 시합 때마다 감독님이 결국 급하게 꺼내 드는 전술은 바로 그 유명한 '뻥 축구'였던 것이다.

대체로 현대 축구에서는 패스-패스-패스로 찬스로 만들

어 가는(흔히 이런 걸 "잘게 썰어 간다."라고 말한다.) 패스 게임 축구를 '수준 높은 축구'로 받아들인다. 이런 패스 게임의 정점을 이룬 FC바르셀로나나 스페인 국가 대표 팀의 '티키타카'가 전 세계 축구 팬을 매료시킨 것은, 그 전술이 팀에게 여러 번 우승컵을 안겨 주기도 했지만 무엇보다 선수 개개인의 기술과 그들이 이루는 콤비 플레이가 잔디 위에서 기하학적으로 아름다운 공간을 만들어 내는 과정 그 자체가 하나의 작품이었기 때문이다. 반면 후방에서 전방으로 길게 찬 공중 볼로 잔디 위에 공간이 새겨질 틈 없이 공중에서 한 번에 공간을 열어젖히는(흔히 이런 걸 "공간을 찢어 버린다."라고 말한다.) 축구는 언젠가부터 시대착오적이며 상대적으로 수준 낮은 축구로 여겨졌다.(나는 이런 시선에 아주 약간의 이의를 제기하고 싶지만 지금은 그게 중요한 게 아니니 일단 넘어가기로 하자.)

후자의 전술을 킥앤러시(kick and rush)라고 하고 '롱볼 축구'라고도 하는데, 문제는 어설픈 킥앤러시는 '뻥 축구'로 조롱받기 딱 좋은데다가 '롱볼 축구'는 곧잘 '똥볼 축구'로 변질된다는 점이다. 정확하게 길게 패스하는 것과 아무 곳에나 세게 뻥뻥 차는 것은 완전히 다른 차원의 축구이기 때문이다.

(국)지적 축구를 위한 넓고 얕은 수작

하지만 우리 같은 아마추어 팀들, 선출이거나 몇몇 특출난 선수들을 빼면 모두가 드리블, 패스, 트래핑 같은 기본 기술을 구사하는 과정에서 실수할 가능성이 다분한 팀들은 '뻥 축구'가 됐든 '똥볼 축구'가 됐든 시도해 볼 만한 전술이기도 하다. 축구에서 승패의 관건은 전방에 있는 공격수의 발까지 공이 얼마나 잘 배달되느냐에 있다. 프로 아닌 일반 선수들의 개인 능력치를 고려했을 때 그들이 압박에서 벗어나서 돌파하고, 동료에게 패스를 정확히 찔러 주고, 드리블로 착착착 공을 몰고 가서 전방 공격수의 발까지 무사히 공을 전달하는 것이 과연 쉬울까? 그러느니 차라리 잔디 위에서 산 넘어 산처럼 펼쳐지는 모든 과정을 뛰어넘을 수 있는 '뻥 볼'을 멀리 차 놓고 그 뒤처리를 프로 출신 선수들에게 맡기는 게 더 효율적일 수 있다. 어차피 축구는 확률 싸움이니까. 그리고 바로 이것이 우리 팀의 '작전'인 것이다.

와, 내가 살다 살다 말로만 듣고 보면서 욕하던 뻥 축구를 몸으로 직접 해 보는구나. 이 사실이 어쩐지 재밌고 신기해서 하프타임이 끝나가고 첫 출전의 시간이 성큼성큼 다가오는데 별로 긴장이 되지 않았다. 어차피 기술이 생각보다 중요하지 않을 거라고 생각하니 오히려 마음도 편해서 평소 연습 시합 때처럼 심상한 마음으로 후반전에 들어갔다.

지나친 패기였다. 게다가 전반전 스코어를 1대 1로 마치는
바람에 한 골 싸움의 양상을 띠기까지 해서 경기는 더욱 치열해
졌다. 압박은 강하게 들어오고 상대 선수들은 엄청나게 빨리 움
직이고 눈앞이 휙휙 도는 게 역시 이런 게 진짜 시합이구나 싶
었다. 공이 조금이라도 내 가까이에 오면 상대선수들이 좀비 떼
처럼 몰려들었기 때문에 감독님 지시가 아니었어도 공을 받자
마자 가능한 멀리 차 버릴 수밖에 없었다. 으, 무서우니까 공 따
라 다 저리로 가 버려! 뻥!

뻥 축구의 슬픈 점은 뻥 축구 아니면 다른 답이 없는 약팀
일수록 그 뻥 축구조차도 제대로 해낼 능력이 없기 십상이라는
것이다. 공을 멀리 뻥 차 낼 수 있는 선수도 드물었다. 있는 힘
껏 세게 찬다고 찼지만 하프라인을 넘지 못하는 공들이 태반이
었고, 나도 네 번 찬 것 중 그나마 한 개를 하프라인 바로 위에
떨어뜨리는 데 성공했을 뿐이다. 그런 와중에 남은 3분을 버티
지 못하고 한 골 더 실점하고야 말았고 더욱 급해진 우리 팀은
어떻게든 따라잡으려 기를 쓰고 달렸다.

1분 정도 더 흘렀을 무렵, 내가 마크하고 있던 19번 선수가
잘못 트래핑한 공이 내 쪽으로 튀었다. 좀비들이 몰려오기 전
에 무조건 걷어 내야 해! 절박함에 다리가 반사적으로 움직였
고, 어? 발에 좀 제대로 맞았다? 싶더니 공이 쭉쭉 뻗어 전방에

있는 주장에게 일직선으로 날아갔다. 주장이 왼발로 공을 한 번 잡았다가 오른발로 골대를 향해 강슛을 날렸다.

들어갔다! 그 순간엔 모두가 그렇게 생각했을 것이다. 하지만 공은 골키퍼 정면으로 날아가 골키퍼의 품 안으로 들어가 버렸고, 이후 남은 시간 동안 이렇다 할 공격을 해 보지 못한 채 그대로 경기가 끝났다.

"에이 씨! 잡지 말고 논스톱으로 바로 때렸어야 했는데! 하필 왼발로 와서."

점심을 먹으면서도 주장은 문득문득 생각이 나는지 계속 분통을 터뜨렸다.

"근데 혼비 너 잘했어! 야 네가 1년에 한 번 할까 말까 한 그런 패스를 줬는데 내가 그걸…… 어우 씨!"

하긴 주장 정도 실력이면 주로 쓰는 오른발이 아니라 왼발로 찼어도 들어갔을 법한 타이밍이긴 했다. 같이 아쉬워했지만 사실 그때 나는 아쉬워할 틈이 없었다. 주장에게 패스를 한 이후부터 점심 먹으러 걸어오는 내내 머릿속으로 분주히 다른 계획을 세우고 있었기 때문이다. 1년에 한 번 할까 말까 한 패스를 한 경기마다 열에 여섯 번은 할 수 있는 패스로 만들 계획. 이름하여 "뻥 패스 마스터 5개월 집중 계획"

역시 시합에 나오길 잘했다. 덕분에 "불참해서 죄송합니다."라고 말할 수 있는 선수가 되는 최단거리 경로를 터득한 것 같다. 그동안 그렇게 열심히 해 오던 드리블이나 페인트 연습은 정작 중요한 시합에서는 크게 필요 없었다. 뻥 차서 하프라인으로 공을 넘기는 게 장땡이었다. 나보다 몇 년씩 축구 더 한 사람들을 기술로 이길 수는 없지만 뻥 볼 차는 거라면 어느 정도 승산도 있다. 그렇다면 기본기 연습 대신, 공을 세게 멀리 차는 연습에만 집중하지 않을 이유가 없잖아?

기본기를 무시하고 '먹히는' 것만 익히는 이런 식의 '얕은 공부'는 질색이지만, 이런 건 '얕은 수작'에 가깝다고 말하고 싶지만, 뻥 축구가 아니면 다른 답이 없는 팀이 있는 것처럼, 얕은 수작 아니면 뾰족한 수가 없는 선수도 있는 것이다. 뻥 볼 축구가 전술의 대부분인 아마추어 리그에서조차도 뻥 볼만 잘 차고 기술은 엉망인 타입의 선수는 은근히 무시당하지만(아니, 뻥 볼 잘 차는 선수가 많지도 않은데도!) 상관없다. 프로팀에 입단할 것도 아니고, 올해의 아마추어 리그 MVP를 노릴 것도 아니고, 나는 우리 팀 전술의 한 조각이 되고 싶을 뿐이다. 게다가 의지만 있다면 뻥 볼을 잘 차게 된 다음에 기본기를 다지는 역방향 성장도 가능하지 않을까? 아니다, 이건 나중 문제다. 우선 나는 국지적 축구를 위한 멀고 깊은 패스를 익히고야 말겠다.

그리하여 나는 A형 독감에 걸려 연습에 나가지 못하게 되기 전까지 한 달 반 동안 뻥 볼, 조금 있어 보이게 포장해서 말하면, 롱패스 연습만 계속했다. 독감이 나아서 다시 훈련에 나가도 아마 한동안은 계속 그럴 것이다. 오주연의 꼬리뼈가 확 열어젖힌 문 너머에서 나를 기다리고 있던 것이 뻥 축구의 세계였다니. 꼬리뼈도 그렇고, 원효 대사의 해골 물도 그렇고, 주로 뼈다귀가 알려 주는 인생의 깨달음들이란 중요하면서도 참 허무하기 그지없다.

리프팅

: 저도 축구를 하고 싶은데 어떻게 해야 해요?

새해 환영! 새 멤버 환영!

한 달간의 축구팀 겨울 방학이 끝나고 새로운 시즌이 시작되었다. 동시에 어느덧 저는 입단 2년 차가 되었습니다! "처음 봤을 때 조금만 하면 펄펄 날아다닐 줄 알았는데 완전 속았어, 속았어!"라는, 나의 지나간 1년을 되돌아보게 하는 주장의 축하(……)와, "뭐, 작년 한 해는 그럭저럭 잘 버텼는데 올해도 과연 그러실 수 있을지 두고 봐야겠죠?"라는, 나의 앞으로의 1년을 내다보게 하는 감독님의 축복(……) 속에서 말이다. 좌우지간 감개무량하다.

해가 바뀌니까 놀랍도록 새로운 기분이다. 20대 중반의 어느 시점에서부터는 한 해 한 해 넘어가는 게 딱히 크게 와 닿지도 않고, 오, 또 한 살 먹었네, 먹은 만큼 철도 좀 더 들어야지 하는 정도의 감흥만 엷게 느낄 뿐이었다. 새해 첫 출근을 하고 나서야 "그래! 다시 시작한다는 마음으로 한 해 동안 일 열심히 해 보자! 좋은 성과를 내자!"라는 결기를 다소 연극적으로 끌어올리곤 했다. 새해의 소맷부리라도 잡아야 할 것 같아서.

올해는 사뭇 다르다. 축구팀 선수로서 맞는 새해는 이렇게나 다른 것이었다니. 첫 훈련 날에는 '올해는 8강 진출'이라는 거시적 목표 앞에서 선수들과 함께 저절로 한마음이 되어 결의를 다졌고 '올해는 주전 입성'이라는 개인적 목표에 '① 하루에 리프팅 100개씩 ② 롱패스 연습! 연습! 연습! ③ 일주일에 세 번씩 운동장 열 바퀴씩 달리기' 같은 구체적 훈련량을 더하며(누가 저렇게 번호 붙여 정해 준 것도 아닌데 알아서 저 수치들이 머릿속으로 그려지는 걸 보면 나도 제법 2년 차답지 않은가!) 투지를 불태웠다.

작년과 올해 사이에 선명하게 선이 그어지며 구획이 뚜렷하게 나누어지는 느낌, 정말 오랜만이다. 긴장과 비장이 적절히 섞인 이 알 수 없는 기운이 축구와 상관없는 일상으로까지 흘러들어서 다른 것들도 덩달아 새롭게 보였다. 새해가 먼저 달려와 내 손을 꽉 잡은 것이다.

팀에도 몇 가지 변화가 생겼다. 가장 커다란 변화는 내가 더 이상 팀의 유일한 신입이 아니라는 것이다. 그렇다. 새로운 선수가 입단했다. "안녕하세요, 강미숙입니다. 유니폼 입은 여자들이 이렇게 떼로 모여 있는 것을 보니 그냥 보는 것만으로도 왠지 좋네요."라고 첫 소감을 밝힌 그녀는 축구장에서 도보 30분 거리에 있는 갈빗집에서 홀 서빙원으로 일하는 40대 중반의 언니였다.

미숙 언니가 우리 팀에 들어오게 된 사연은 이랬다. 11월의 어느 날 가게 문을 열어 놓고 영업 준비를 하고 있는데 와자한 소리와 함께 스무 명 가량의 여자들이 우르르 지나가고 있었다고 한다. "보는 것만으로도 왠지 좋은" 유니폼들을 입고서. 샤워하고 바로 나온 듯 머리칼이 젖어 있는 사람도 몇 있길래 운동선수들이 운동 마치고 지나가는 길인가 보다 했는데 여기저기 기웃대는 품새가 열려 있는 식당을 찾고 있는 것 같았단다. 언니가 먼저 말을 건넸다.

"저희 식당 점심에는 백반도 팔아요."

"와, 그래요? 고기도 지금 돼요? 다행이다! 감사합니다!"

우렁찬 인사와 함께 가게로 들어온 그들은 예전에 우리 팀과도 시합에서 맞붙은 적 있는 FC마리케였다.(그 대단했던 팀 말이다.) 그들에게 자리를 안내하고는 왔다 갔다 이것저것 가져다주던 중 그들이 직업 선수가 아닌 (언니의 표현을 빌리면) '일반 사람들'이라는 걸 알게 됐고 언니는 순간 "눈에 불이 번쩍 들어오는 것 같았다."라고 했다.

"나 전부터 남자들이 너무 부러웠거든! 남편도 조기 축구를 그렇게 재밌게 다니고 아들은 뭐 클럽 축구? 요즘은 조기 축구보다 좀 세련돼 보이는 그런 게 또 있대? 아무튼 그걸 재밌게 다니고. 나도 어렸을 때 편 갈라서 공으로 하는 운동 너무 좋아 했단 말이야. 잘하기도 했다? 근데 여자들은 졸업하고 나면 그런 걸 할 기회가 전혀 없잖아. 그냥 집 근처에서 배드민턴치고 헬스 가고 그러는 게 다지. 아니, 근데 나 같은 여자들도 축구를 하고 있다잖아?! 완전 놀라 버렸어! 내가 정말 세상 어떻게 돌아가는 줄도 모르고 좁은 세상에서 일만 하고 있었구나 싶고, 막 두근두근하더라고. 좀 말도 안 되고 웃기는 소린데, 그래 내가 이걸 그동안 그렇게 기다려 온 거였구나 싶었어."

벌써 세 번째 훈련인데도 여전히 첫날 첫인사를 건네던 그때처럼 다 감추지 못한 설렘이 군데군데 삐져나오는 수줍은 표정으로 이야기를 시작한 언니가 이 대목에서 살짝 벅찼는지 잠시 말을 멈추고 양손을 양 볼에 갖다 댔다.

물론 언니의 감각과 나의 감각은 다르겠지만, 무언가를 할 수도 있다는 가능성을 전혀 상상도 못하고 살아오다가 그 현실 태를 눈앞에서 본 순간, '나도 하고 싶다.'를 넘어서 '내가 이걸 오랫동안 기다려 왔었구나.'를 깨닫게 될 때 어떤 감정이 밀려드는지 조금은 알 것 같다. 때로 운명적인 만남은 시간을 거슬러 현재로부터 과거를 내어놓는다. 생전 처음 가 보는 낯선 장소에서 오랫동안 품어 온 향수나 그리움을 느끼는 역설적인 감정과 비슷할지도 모르겠다. 무언가 마음으로 쑥 들어와 오랜 세월 잠자고 있던 어떤 감정을 흔들어 깨우면서 일어나는 그리움. 아마도 그 감정이 깊은 잠 속으로 완전히 빠져들어 묻혀 버리기 이전의 세월에 대한 향수. 어쩌면 회한.

여자 축구 세계의 동료가 된다는 것은

"저기요, 저도 축구를 하고 싶은데 어떻게 해야 해요?"

불판을 갈고 난 직후, 검댕과 기름이 잔뜩 눌어붙은 헌 불판을 손에 든 채로 언니는 불쑥 물었다. 의도와는 달리 말이 너무 퉁명스럽게 나가 묻자마자 바로 후회했다고 한다. 언니에게는 이미 엎질러진 물이었고 FC마리케 선수들에게는 갑자기 끼얹어진 찬물이었다. 좌중이 일순간 조용해졌다. 하지만 축구인들이 누구인가. 갑자기 끼얹어지는 찬물을 기꺼이 맞는, 심지어 그걸 좋아하는 사람들 아닌가. 뛰다가 더우면 물통째로 서로에게 물을 뿌려 가며, 비 오는 날에는 비를 기꺼이 맞으며 축구하는 사람들인 것이다.

"그럼, 우리 팀에 합류하실래요? 시간 맞으면 그렇게 해요. 저희는 대환영이에요!"

잠깐 동안 흐르던 침묵을 깨고 FC마리케 주장이 그 자리에서 입단을 권유했다. 갑작스럽긴 해도 언니에게는 더없이 반갑고 고마운 제안이었지만, 안타깝게도 시간이 안 맞았다. FC 마리케 훈련 시간과 언니의 출근 시간이 조정해 볼 여지도 없이 딱 겹쳤던 것이다. 하지만 축구인들이 누구인가. 골이 안 들어가면 들어갈 때까지 골대를 향해 슛을 날리고 또 날리는 사람들 아닌가.

FC마리케 주장은 거기서 포기하지 않고 다음 행동에 착수했다. 먼저 미숙 언니가 사는 곳과 일하는 곳을 파악한 후 그로부터 대중교통으로 30분 거리에 베이스캠프를 두고 있는 여자 축구팀 몇 개를 뽑았다. 그리고 각 축구단에 전화를 돌려 훈련 시간을 알아봤다. 뽑아 둔 축구팀들 중에서 언니네 집에서는 멀지만 가게에서는 제법 가까운 우리 팀이 훈련 시간도 딱 맞았다. 그렇게 해서 언니는 우리 팀에 입단하게 되었다.

"그게 12월 초였거든? 사실 바로 오고 싶었는데 막상 시작하려고 보니까 고민이 되는 거야. 내가 하루에 아홉 시간에서 열 시간 일하는데 아침에 두 시간 축구하고 식당 나가서 또 일하는 건 너무 무리하는 거 아닐까 싶고. 남편이랑 아들도 적극 말렸어. 내가 병 나서 식당 못 나가면 자기들한테도 부담 가는 게 있을 테니까 더 그랬겠지. 아무튼 그래서 이제 와서 무슨 축구냐, 내가 지금 40대에서도 반으로 막 꺾였는데 분명 무리겠다 싶고. 내가 체력 하나는 자신이 있는데도 그게 참 엄두가 안 나더라고. 그래서 안 해야겠다고 마음을 거의 굳혔었어."

"어휴 보통 그렇지! 게다가 자기는 갈빗집이라며. 갈빗집 일이 얼마나 힘든데. 나도 체력 하나는 자신 있는 사람인데도 축구한 날은 가게 나가면 확실히 피곤하긴 피곤해."

"나도 그래요. 축구한 날은 낮잠 꼭 자야해. 안 그러면 뭐 보는 것도 피곤하고 책도 안 읽혀."

가게를 운영하는 정실 언니의 말에 여기저기서 다른 팀원들이 동감을 표했다.

"근데 그러고 나니까 한동안 너무 우울하더라고. 그때 식당에서 본 축구팀에도 나보다 나이 많아 보이는 언니들이 여럿 있던데 나라고 왜 못할까 싶고. 늦은 것 같아도 지금 시작해 놓으면 적어도 그 언니들 나이까지는 할 수 있다는 거잖아? 10년은 하겠네? 게다가 난 이렇게 일만 하면서 늙는 동안 어딘가에서 내 또래 다른 여자들은 그렇게 재밌게 축구하고 있겠구나 생각하니까 그것도 또 속상하대? 아, 이거 안 하면 한이 되겠구나 싶더라고. 말리는 남편이랑 아들 새끼도 밉고. 그래서 당장 나가서 축구화부터 덜컥 사 버렸어. 그거 사서 집에 오는데 그렇게 좋을 수가 없더라! 정말 신났지!"

"그래서 2주 해 보니까 어떠셨어요? 일할 때 안 힘드셨어요?"

아무래도 걱정이 돼서 조심스레 물어봤더니 "솔직히 힘들긴 힘들더라. 다음 날 되니까 다리도 막 쑤시고, 눈꺼풀까지 뻐근한 것 같고. 근데 몸은 평소보다 더 피곤하고 다리랑 허리가 쑤시는데도 기분이 너무 좋아서 몸이 빠릿빠릿 잘 움직여지더라고. 어제 진상 손님들 두 테이블이나 있어서 진짜 힘들었는데 오늘 아침에 축구 올 생각 하니까 왜 짜증도 별로 안 나냐, 하하하. 왜 그런 거 있잖아? '야, 너희 내가 그냥 보통 식당 이모인 줄 알겠지만 알고 보면 나 축구하는 여자다 이거야!'라고 속으로 생각하면 괜히 어깨도 쫙 펴지고!"라는 호탕한 답이 돌아왔다. 언니가 짐짓 어깨를 펴고 턱을 치켜들며 으쓱대는 제스처를 취해 팀원들이 다 깔깔대고 웃었다.

언니가 가게에서 FC마리케를 만났을 순간을 상상하면 어쩐지 마음 한쪽이 간질간질해진다. 식당은 방문하는 사람들의 목적이 분명하고, 그런 만큼 손님과 종업원으로 분명하게 역할이 나누어지는 공간이다. 역할의 가시성이 두드러져서 그 역할 뒤의 '사람'은 안 보이기 쉬운 공간. 그런 곳에서 각자의 역할에 파묻혀 있던 '사람'들이 축구를 통해 발견된 것이다. 서로가 서로에게. 그뿐만 아니라 한 사람의 인생 어딘가에 파묻혀있던 '축구'도 발견됐다. 그냥 스쳐 가는 손님들 중 한 팀이었을 사람들과 (언니의 표현을 빌리면) '평범한 식당 이모'로 끝났을 사람이 우연히 만나 동료가 되었다. 세상에 그 수가 많지도 않은 여자 축구 세계의 동료.

축구가 대체 뭐길래 말입니까

새로 온 사람도 있지만 돌아온 사람도 있다. 한동안 팀을 떠나 있었던 우리 팀 코치가 복귀했다. 그녀는 재작년, 내가 입단하기 바로 전 해의 마지막 경기에서 전방십자인대가 파열되는 부상을 당했고, 세 번의 수술과 재활 치료를 받느라 작년에는 한 번도 축구장에 오지 못했다. 그녀를 대체할 사람이 마땅히 없다며 코치 자리를 아예 공석으로 두고 한 해를 보냈을 만큼 팀원들의 신임이 두터운 그녀를 새해 첫 훈련 날 처음 만났다. 그동안 "저 상황에서 코치 언니가 있었으면 쟤네 다 죽었어!", "선규(코치 언니 이름)에 비하면 이건 연습 많이 하는 것도 아니야." 등의 형식으로 대화에 종종 등장할 때마다 그녀가 어떤 사람일지 나름대로 그려 보곤 했었다.

워낙 악바리 같다고 다른 팀에까지 소문난 사람이라 다들 '여름쯤에는 슬슬 축구장에 나와 가벼운 운동 정도는 우리랑 같이 하지 않을까.' 기대했었는데, 오히려 여름을 지나면서 그녀는 우리 팀 온라인 게시판에서 모습을 싹 감췄고, 팀원들과 개인적인 연락도 일절 끊었다. 그래서 새해 첫 훈련에 그녀가 모습을 드러냈을 때도, 훈련이 끝나고 다 같이 점심 먹으러 간 자리에서도 그녀에 대한 성토가 이어졌다.

"언니 어쩜 그래요! 한번 놀러라도 오지! 우리 그사이에 언니 다른 팀에 스카우트돼서 몰래 가 버렸나 했잖아요. 감독님이 올해부터는 나올 거라는 말 안 했으면 다 같이 언니네 쳐들어갈 뻔했다구요. 어우, 독해. 진짜 독해."

볼멘소리들을 했지만 사실 팀원들은 대충 짐작하고 있었다. 코치 언니가 무릎 수술을 했던 날 문병 갔던 팀원들은 "의사가 앞으로 1년 동안 절대 축구할 생각은 하지도 말래."라는 말을 전하던 코치 언니의 절망에 가까운 표정을 보고 하마터면 울음이 터지려는 걸 참느라고 혼났다고 말했다. 나중에 그녀가 끝내 눈물을 펑펑 쏟았을 때에서야 같이 울 수 있었다고.

"내가 작정하고 다이어리 펴 놓고 계산을 해 봤거든? 6년 동안 열흘 이상 축구를 안 해 본 적이 한 번도 없더라? 근데 무려 1년을 하지 말라고 하니 막막하더라고. 축구 안 하고 사는 게 어떤 거였는지 기억도 안 나는데, 세상에. 제대로 못 움직이니까 일상생활 불편한 건 그렇다 치고, 재활! 재활! 나 몸 아파서 운 적 거의 없는데 재활 치료 첫날에는 너무 아파서 계속 펑펑 울었어. 전날까지만 해도 축구 안 하고 어떻게 사나 하던 애가 재활받으면서는 내가 축구 따위 다신 하나 봐라 이를 갈았다니까."

"으악! 도수 치료 말하는 거죠? 그거 너무 아프지?! 아아 그건 진짜 지옥이에요. 으으……."

같은 부상으로 같은 재활 훈련을 받았던 금미가 발작적으로 진저리를 쳤다.

"안 그래도 네 생각나서 또 울었잖아. 금미가 보낸 시간이 이런 거였구나 싶어서 너무 마음이 아프고 너한테 괜히 미안하더라고……. 너무 힘들 땐 전화해서 야, 이거 계속 받다 보면 좀 나아지냐? 잘 참을 수 있는 방법 같은 거 없냐? 물어볼 뻔 했잖아."

"전화해 보지 그랬어요!"

금미도 코치 언니도 금세 눈물이 그렁그렁해지는 걸 보며 나도 갑자기 눈물이 왈칵 났다.

"와, 무릎 꺾을 때 진짜! 나 실제로 입에서 욕이 튀어나왔잖아. 근데 또 뭐 계속 받다 보니까 재활 치료도 견딜 만했어. 근데 축구도 연습도 못하는 날이 쌓여 가니까 스트레스가 장난 아니더라. 아니, 난 축구 선수도 아니고 인생에서 축구 안 한다고 큰일 나는 것도 아닌데 이 정도로 힘들었는데, 대체 축구 선수들은 재활 어떻게 버티나 몰라."

그렇게 넉 달쯤 지나서 좀 욱신거리기는 하지만 자전거도 어느 정도 탈 수 있고 살살 달리는 것도 가능해졌을 무렵 언니는 결국 축구공을 들고 근처 초등학교 운동장을 찾았다. 힘이 많이 들어가는 동작은 무리더라도 조심조심 볼 리프팅쯤은 해도 되지 않을까 싶어서. 실제로 며칠 해 보니 괜찮았다고 한다. 하지만 어느 날 갑자기 수술 초기와 비슷한 강도의 통증이 찾아

왔고 무릎에 박아 넣은 나사가 안에서 밀려나서 결국 재수술을
했다.

　"또 펑펑 울었지. 회복이 다시 늦어진 거잖아! 그때 맹세했
어. 왜 다이어트 독하게 할 때는 친구도 텔레비전도 다 끊잖아?
누구 만나면 자꾸 맛있는 거 먹게 되고 음식 광고 보면 자꾸 뭐
먹고 싶어지니까. 그래서 완전히 나을 때까지 축구 생각나는 건
다 끊기로 했어. 그때 내가 축구팀 사람 전화 다 안 받고 게시
판도 딱 끊은 거야. 축구하고 싶어 미칠까 봐. 그때는 어쩌다 길
가다가 굴러가는 축구공을 봐도 모른 척했다니까? 나중에는 축
구장 잔디 생각나서 풀떼기도 안 쳐다봤어. 시금치도 안 먹었
어! 어휴…… 징글징글했다, 작년 한 해."

　중간중간 고개를 끄덕여 가며 코치 언니의 말에 열심히 귀
기울이는 팀원들을 잠깐 둘러보는데 '(나도 겪어 봐서) 그 마음 다
안다.'라는 눈빛과 '(잘은 모르지만) 그 마음 알 것 같다.'라는 눈빛
이 허공에서 교차하며 그들을 한데 감싸 안는 동그란 자장을 만
들어 내는 것 같았다. 그 안에 흐르는 어떤 자력을 느끼면서 나
는 가끔씩 떠올리곤 했던 의문을 새삼 다시 품지 않을 수 없었
다. 축구…… 대체 뭘까? 축구란 대체 뭐길래. 뭐길래 말입니까.

리프팅 제왕의 귀환과 나사의 회전

코치 언니가 잠시 일어나 의자 한쪽에 모아 둔 팀원들의 가방 사이에서 자신의 가방을 획 낚아챘다. 가방을 열고 주섬주섬 동전 지갑 크기의 파우치를 꺼내들더니 그 안에서 또 무언가를 꺼내 테이블 위에 올려놨다. 나사였다. 1년 동안 코치 언니의 인대를 무릎뼈에 딱 붙여 놓고 있었을 바로 그 나사. 생각보다 컸고 당혹스러우리만치 평범했다. 나사라는 게 다 소라 껍데기처럼 빙빙 비틀려 고랑이 진 물건으로 비슷비슷하게 생겼겠지만, 그래도 인체에 들어갔다 빠져나온 나사가 책상이나 전자 제품에서 빠져나온 나사와 똑같이 생겼다는 게 새삼스레 신기하고 놀라웠다.

"나사 제거 수술하기 전에 내가 물어봤어. 뼈에서 뽑은 나사 저 주시면 안 되냐고. 크크크. 내 몸속에서 1년 동안 있던 애라고 생각하니 평생 간직하고 싶더라고. 볼 때마다 생각할 거야. 이제는 경기에서 지든 말든 진짜 몸 사리면서 축구하기로 마음먹었어. 나 이번처럼 또 오랫동안 축구 못하고 재활 치료 받으면 진짜 못 살 것 같거든. 진짜 다시는 안 다칠 거야! 주장! 그러니까 올해 내가 전처럼 막 몸 날리고 몸싸움 끝까지 붙고 안 해도 너무 뭐라고 그러면 안 된다?"

"하하하. 언니가 픽도 그럴 수 있겠다. 알겠어요. 나는 절대 뭐라 안 할 거야. 약속! 근데 분명 시합 뛰다 보면 언니도 모르게 달려들고 있을걸? 아까도 몸 살살 푼다고 해 놓고 리프팅을 엄청 살벌하게 하드만. 어휴 제발 살살해요, 살살해!"

맞다. 내가 올해의 목표에(그것도 무려 1번에) 뭐에 홀린 듯 "하루에 리프팅 100개씩"을 넣은 것도 바로 코치 언니가 리프팅하는 모습을 넋 놓고 바라본 뒤다.

리프팅(lifting)은 발, 넓적다리, 무릎, 가슴, 어깨, 이마 등의 신체 부위를 이용해서 공을 땅에 떨어뜨리지 않고 계속 튕기는 것을 말한다. 일반적으로 '볼 리프팅'이라고 부르지만, 사실 정확한 용어는 키피업(keepy-up)이다. 축구에서 가장 중요한 볼 컨트롤 능력을 키우고, 볼 감각을 익히는 데에 매우 효율적이라서 많은 선수들이 기초 연습으로 꾸준히 한다.

리프팅하면 우리 팀에서 절대 빼놓을 수 없는 사람이 또 있다. 은경 언니다. 이 언니는 나보다 축구를 2년 더 했을 뿐인데 팀 내에서 리프팅을 가장 잘 한다. 발이 느리고 힘이 약한 단점을 만회하려면 볼 컨트롤이라도 잘해야겠다 싶어서 일주일에 5일 동안 리프팅 연습을 꾸준히 해 왔다고 한다. 지금은 리프팅 500개를 거뜬하게 한다. 이게 얼마나 대단한지 설명하기 위해 나를 비교의 제물로 삼자면 나는 현재 스무 개도 겨우 한다.

새해 들어 언니에게도 크다면 큰 변화가 하나 생겼다. 축구 심판이 되기 위해 대한축구협회 4급 축구 심판 자격증 교육

코스를 시작한 것이다. 초등학교 교사인 언니는 휴직 신청이 받아들여져 올 한 해 자유인 신분이 되었는데 그러자마자 가장 먼저 한 일이 FC페니의 선수 두 명과 축구 심판 자격증 스터디 그룹을 짠 것이었다. 이론 시험은 조금만 공부하면 무난히 통과할 수 있지만 문제는 탈락률이 무려 40퍼센트인 체력 테스트라고 한다. 그래서 이 세 명의 여자들은 겨울 동안 매일 만나 체력 훈련을 했다고. 아침부터 아홉 시간씩 진행되는 교육을 받느라 이번 주에는 훈련도 못 나왔다.

다들 정말 못 말리겠다. 아마추어 여자 축구가 있는지 없는지, 여자들이 축구를 좋아하는지 아닌지에 전혀 관심 없는 세상의 곳곳에서 축구에 푹 빠진 여자들이 축구를 시작하고, 축구를 시작하게 끌어 주고, 축구를 하다가 다치고, 힘겹게 재활하고, 그래 놓고 또 기어들어 오고, 축구를 못 해서 병이 나고, 축구를 공부하다 못해 심판 시험 준비를 시작하고, 축구를 좀 더 잘해 보겠다고 누가 시키지도 않는데 매일매일 연습을 한다.

나도 오늘 아침에 축구공을 들고 근처 공원에 나가 리프팅 200개를(물론 땅에 수백 번 떨어뜨리면서) 채우고 왔다. 아마 내가 이 이야기를 하면 엄마나 몇몇 친구들은 "어휴, 됐어! 점점 탄력도 없어지고 처져 가는 피부 리프팅부터 어떻게 좀 해 보자, 우리!"라고 타박할 게 분명하다.(사실 매우 일리 있고 현명한 지적이다.)

이렇게 새해와 함께 모두들 저마다의 시즌을 열어젖혔다. 축구와 함께 금세 봄이 오고 여름이 지나고 가을이 올 것이다. 나의 축구 선수로서의 두 번째 시즌은 어떻게 흘러갈지 궁금한 가운데 그 누구에게도 나사가 뼈의 일부가 되는 일만큼은 없는 한 해이기를 축구의 신에게 기도했다.

스토피지 타임

: 축구팀에게는 꼭 이겨야만 하는 시합이 있다

달과 오펜스

올해도 올 것이 왔다. FC페니와의 시즌 첫 시합. 공식 대회 시합은 아니다. 따라서 트로피도, 상금도, 명예도, 부러 관전하러 오는 관중도 없다. 우리 팀 선수들도 저런 이유를 들어가며 이기든 말든 까짓것 연습 시합인데 뭐, 라며 별로 신경 쓰지 않는 '척'을 하고 있다. 작년에는 진짜 그런 줄 알았지만 이제 2년차인 나는 속지 않는다. 너무나 잘 안다. 이 시합이 우리 팀에게 1년 중 가장 중요한 시합은 아닐지 몰라도 '지면 가장 열 받는 시합', 그래서 '무슨 일이 있어도 꼭 이겨야만 하는 시합'이라는 것을.

작년에도 이맘때였다. 주장이 "FC 페니와의 시합 날짜가

잡혔습니다.”라고 말하던 순간을 지금까지도 인상적으로 기억하는 이유는 카메라 앱의 느와르 필터를 잔뜩 먹인 것 같은 주장의 굳은 얼굴 때문만은 아니었다. 주장의 말과 동시에 팀원들이 모두 하던 말을 일제히 멈췄기 때문이다. 세상에. 우리 팀 선수들이 누가 말을 한다고 떠드는 걸 멈출 때가 다 있다니! 당시로서는 입단 두 달 만에 처음 보는 광경이었다.

그때 FC페니를 처음 알았다. 우리 팀 최대의 라이벌. 홈그라운드로 삼는 구장도 가까운 데다가 같은 해에 창단되는 바람에 첫해부터 서로를 무지하게 의식했던 두 팀. 자주 연습시합을 갖기 때문에 사실 친하기도 하다. 하지만 승패만큼은 늘 양보가 없다. 특히나 시즌 첫 맞대결만큼은 어림도 없다.

한 해의 기세를 가늠하는 경기라는 점에서도 그렇지만, 건강상의 이유로 감독직에서 내려온 김팔룡 전(前) FC페니 감독과 그의 친동생이자 우리 팀 전 감독인 김덕룡 감독(지금 우리 팀 감독이 4대 감독이고, 김덕룡 씨가 2대 감독이다.)이 시즌 첫 대결을 이벤트처럼 만들어 놓는 바람에 더 그랬다. 언젠가부터 두 분이 사비를 털어 승리 팀에게만 점심을 사기 시작한 것이다. 꽤 큰 돈을 써 가면서 왜 그런 걸 하시는지 나로서는 잘 이해할 수 없지만, 뭐, 축구 세계에 이해할 수 없는 사람이 한두 사람도 아닌 데다가, 두 분은 비공식 ‘팔룡–덕룡배 축구 경기’를 매해 보는 것이 꽤 즐거우신 듯하다.

우리 팀은 한 번도 그 점심을 먹어 보지 못했다. 점심 이벤트가 시작된 이래 무려 4연패를 했기 때문이다. "이기든 말든 까짓것 연습 시합인데 뭐."로 시작하는, 한글 폰트로 만든다면 '휴먼애써위안체' 정도의 이름을 붙여야 할 것 같은 우리 팀 전용 허세 멘트 뒤에 "져도 그만이지만 점심 얻어먹는 건 좋잖아? 그냥 할배들이 사는 오겹살이나 한번 먹어 보자!"라고 '휴먼애써덤덤체'로 덧붙이는 말들을 작년에도 들었고 올해도 들었지만 이건 이미 오겹살의 문제가 아니었다. 4년 동안 깎여 나가 어딘가에 수북이 쌓여 있을 자존심을 되쓸어오는 문제였다.

이 자존심 싸움에 누구보다 민감할 사람은 감독님일 것이다. 감독님의 부임과 동시에 시작된 4연패기 때문이다. 시즌 전체를 놓고 보면 우리 팀이 이긴 적도 꽤 있지만(작년 전적은 3승 2무 5패였다.) 이상하게도 매년 첫 시합만큼은 계속 졌다. 시즌 첫 대결의 상징성을 생각하면(무료 점심에다가 선배 감독들 앞에서 위신까지 걸려 있다.) 이 4연패는 제법 뼈아픈 것이었기에 시합 당일 아침까지도 기필코 이기고자 하는 욕심에 이런저런 생각이 지나치게 많아 보였다. 선수들을 모아놓고 작전 지시를 하기에 앞서 나를 입단 첫날부터 혼란스럽게 했던 특유의 이상한 비유를 장황하게 하는 것만 봐도 그랬다.

"여러분, 어제 푹 주무셨어요? 자기 전에 혹시 밤하늘은 좀 봤나? 어제 달이 정말 예쁘더라고요. 다들 달이 어떤 원리로 빛나는 줄 알죠? 왜, 달 자체는 빛을 스스로 내지 못하잖아. 태양빛이 달의 표면에 반사돼서 지구로 들어오는 것이 달빛이에요. 그런 게 또 뭐가 있을까요? 바로 이 축구공! 이 공이 바로 달이에요, 달! 공은 절대 혼자 빛을 낼 수 없거든. 여러분이 어떻게 공을 다루느냐, 어떻게 움직이느냐에 따라 이 공이 빛날 수도 빛이 안 날 수도 있는 겁니다. 그러니까 공이 아름다운 달이 되는 건 여러분이 어떻게 만들어 가느냐에 달려 있다, 이거야! 아셨죠?"

네, 그렇군요……. 그런 식으로 따지면 내 팔다리도 달이고,(어떻게 근육 운동하느냐에 따라 빛이 나고 안 나고) 감독님 목소리도 달이고,(뭘 말하느냐에 따라 빛이 나고 안 나고) 하다못해 오늘 아침에 먹은 토마토나 계란도 달이고,(어떻게 요리하느냐에 따라 빛이 나고 안 나고) 축구장도 달이고, 의자도 달이고, 후드티도 달이고, 이 세상에 누군가에 의해 다뤄지는 모든 것 중 달이 아닌 게 어디 있겠어요……. 동그란 달을 보다가 축구공을 떠올렸을 정도로 이 경기에 매우 신경 쓴다는 점만큼은 제가 잘 알겠습니다.

자신의 서정적인 스피치에 살짝 젖어 있던 감독님이 이내 목소리를 바꿔 오늘의 작전 설명을 시작했다. 예상대로였다, 어느 정도는.

오늘의 작전명은 개기월식

"짧게 짧게 패스해서 조직적인 어떤 걸 만들어 갈 생각은 절대 하지 마세요. 우리 팀 그럴 능력 없잖아, 솔직히. 무조건 앞으로 뻥뻥 길게 차! 하프라인 넘어가는 게 제일 중요해. 하프라인 넘은 공을 받잖아? 마찬가지예요. 세트피스고 뭐고 뭘 만들어서 어떻게 하려고 하지 마요. 무조건 골대로 슛 쏘세요. 일단 골대로 뻥 차 놔야 공이 바운드가 돼서 들어가든, 골대를 맞든, 수비수를 맞든, 뭘 하든 들어갈 확률이라는 게 생기니까요. 알았죠? 뭐 만들려고 괜히 공 끌지 말아요!"

나도 예상했고 모두가 예상했을 '뻥 축구'의 재림이었다. 여기까지 들으니 달 이야기를 왜 했는지 더더욱 모르겠다. 공이 아름다운 달이 되는 건 우리가 어떻게 만들어 가느냐에 달려 있다고 하고서는 지금은 절대 아무것도 만들려고 하지 말라니, 달을 만들라는 건지 말라는 건지, 혹시 개기월식 상태의 달을 좋아하시는 건가. 그래도 오늘은 여기에 작전 하나가 더 추가됐다.

"정실 씨, 주연 씨! FC페니에 새로 들어온 선수들 대충 누군지 파악했죠? 그중에 선출이 두 명 있다고 들었어요. 근데 누구인지까지는 아직 파악이 안 됐어. 플레이하다 보면 딱 재구나! 싶은 선수가 있을 거예요. 그럼 한 명씩 맡아 따라다니면서 괴롭히세요. 왜 그거 있잖아. 심판 몰래 정강이도 툭툭 차고, 슬쩍 밟기도 하고 그런 거. 절대 다치지 않게 안전한 상황에서 요령껏 하시면서 신경 바짝바짝 거슬리게 만들라고요. 오늘만큼은 두 분도 공을 무리해서 뺏거나 차려고 하지 마요, 하지 마. 걔네들 괴롭히는 게 오늘의 가장 중요한 임무니까!"

일명 맨투맨-더티 플레이로 (두 사람이 어떻게 하는지에 따라 빛이 날 수도 안 날 수도 있는) 상대팀 에이스들이 빛나지 못하게 봉쇄하라는 것이다.(역시 개기월식을 좋아하시는 게 틀림없다.) 좀 치사하고 하찮은 것도 사실이지만 감독님뿐만 아니라 다른 팀들도 '급할 때'는 가끔씩 쓰는 작전이다. 어쩌면 이번 게임에서는 FC 페니도 마찬가지일지도 모른다.

어쨌거나 이런 훌륭한(?) 작전과 함께 우리 팀은 연패의 기록을 4연패에서 막고 과연 승리의 오겹살을 먹을 수 있을 것인가! 두툼한 오겹살인가 두려운 5연패인가!(첫 번째 관전 포인트) 그리고 겨우내 '무조건 롱패스 무조건 슈팅' 뻥 축구에 맞춰 드리블과 트래핑 같은 기본기 다지기를 중단하고 축구공을 뻥뻥 차 왔던 나의 벼락치기 기술은 성공할 것인가!(두 번째 관전 포인트) 마침내 대망의 휘슬이 울렸다.

하지만 예상치 못한 변수에 휘말려 우리 팀은 시작부터 삐걱거렸다. 맨투맨-더티 플레이를 지시받았을 때 떨떠름한 표정으로 "한 번도 안 해 본 거라서 할 수 있을지 잘 모르겠네요."라고 답한 정실 언니와 "그동안 나한테는 한 번도 시키지 않아서 별말 안 했는데 솔직히 난 맨투맨은 축구가 아니라고 생각해. 공 찰 생각 말고 무조건 '몸빵'으로 막으라는 거잖아. 제대로 공 차러 온 사람한테 왜 차력 같은 걸 시켜?"라고 뒤에서 투덜거렸던 오주연이(그녀는 맨투맨에 대해 지나치게 부정적으로 생각하는 편이었다.) 누가 상대팀 에이스인지 못 알아본 척, 바깥에서 "15번이야, 15번!"이라고 애타게 소리치는 감독님 말을 못 들은 척, 조용한 항명이 담긴 플레이를 했던 것이다.

그리고 이건 나로 하여금 다소 놀라운 일을 하게 만들었다.(나중에 들었지만 지켜보고 있던 팀원들과 감독님도 좀 놀랐다고 한다.) 시키는 대로만 움직였지 단 한 번도 게임에서 단독으로 판단하고 적극적으로, 아니 소극적으로도 의견 개진을 한 적이 없는, 주장 표현을 빌리면 "답답한 FM 스타일"인 내가 뭐에 씌인 듯 정실 언니에게 뚜벅뚜벅 걸어가 한마디 했던 것이다.

FM 라디오는 잠시 꺼두라고

"언니, 아무리 싫어도 작전대로 움직여야 팀이 같이 움직이죠. 지금 15번이 완전 프리하게 휘젓고 다니는데 어쩌시려고 그래요?"

……라고 딱 부러지게 말한 것은 아니고(그랬으면 멋졌을 테

지만 사람이 갑자기 그렇게 확 변할 수는 없는 법이다.) "언니, 그러시면 제가 15번을 마크할 테니까 언니가 제 포지션으로 가실래요?"라고 매우 조심스럽게 제안했고 합리적인 판단이라고 생각했는지 정실 언니는 순순히 내 자리로 이동했다. 처음에는 '쟤들이 뭐 하나.' 하는 의아한 표정이 역력한 얼굴로 쳐다보던 감독님과 코치 언니, 주장도 그렇게라도 하는 게 낫겠다 싶었는지 별말 없이 경기는 속개되었다.

저런 제안을 한 것만으로 이미 한 달치 뻔뻔함을 다 써 버린 나는 15번 선수의 정강이를 툭툭 차고 발을 슬쩍 밟는 것은 꿈도 못 꾸고 답답한 FM 스타일로 마크했지만, 그래도 비교적 잘 막고 있었다. 맨투맨을 하느라 오늘의 두 번째 관전 포인트로 꼽았을 만큼 별러 왔던 롱패스는커녕 공 한번 제대로 건드려 보지 못했지만 어쩌겠어. 내가 내 발로 걸어가 제안한 일을 아쉬워해 봤자, 뭐.

사실 아쉬워할 새도 없었다. 전반적으로 우리가 너무 밀리고 있었다. FC페니와의 실력 차는 확연했다. 오늘따라 골대가 우리 편이라 FC페니의 슈팅을 두 번이나 막아 주었기 망정이지 크게 뒤진 채 모두 힘이 쭉 빠져 중간에 경기를 포기해도 이상하지 않을 경기였다. 어찌어찌 운 좋게 전반전은 0대 0으로 끝났지만 벤치로 걸어오면서 모두 같은 생각을 했을 것이다. 오겹살은 한없이 얇아지고 얇아져 대패삼겹살이 되었다가 아예 없어지기 직전이었고, 5연패는 그 뒤에 6연패, 7연패의 그림자까지 몰고 우리 눈앞에 바짝 다가와 있었다.

"전 여러분들이 이해가 좀 안 가는데요……."

코치 언니의 갈라진 목소리가 모두의 어깨 위에 무겁게 얹혔다. 매서운 지적이 이어질 모양이다. 그럴 때마다 감독님은 항상 슬그머니 주장이나 코치 언니 뒤로 빠지곤 했다. 코치 언니 너머로 감독님이 하릴없이 물통 정리를 하고 있는 것이 보였다.

"우리 팀의 문제는 다들 너무 순하다는 거예요. 순해도 너무 순해. 상대 선수에게 확 제쳐지면 그런가 보다 하고 다들 그냥 넘어간다? 그게 어떻게 가능해요? 아니, 제쳐졌는데! 내가 맡은 사람이 나를 확 뿌리치고 저렇게 신나서 달려가는데! 그게 화가 안 나요? 어떻게 그게 열이 안 받지? 머리끄덩이를 확 잡아당겨서라도 어떻게든 잡아 버리고 싶은 생각이 안 들어? 물론 진짜 그러라는 건 아니고요. 자존심 상할 일에 상해 가면서, 생각을 좀 하면서 경기했으면 좋겠어요!"

이런 사람이 올 시즌 축구를 몸 사리며 살살하겠다고 결심을 했었다니 정말 픽도 그러겠구나 싶다. 어쨌든 코치 언니의 분노에 찬 일갈 때문인지, 전반전에서 각자 느끼는 바가 많았는지 후반부터 우리 팀은 확실히 거칠어졌다. 절대 제쳐지지 않겠다. 내 눈앞에서 공을 호락호락 갖게 놔두지 않겠다는 이글이글한 집념으로 상대 선수들에게 바짝 다가가 압박을 가했다. 덕분에 FC페니 선수들의 패스가 부정확해져서 15번 선수에게로 오는 공들도 조금만 노력하면 내가 충분히 빼앗아 볼 만해졌다. 겨우 수비만 근근이 했지 볼 커팅은 고려해 볼 여지도 없었던 전반에 비하면 상황이 한결 나아진 것이다.

그래서 결과적으로 나도 거칠어졌다. 빼앗을 수 있겠다 싶으니 공에 더 적극적으로 달려들었는데, 그러다 보니 15번 선수와 자꾸 부딪혀서 급기야는 그녀의 팔꿈치에 배 언저리를 가격당해(그녀가 일부러 그런 것은 아니었다.) 잠시 쓰러져 누웠다가(나는 일부러 그런 것도 있다.) 다시 일어났다. 맞은 부위가 움직일 때마다 계속 뻐근했지만 어쨌든 야금야금 공을 차지하기 시작했고, 그것은 기다리고 기다리던 롱패스 기회로 이어졌다.

첫 번째 롱패스는 빗맞았다. 멀리 날아가지 못하고 FC페니 미드필더의 발끝에 딱 걸려 버렸다. 두 번째 패스는 제법 잘 맞아 하프라인을 넘어갔다. 이번에는 낙하지점에 우리 팀 선수가 없어 여유 있게 상대방이 차지했다. 세 번째 패스는 제대로 때렸다고 생각했는데 너무 힘이 들어가는 바람에 공이 휘어져 라인 밖으로 넘어갔다.

어렵게 빼앗은 공으로 시도한 패스들을 전부 FC페니에게 갖다 바치고 나니 '야, 너 아직 멀었다. 나대지 말고 그냥 얌전히 시킨 대로 맨투맨이나 열심히 해.'라고 내 안의 FM 라디오가 조용히 시그널을 보냈다. 이제 후반도 5분밖에 남지 않은 중요한 시점이라 더 이상 실수해서도 안 됐다. 그래, 남은 5분은 정말 그래야겠다고 내 안에서 들려오는 소리에 수긍하려는 찰나, 또 다른 목소리가 들렸다.

"야, 김혼비! 잘하고 있어! 밖으로 벗어나도 좋으니까 계속 그렇게 앞으로 차! 잘했어!"

엇? 이건 내 안에서 들려오는 목소리가 아니다. 내 안에 이렇게 확신에 가득 찬 자아가 살고 있을 리 없다. 목소리의 주인은 하프라인 근처에 서 있는 주장이었다. 그 뒤에서 코치 언니와 승원이도 "어떻게든 받아 줄 테니까 믿고 계속 그렇게 차! 기다린다!"라고 소리치며 자기 포지션으로 뛰어갔다.

순간 아까 15번에게 가격당한 배 언저리 아래, 훨씬 깊고 따뜻한 곳 어딘가가 뻐근해졌다. 코끝이 잠깐 시큰했다. 처음이었다. 내가 지금처럼 상대편에게 연달아 공격권을 내주거나 어처구니없는 실수를 했을 때 이제 막 축구 시작하는 애가 기죽을까 봐 위로하기 위한 칭찬이 아닌, 진짜 플레이 그 자체로 칭찬받은 것은. 다들 진심으로 내가 지금 하고 있는 대로 계속해 주길 바라고 있었다. 팀을 위해서. 내 발끝에 팀원들의 기대가 실렸다. 입단 이래 처음으로. 아주 작은 기대였지만.

멈춰도 흘러가는 시간 사이에서

경기는 0대 0 그대로 후반 추가 시간으로 넘어가고 있었다. 추가 시간을 다 쓰고도 승패가 갈리지 않는다면 연장전을 하게 될 것이다. 그래서는 안 된다. 체력 면에서 우리 팀이 절대적으로 불리하기 때문이다. 그걸 너무나 잘 알고 있을 FC페니 선수들이 공을 천천히 돌리며 일부러 시간을 끌기 시작했다. 절박한 시간들이 속절없이 흘러가고 있었다.

그때였다. 공이 애매한 궤적을 그리며 15번에게로 날아왔다. 가서 뺏기에도 애매한 궤적이라 멈칫하고 있었는데 공이 15번의 발을 맞고 튕겨 나와 내 쪽으로 굴러왔다. 이거다! 절대 놓쳐서는 안 되는 기회다! 당황한 얼굴로 15번이 공을 향해 즉시 스타트를 끊었기에 공을 잡아 세워 놓을 여유는 없었다. 굴러오는 공의 리듬에 내 리듬을 얹어 있는 힘껏 앞으로 뻥 찼다. 방향만 틀어지지 않는다면 공은 제대로 쭉쭉 뻗어 나갈 것이다. 공을 찬 발에 남아 있는 반동의 느낌으로 알 수 있었다. 그리고 다행히 방향도 제대로 맞았다!

제발, 제발, 누가 받아 줘. 하프라인을 넘어 날아가는 공을 바라보며 속으로 간절히 외치고 있을 때 저 멀리에서 주장이 달려갔다. 공의 예상 낙하지점에 FC페니 선수 두 명이 이미 버티고 있었지만 그녀는 어깨로 거칠게 부딪치며 공을 따 내는 데 성공했다. 왼발로 공을 한 번 툭 쳐서 그녀가 좋아하는 오른발로 슈팅하기 좋은 위치에 갖다 놓은 그녀는 그대로 골대를 향해 슛을 날렸다. 철썩! 하는 소리와 함께 공이 골망을 흔들었다. 세상에, 오 세상에! 오른쪽 구석에 꽂히는 깔끔한 골이었다!

주장이 양팔을 치켜들고 만세를 부르고 있었다. 아크서클 근처, 주장과 가장 가까이에 있던 승원이를 시작으로 모두들 환호성을 내지르며 주장에게 달려갔다. 나도 달려갔다. 감독님도 "내가 뭐라 그랬어요! 무조건 롱패스하고 슛 쏘라 그랬지? 봐, 그러니까 들어가잖아! 내 말이 맞지! 잘했어요, 진짜!"라고 외치며 서로서로 얼싸안고 있는 우리들 옆에서 펄쩍펄쩍 뛰었다.

정말 그랬다. 감독님 말이 맞았다. 좀 전에 나는 똑똑히 봤던 것이다. 내 발끝에서 튀어 오른 공이 허공을 가르며 날아갈 때 내리쬐는 햇빛을 받아 순간적으로 하얗게 빛나던 것을. 그것은 정말 하얀 달 같았다. 허공에서 공이 달이었던 그 짧은 순간, 그 달을 보면서 우리 팀 모두가 제발, 제발, 한 골만 들어가 달라고 소원을 빌었을 것이다. 그리고 이루어졌다. 달빛처럼 은은하지만 환하게 빛나는 1대 0 승리였다.

"와, 우리 작년에 FC페니한테 지고 찜찜한 기분으로 갈비탕 먹고 헤어졌던 거 기억나요? 이긴 팀은 불에 살살 구워지는 고기 먹고 있을 텐데 진 팀은 물에 빠져 있는 고기나 먹고 말이지! 으휴, 다시 생각해도 신경질 나네. 오늘은 우리도 불에 구운

고기 많이 많이 먹자고요!"

흐뭇한 표정으로 불판 위에 오겹살을 한 점 한 점 놓으면서 주장이 남은 한 손으로 2대 1의 비율로 맥주와 소주가 곱게 섞여 있을 맥주잔을 높이 치켜 올렸다. 건배!

다 같이 점심을 먹는 동안 종종 심장이 두근대고 눈가가 저릿한 건 연거푸 마신 소맥 때문만은 아니었을 것이다. 꼭 이기고 싶은 경기에서 드디어 이겼다. 그리고 드디어 내가 팀에 무언가 보탬이 되기 시작했다. 일단 처음으로 뭔가를 했다! 공식 경기가 아니라서 공식 기록 같은 건 어디에도 남지 않겠지만 무려 '어시스트'를 한 것이다. 쓰다 보니 또 믿기지가 않네, 내가 어시스트를 했다니. 여러분, 모두 기억해 주세요. 지금까지 축구 선수 김혼비의 성적은 1어시스트, 1골(자책골)입니다!

그리고 이 성적은 책에 쓰일 나의 최종 기록이기도 하다. 한때는 이 책의 마지막을 인생 첫 골을 넣는 것으로 마무리하고 싶었다. 실패했고, 예견된 실패였다. 그렇다고 설마 뻥 축구, 십 몇 년 동안 축구 팬을 하면서 줄곧 무시해 왔던 뻥 축구의 성공으로 마무리하게 될 줄은 몰랐다. 그것도 추가 시간에 가까스로 해낸 뻥 패스라니. 인생 정말 모르는 거고 축구는 더욱 모른다. 그래도 어시스트를 했으니 나쁘지 않은 마무리다.(……라고 짐짓 의연하고 쿨하게 쓰고 싶지만, 솔직히 고백하면 그 패스가 생각날 때마다 아직도 좀 황홀하다.)

"언니, 추가 시간에 정말 듬직했어요! 진짜 1년 사이에 언니 선수 티 난다, 선수 티 나."

옆에 앉은 승원이가 오겹살을 오물거리며 내 어깨를 툭 쳤다. 시합 중에 상대가 세게 찬 공에 얼굴을 정통으로 맞는 바람에 눈가에 시퍼렇게 멍이 올라오기 시작한 승원이는 멍 든 부위에 생고기를 붙이고 있으면 멍이 빨리 빠진다는 누군가의 주장에 따라 식당 사장님께 부탁해서 얻은 생소고기 한 점을 눈가에 꼭 붙이고 있었다. 아무래도 의심이 가는 방법이지만 고깃집에서 해 보기에는 꽤 괜찮은 것 같기도 하다.

"맞아, 혼비! 잘했어! 정말 수고했어!"라며 몇몇 언니들이 박수를 쳐 줬고 그 옆에서는 정실 언니가 사람들에게 이 집 반찬들이 너무 달거나 짜다며 타박을 하고 있었다.(요리 주점을 운영하는 언니는 다른 음식점에 늘 필요 이상으로 적개심을 갖고 있다.) 그 옆에서는 은경 언니가 다리 한쪽에 뱅글뱅글 둘러 테이핑한 밴드를 낑낑대며 뜯어내고 있었고, 그 앞에서는 주장을 중심으로 남은 팀원들이 오늘 경기에 대해 복기하기에 여념이 없었다. 경기가 끝나면 늘 마주치는 모습들. 몇 분 전까지 피치 위에 서서 모든 걸 쏟아 내다가 온 사람들. 나의 팀.

축구의 '추가 시간'을 부르는 용어는 꽤 다양하다. 가장 많이 사용되는 말로는 인저리 타임(injury time)이 있겠고, 그밖에도 로스 타임(loss time), 애디드 타임(added time), 엑스트라 타임(extra time) 등이 있는데, 그중에서 내가 가장 좋아하는 용어는 (우리나라에서는 별로 쓰이지 않지만) 스토피지 타임(stoppage time)이다. 스토피지 타임. 멈춰 있는 시간. 전광판의 시계는 멈춰 있지만 피치 위로는 시간이 계속 흐른다. 그 어느 때보다 밀도 높은 시간이. 앞으로 나의 축구도 그럴 것이다. 책 속 나의 이야기는 여기서 멈추지만, 그 아래로 김혼비 축구의 시간은 계속 흐를 것이다. 어떤 일이 기다리고 있을지는 알 수 없다. 원래 추가 시간에는 무슨 일이 일어날지 모르는 거니까. 하지만 축구와 함께 어디서든 즐거울 것이다. 무엇보다 김혼비는 추가 시간에 강하니까.

에필로그

기울어진 축구장에서

그 사람도 피치 위에서 사라졌을까

들어갈 수 있는 축구팀을 찾고도 막상 팀이라는 일종의 '조직'에 들어가는 게 내키지 않아 당일 아침까지도 고민하고 주저했던, 오랜 세월 '인간은 안 모일수록 좋다.'라고 내심 생각해 오던 '초(超)개인주의자'가 축구에 푹 빠지기까지 1년이 채 걸리지 않았다. 입단 첫날 얼굴에 긴장이 역력했을 나에게 그녀들이 호탕하게 웃으며 호언장담했던 "첫 반년을 넘긴 사람들은 평생 축구 못 그만둬요. 이거, 기절해요."라는 말 그대로 축구가 갖고 있는 매력도 어마어마했지만, 축구공과 축구하는 여자들에 둘러싸여 보낸 시간들은 축구를 통해 세상의 어떤 틈을 바라볼 수 있는 시간이기도 했다.

가끔 나에게 여자 축구에 관한 이야기를 처음 듣는 사람들은 일단 선수가 아닌 일반 여자들이 만든 축구팀이 존재한다는 데에 놀라고,("맞네, 남자들이 조기 축구 클럽 만들 듯이 여자들도 그냥 만들어서 하면 되는 건데, 어쩐지 여자 축구팀에 대해 생각해 본 적이 한 번도 없네?") 그런 팀들이 전국 곳곳에 아주 많으며 그 안에서 수많은 여자들이 오랫동안 매우 진지하고 열정적으로 축구를 하고 있다는 데에 놀라고,("심지어 공식 대회도 있어? 친교 모임으로 하는 게 아니라 제대로 하네?") 주로 40~50대 여성들이 주도적으로 팀을 이끌고 있다는 데에 또 놀란다. 축구를 시작하기 전에는 나도 몰랐고 그래서 나도 놀랐다.

그중에서도 우리 팀뿐만 아니라 아마추어 여자 축구팀 전반적으로 가장 왕성하게 활동하고 있는 연령대가 40~50대라는 점이 제일 흥미로웠다. 대중 매체나 관찰 예능 프로그램이 미혼 남녀의 싱글 라이프나 40~50대 남성의 일상을 세밀하게 보여 주느라 심혈을 기울이는 그 뒤에서, 같은 연령대인 40~50대 남성이나 같은 성별인 20~30대 여자들에 비해 자신만의 취미 활동을 적극적으로 즐기는 주체로서의 이미지에서 비껴 있는 40~50대 여성들이 그라운드를 누비며 축구공을 뺑뺑 차고, 노래방 대신 플스방(플레이스테이션방)에서 몇 시간씩 축구 게임에 몰두한다는 걸 알았을 때 조금 통쾌한 기분마저 들었다.(예능 프로그램들이여, 이제 좀 40~50대 남성들 말고 다른 데로 카메라를 돌리자.)

하지만 40~50대 여성 비율이 가장 높은 데에는 그만한 이유가 있다. 자녀들이 어느 정도 성장해서 육아에서 자유로워졌기 때문이다. 아마추어 여자 축구팀을 통틀어도 현재 미취학 자녀를 둔 선수는 거의 찾아보기 힘들고, (물론 출산 시기에 따라 예외도 있지만) 보통 여기에 30대가 딱 걸린다. 우리 팀만 해도 축구장에 나오는 30대들은 미혼이거나 나처럼 아이가 없는 기혼이다. 나와 동갑내기인 6년 차 미드필더 오주연도 아이를 가지면서 더 이상 나오지 못하게 됐다.

그녀가 처음 임신 사실을 알렸던 날은 예정에 없던 송별 모임이 급하게 만들어졌다. 그녀가 바라 마지않던 임신이었기에 모두 진심으로 축하하면서도 몇 년의 세월 동안 피치 위에서 그녀의 모습이 사라지는 것에 매우 슬퍼했다. 아쉬운 마음에 다들 그녀에게 한 목소리로 축구가 너무 하고 싶을 때는 아이도 데리고 나와서 한 게임이라도 잠깐 뛰고 가라고, 여기 아이 잠시 맡아 봐줄 사람 많다는 걸 잊지 말라고 당부했지만, 그러기 쉽지 않으리란 것 또한 알고 있다. 스스로 겪었거나 수차례 봐 왔기 때문이다.

오주연을 포함, 내가 입단하기 전 이미 출산과 육아로 축구를 잠정적으로 그만둬서 얼굴도 모르고 이름으로만 존재하는 그녀들이 왜 하고 싶은 축구를 하는 동안 아이 맡아 봐줄 사람으로 남편보다 같은 팀 여자들을 자동적으로 먼저 떠올리는 건지, 오주연의 남편도 어느 클럽 팀에 소속되어 축구를 하는 걸로 알고 있는데, 그도 아이의 탄생과 함께 팀원들과 송별회를 하고 몇 년간 피치에서 떠나는 것인지 매우 궁금하다.

실제로 아이를 축구장으로 데려오는 선수도 있다. 육아에서 완전히 자유롭지는 않은 초등학교 저학년생 학부모 선수들이 주로 그렇다. 또래 자녀를 둔 선수들끼리 미리 연락해서 여러 아이들이 한꺼번에 올 때도 있다. 우리가 축구를 하는 동안 아이들은 한쪽에서 자기들끼리 축구공을 갖고 놀거나 경기를 구경하곤 한다. 축구팀 활동에 아이를 데려오는 걸 미안해하는 선수들도 있지만, 대체로 그럴 필요 전혀 없다는 분위기다. 그렇게 해야 선수들은 축구장에 한 번이라도 더 편하게 나올 수 있고, 아이들은 엄마와 함께할 수 있다. 어차피 잔디는 넓고 축구공은 많고 축구장은 어른에게나 아이에게나 신나는, 어쩐지 손에 작은 힘 같은 것을 쥐어 주는 곳이니까.

일 나가고 아이 돌보는 시간을 쪼개고 쪼개 어떻게든 일상에 축구를 밀어 넣는 이 여정 자체가 어떻게든 골대 안으로 골을 밀어 넣어야 하는 하나의 축구 경기다. 기울어진 축구장의 세계에서 살아가는 여자들에게 결코 쉽지 않은 여정이라는 걸 잘 알기에 모두들 최대한 모두의 일상에 축구가 들어갈 수 있도록 패스를 몰아주고 공간을 터 주고 리듬을 맞춰 준다. 여기서 우리는 한 팀이다.

연루된 자들의 운명

이런 은근한 팀플레이가 전면에 드러나며 더욱 단단하게 한 팀이 되는 순간은 축구를 남자의 영역으로 고정시켜 놓은 채 대놓고 선 긋는 사람들과 마주할 때다. 이를테면 축구 경력 20년이 넘는 국가 대표 출신 여자 선수에게까지 코칭하려 드는 남자들이나, 축구장 둘레의 트랙을 돌며 산책하다가 "주말에 여기 와서 축구하고 있으면 남편 점심은 어떡해요? 남편이 축구하는 거 괜찮대요?"라고 말 붙이는 일군의 사람들. 때로는 회사 동료나 주변 학부형에게 그런 말을 들을 때도 있다. 그럴 때면 선수들은 "점심을 왜 여자가 챙겨야 돼요?", "제가 좋아서 하는 걸 왜 남편한테 허락을 받아요?"로 시작되는 작은 논쟁에 나서 곤 한다. 다들 개인적인 불쾌함에 대응할 따름이지만, 불쾌함의 원인이 성 역할을 나누는 고루한 사회적 통념에서 나온 걸 생각하면 이건 세상이 구획해 놓은 영역과의 신경전이나 다름없다.

신경전은 어려서부터 시작된다. 2016년 5월, 경기도교육청이 주최하는 학교 대항 체육 대회에서 남자는 축구, 여자는 피구로 종목이 제한되었던 탓에 출전할 길을 가로막힌, 축구 선수가 꿈인 여자 초등학생의 기사가 난 적이 있다. 학생과 친구들은 "여자도 축구해요."라고 항의했지만 결국 교육청이 정해 놓은 구획을 넘지 못했다. 같은 해에 우리 팀 총무 언니의 딸은 미술 숙제로 축구하는 엄마를 그려 갔더니 아빠로 착각하는 담임과 반 아이들에게 "여자도 축구해요."라고 설명해야 했다. 다행히 그녀는 인식의 구획에 자그마한 틈을 내는데 성공했다.

이런 일들을 마주할 때마다 피치를 딛는 발에 어쩐지 힘이 들어간다. 이렇게 세상이 일방적으로 나눈 구획들이 선명하게 보일 때면, 우리가 속한 팀과 거기서 하고 있는 취미 활동이 그 영역을 어지럽히고 경계를 흐리는 데 일조하고 있다는 걸 자각하는 것이다. 우리가 지금 하고 있는 운동이 '운동'이 되는 순간이다. 일상에서 개인이 편견에 맞서 할 수 있는 운동이라는 건 결국 편견의 가짓수를 줄여 나가는 싸움 아닐까. "여자가 ○○를(을) 한다고?"라는 문장에서 ○○에 들어갈 단어의 숫자를 줄이는 것 같은. 나와 우리 팀과 수많은 여자 축구팀 동료들은 저기서 '축구'라는 단어 하나를 빼는 일을 하고 있는 셈이다.

사실 그저 축구가 좋아서 할 뿐인데 얼결에 운동이 된 거지만, 또 생각해 보면 모든 운동이 그런 식이다. 사르트르의 '앙가주망' 개념을 살짝 빌려 표현한다면, 어쩌다 보니 생긴 '자연적인 연루'가 참여적인 연루로 전환되는 순간이다. 축구가 좋아서 할 뿐인데, 개인적인 불쾌함을 견디지 못해 맞섰을 뿐인데, 체육 대회에 나가지 못해 속상해서 항의했을 뿐인데, 그냥 보이는 대로 엄마를 그려 갔을 뿐인데. 그러니까 우리는 우리의 삶을 살고 우리가 좋아하는 것을 하고 싶을 뿐인데. 사회가 욕망을 억눌러서 생겨나는 이런 작은 '뿐'들이 모여 운동이 되고 파도처럼 밀려가며 선을 조금씩 지워 갈 것이다.

그래서 세상에 축구하는 여자들이 한 팀이라도 더 있으면 좋겠다. 원래 운동은 머릿수가 많을수록 힘이 붙는 법이니까. 그러면 '여자는 축구를 하지 않으니 참가시킬 수 없다.'라는 지침을 뚫고 초등학교 여학생들이 당연하게 피치를 밟는 날이 조금 빨리 오지 않을까. 나의 어린 시절이었던 1990년대부터 지금의 2010년대까지 지겹도록 이어지는 남자는 축구, 여자는 피구나 발야구의 공식이 깨어지고, 초등학생의 스케치북에 '신기하게' 그려진 축구하는 여자가 교과서 삽화에 자연스럽게 그려지는 날도 따라오지 않을까. 그러다 보면 지금은 너무나 아득해서 보이지도 않는, 축구처럼 아직까지도 남성의 전유물로 여겨지는 다른 많은 분야들에서 끊임없이 인식의 구획에 틈을 내고 틈을 넓히는 많은 사람들과 마침내 아무 구획도 없는 넓은 광장에서 만나는 그 날을 조금이라도 앞당길 수 있지 않을까.

'초개인주의자'인 나로서는 상상할 수 없었던 일이지만, 그렇다. 인간은 모일수록 좋은 것 같다. 적어도 축구공 앞에서, 특히 여자들은. 무엇보다 축구는 재미있으니까. 너무 재미있으니까. 뭐가 됐든 재미있으면 일단 된 것 아닌가. 정말이지, 이거, 기절한다.

감사의 말

떠올리기만 해도 마음이 든든해지는 부모님들과 친구들, 그 밖에 나의 삶에 들어와 준 모든 사람들과 이 책이 나오기까지 애써 주신 모든 분들, 특히 읽는 사람도 얼마 없던 연재 시기부터 늘 나보다 도 나의 글을 아껴 준 애독자 윤찬호와 내 평생의 단짝 TH에게 무한한 애정과 감사의 말을 전합니다. 무엇보다 나의 팀들, 나의 동료들이자 내 마음속 최고의 선수들에게 진심으로 감사합니다. 뼈 한 조각, 인대 한 가닥 다치지 말고 오랫동안 함께 뜁시다.

— 2018년 여름, 김혼비

여자에겐 언제나 운동장의 9분의 1쯤만이 허락되어 왔다. 그 한 모퉁이로는 할 수 있는 운동이 많지 않아 피구와 발야구 정도가 가능했다. 어느 날 운동장을 통째로 쓰며 축구가 하고 싶다는 걸 깨달은 여자들이 여기 있다. 마음속에서 반짝 조명탑이 켜졌고, 그들은 끈을 단단히 잡아당겨 축구화를 신었다. 서로가 서로를 발견해서 팀을 이뤘다.

어떤 대상이든 본격적으로 사랑하는 행위는 아름답다. 결과를 가늠하지 않고 가진 모든 것을 다해서 부딪치는 그 행위는 때로 단단한 벽에 균열을 만들고, 그 균열은 열린 문이 되기도 한다. 그러니까 이 에세이는 오로지 축구에 대한 에세이면서 동시에, 축구를 비유로 하여 여성의 온몸과 온 삶과 온 세계에 대해 엮어 내고 있는 것이다. 저자가 하나하나 축구의 기술들을 익힐 때, 단계 단계 성장해 나갈 때 이제껏 몰랐던 낯선 영역이 열리고 읽는 사람의 마음속에서도 격한 지각변동이 일어난다. 달리고 싶고, 강해지고 싶고, 허락되지 않았던 것을 가지고 싶다.

에세이스트 김혼비의 새롭고 놀라운 목소리를 발견한 것이 역시 가장 큰 기쁨이다. 진지하고 건강한데 폭발력 있게 유머러스하다. 고독을 즐길 줄 아는 개인주의자가 어쩌다 팀 스포츠에 빠져 이 모든 것을 경험했는가, 책을 읽으며 네 번쯤 크게 웃었고 세 번쯤 눈물이 났다. 마음이 축구공처럼 이리저리 구르고 날았지만, 믿고 맡겨도 좋겠다는 생각이 들었다. 김혼비가 다음으로 도전할 주제가 무엇일지 궁금하다. 어디를 향하게 되든 전속력으로 달려갈 이 체육계 에세이스트를 응원하고 싶다.

— 정세랑(소설가)

숨이 가쁜 이유가 웃어서인지, 마음속으로 따라 뛰어서인지, 분간을 못하겠다. "김혼비 씨! 이번 게임은 혼비 씨도 뛰어요." 느닷없는 첫 출전 지시를 받은 혼비 씨의 가슴처럼 내 가슴도 쿵쾅거렸다. 힘껏 달리고, 공을 패스하고, 넘어지고, 슛을 날리고 싶다! 내가 선수로 참가한 마지막 축구 시합은 거의 20년

전이었다. 힘들어서 욕한 기억만 있는데, 김혼비 씨 덕분에 울고 웃는다, 그리고 후회한다. 얼굴에 잡티 생길 일이나 뛰는 모습 흉할 일, 무릎에 상처가 남을 일을 걱정하느라 몸을 단련하고 쓰는 즐거움을 버려두었구나. 국가대표 컬링 선수들처럼 '어쩌다 보니' 축구를 하게 된 여자 축구 선수들 뒷사연, WK리그가 전 경기 무료인 이유 등을 읽다 보면, 나가서 뛰고 싶어진다. 소리치고 싶어진다. 우리 여기 다 있다!

— 이다혜(에세이스트,《씨네21》기자)

김훈비

오랜 시간 축구를 보며 천국과 지옥을 오가다가 한번 직접 해 볼까? 싶어 덜컥 축구
를 시작하는 바람에 지금은 축구를 하며 천국과 지옥을 오가고 있다. 오랜 시간 온갖
주제로 잡다한 글들을 쓰다가 한 번 제일 좋아하는 것을 써 볼까? 싶어 덜컥 축구 일
기를 쓰기 시작하는 바람에 여기까지 오고 말았다. 빠른 것 하나로 버티는 축구하는
사람이자 마감 잘 지키는 것 하나로 버티는 글 쓰는 사람. 계속 축구하고 글 쓰고 축
구 보고 글 읽으며 살고 싶다.

우아하고 호쾌한 여자 축구
한 팀이 된 여자들, 피치에 서다

1판 1쇄 펴냄   2018년 6월 8일
1판 17쇄 펴냄   2024년 10월 29일

지은이   김훈비
발행인   박근섭, 박상준
펴낸곳   (주)민음사

출판등록   1966. 5. 19. (제16-490호)
주소   서울시 강남구 도산대로1길 62
             강남출판문화센터 5층 (06027)
대표전화   02-515-2000 팩시밀리 02-515-2007
www.minumsa.com

ISBN 978-89-374-3757-1 (03810)

* 잘못 만들어진 책은 구입처에서 교환해 드립니다.